一頁 folio

始 于 一 页 ， 抵 达 世 界

[日]

芥川龙之介

著

魏大海 主编

中国游记

GUANGXI NORMAL UNIVERSITY PRESS
广西师范大学出版社
· 桂林 ·

图书在版编目（CIP）数据

中国游记 /（日）芥川龙之介著；魏大海主编. ——
桂林：广西师范大学出版社，2022.5（2022.8重印）
ISBN 978-7-5598-4727-0

Ⅰ.①中… Ⅱ.①芥… ②魏… Ⅲ.①游记 – 作品
集 – 日本 – 现代 Ⅳ.①I313.65

中国版本图书馆CIP数据核字（2022）第020043号

ZHONGGUO YOUJI
中国游记

作　　者：（日）芥川龙之介
主　　编：魏大海
责任编辑：谭宇墨凡
特约编辑：徐　露　任建辉
装帧设计：汐　和　at compus studio
内文制作：陆　靓

广西师范大学出版社出版发行

　　广西桂林市五里店路 9 号　　邮政编码：541004
　　网址：www.bbtpress.com
出版人：黄轩庄
全国新华书店经销
发行热线：010-64284815
北京中科印刷有限公司印刷
开本：889mm × 1260mm　1/64
印张：6.75　　　　　字数：170千字
2022年5月第1版　　　2022年8月第2次印刷
ISBN 978-7-5598-4727-0
定价：42.00元

目录

寒山拾得 1

一　指唐代天台山国清寺隐僧寒山与拾得，佛教史上的著名诗僧，并称「寒拾」。行迹怪诞，言语非常，相传是文殊菩萨与普贤菩萨的化身。

重访阔别已久的漱石先生。他正双臂交抱，端坐于书斋中央，若有所思。我问："先生，您怎么了？"先生答道："我刚去护国寺正门，看见运庆[1]正在雕刻仁王[2]。"我想，如今这般繁忙俗世，哪里还顾得上什么运庆之流。于是拉住闷闷不乐的先生，探讨托尔斯泰和陀思妥耶夫斯基这些艰涩难懂的话题。尔后离开先生家，我在原来的江户川终点站乘上电车。

车中拥挤不堪，但总算抓住了角落的吊环。我掏出俄国小说的英译本读了起来，好像写的是

1　活跃于镰仓时代的日本僧人，雕刻佛像的大师。此处有暗示夏目漱石《梦十夜》相关内容之意。

2　佛教形象，多以守门大将的姿态供奉在佛寺山门。

革命故事。某工人因故发狂，最后抛出烈性炸药，连那位女性角色也如何如何……总之事态惊心动魄，力度沉稳到位。此般描写，日本作家恐怕连一行也写不出来。我当然钦佩不已，站着用彩笔在行间画了好几条标线。

到饭田桥换车后，我猛然发现窗外马路上走着两个奇怪的男子。他们都衣衫褴褛，须发蓬乱，面相怪异。我觉得这两人似曾相见，却又无从忆起。此时，旁边吊环那位旧货商模样的人发了话：

"诶？寒山、拾得又在逛游呐！"

听到此话，我恍然觉悟。这两人扛着扫帚、挟着挂轴缓缓前行，仿佛大雅[1]画中走出的人物。不论如今拍卖古玩书画如何流行，但真正的寒山、拾得凑齐了在饭田桥逛游，真是匪夷所思。于是我拽拽身旁旧货商模样男子的袖口，半信半疑地问："真是寒山、拾得吗？"

可他却见怪不怪地答道："是啊！我前两天还

1　指池大雅（1723—1767），日本书画大家。

在商业会议所外面碰到过呢！"

"哦？我以为他俩早就死了呢！"

"哪里！不会的。看上去再寒碜，也还是普贤和文殊二位菩萨。其友丰干禅师 [1]，也常带头骑着老虎在银座大街逛游呐！"

五分钟后电车开动，我又继续读我的俄国小说。可没等读完一页，烈性炸药已无法吸引我了。方才见到的寒山、拾得，才令我倍感亲切。我透过车窗向后望去，他俩已变得小如豆粒。但晚秋朗日下扛着扫帚逛游的姿影，仍清晰可见。

我抓着吊环，将书揣回怀中。我打算到家后立刻写信给漱石先生，告诉他今天在饭田桥碰上了寒山、拾得。想到这里我又觉得，他俩在现代的东京逛游，本也是自然而然的事情。

（侯为　译）

1　传说丰干禅师救回弃婴，并起名"拾得"，他是寒山拾得二人共同的老师，且亦师亦友。

东洋之秋

我漫步在日比谷公园。

天空浮云层层，只在近地面的林木，投下隐隐的一抹青光。许是这个缘故？虽说还未到黄昏，秋日的林间小路，沙石枯草，似乎已皆涵濡润泽。不但如此，就连路两旁横枝逸出的法国梧桐，也含露如洗，片片黄叶，交相掩映，懒懒地流溢着微光。

我将藤杖挟在腋下，衔着已经熄灭的香烟，漫无目的，寂寞地走着。

轻寒冷寂的小路，除我而外，渺无人影。桐枝蔽路，黄叶纷纷静静地下垂。前面雾霭霏微的林中，只有喷水池飞溅的水声，喧豗不已，仿佛百年如斯。尤其今日，不知什么缘故，公园外城市的声音，宛如长风入海，隔着这片萧瑟的林木，竟好似阒然无声。正这样思忖着，远远地，从林木深处的池塘里，响起一两声凄厉的鹤鸣，压过喷泉的细语，直冲云霄。

我一面信步闲走，另一方面，莫名的疲劳与倦怠正沉甸甸地压在心头。我这没有一刻休止的卖文生涯！难道我竟需这样孤身只影，在创作力离我远去的这段恼人时间里，徒然等待黄昏的来临？

这时，公园里暮色渐浓。路两旁，散发出绿苔、落叶和湿土的气息，又潮又冷。其中，微微带一丝甜味的，或许是不为人知地腐烂在林中的花朵和果实的气味也未可知。正想着，见路旁水洼里有朵已经发青的蔷薇，不知是什么人摘了又遗弃，未沾污泥，仍发出幽香。倘若为疲惫压倒的我，能别无留恋地浸身于这秋的氛围中……

我不由得停下脚步。

路的前方有两个男子，正轻轻挥动着竹帚，清扫飘落地上的梧桐叶。无论从鸟窝一般的乱发来看，还是几乎不能蔽体的灰色破衣衫，抑或与兽爪难以区分的长指甲，这两人都不像是公园里的清扫夫。更令人惊讶的是，我停住脚步注目不移的工夫，不知从哪里飞来两三只乌鸦，盘旋飞舞，大大地画了个圆弧，嗖地落在这两个默默挥帚扫地者的肩上和头上。他们依然在清扫将秋意播撒在沙上的梧桐落叶。

我缓缓转过身来，衔着熄灭的香烟，循着来时的方向，走在梧桐覆盖的寂寞小路上。

然而，我心中一扫方才的疲劳和倦怠，不觉间已充满宁静的喜悦和依稀的光明。原以为他们两人已经作古，不过这只是可怜的我的玄惑。连寒山、拾得依然活着。经历了永恒的轮回，今天仍在这座公园里清扫梧桐的落叶。只要他们还活着，那令人怀念的古老东洋的秋梦，便不会从东京的街头完全消失。那是使倦于卖文生涯的我复苏的秋梦……

我将藤杖挟在腋下，轻松地吹着口哨，走出

桐叶粲然的日比谷公园，嘴里喃喃自语："寒山、拾得依然活着。"

大正九年（1920）三月

（艾莲　译）

野人生计事

一　清闲

乱山堆里结茅庐[1]，已共红尘迹渐疏。
莫问野人生计事，窗前流水枕前书。

这是李九龄的七绝。少年时代学作汉诗时，这首七绝时常起着范诗的作用。但如今不再觉得它是什么感动童心的名诗，我想，纵然在乱山堆里结下茅庐，手里也一定握着养老金证书和存款折子吧。

但不管怎么说，李九龄的确占有窗前流水

1　芥川引用的这首唐诗题为《山中寄友人》，原诗首句应为"乱云堆里结茅庐"，芥川或为误记。

枕前书的优哉清闲。这一点令人钦羡。我这等人靠鬻文糊口，一年到头总觉得匆匆忙忙。昨夜写文章到两点，刚想上床，又见电报，是大阪每日新闻社的约稿，让我为杂志《Sunday 每日》[1] 写随笔。

本来，随笔是清闲的产物。至少是可以夸耀自己所作是出自清闲的一种文学形式。古来文人虽多，可还没有未得清闲就写出随笔的怪物。然而今人（此处的今人是非常狭义的，大致限定在大正十二年（1923）三四月以后的今人）却能在未得清闲之时快捷地写出随笔。不，不是什么未得清闲，倒不如说是为了不要清闲才速写随笔。

迄今为止，随笔分为四种，也许还多于四种。但是依据我这个昨夜只睡了五小时的脑袋来划分，第一种是抒发感慨，第二种是记录异闻，第三种是试作考证，第四种是艺术小品。四种随笔基本

1　每日新闻社发行的周刊，1920 年起作为《大阪每日新闻》周日版的附录发行，1922 年 4 月正式创刊。1936 年设千叶奖向大众募集小说作品，将许多新人作家推上文坛。

上各有其存在的理由。感慨里总是包含思想；异闻既然称作异闻，其中必定有超出其本身的风趣；考证则必须借助学问，这是千真万确的事实。至于艺术性小品，不消说，其定义不言自明。

然而此等随笔，在毫无清闲的情况下，虽不能断言根本无法著就，但也不是胡乱草率写得出来的。于是乎，新型随笔立即出现在文坛上。何谓新型随笔？即没有夸张、信笔写出的东西。此乃货真价实的荒诞不经。

如果有人怀疑我的观点，可以暂且不阅古人随笔，先读《观潮楼偶记》和《断肠亭杂稿》[1]，然后将之与每月杂志上发表的大部分随笔做一番比较，后者的孟浪粗疏之处，便可一目了然。但是应当承认，这种新型随笔的作者，未必都是庸才，其中也混杂着名实相副的才人，能创作出地道的戏曲与小说（若举一例，譬如敝人）。

若说随笔是清闲的产物，那么清闲则是金钱的产物。所以获得清闲之前，首先必须有钱，或

1 　前者为森鸥外的随笔集；后者为永井荷风的随笔集。

者必须超越金钱。这两方面都令人感到绝望，以致除了新型随笔，对创作真正的随笔也只能不抱希望。

李九龄云："莫问野人生计事。"然而，无论论及随笔还是论及作为清闲的产物的随笔，都不得不涉及野人生计之事。今后我或许仍要时常谈论世事之艰难，故顺便将此篇随笔标题也定为《野人生计事》。当然，这是未及清闲到来就已完成的随笔。如果多少还有点意思，望读者将之归功于我这个了不起的作者；如果作品枯燥乏味，则望读者认定，那是时代的罪过，责任不在我。

二　室生犀星 [1]

室生犀星回到了金泽，是刚刚两个月以前的事。

"总是想回老家去，恰好有这么一个说法：患

---

[1] 室生犀星（1889—1962），日本诗人、小说家，代表作有《爱的诗集》等。

了脚气的人若不脚踏故乡的土地，就永远不能痊愈。"室生犀星临行前说了这一番话。

室生犀星素有痴爱陶器之病，与我相比，他简直是病入膏肓。但彼此的相同之处则是囊中羞涩，都没有有名的茶器。不过看一眼室生的珍藏品即可知晓，他的珍藏品明显集中于某一种偏爱。可以说，白高丽与画唐津[1]就是室生犀星的证明。这种事虽说理所当然，但未必人人皆可做到。

某日，我去室生那里闲聊，他赠我一个带有蔓草花纹古风古色的上品九谷钵[2]。接着，他热诚地对我说："你用这陶钵盛放羊羹吧（室生从来不说你必须怎么怎么做，而是说你怎么怎么去做吧[3]）。往里面放五片纯黑的羊羹吧。"

室生有点神经质。若不如此这般叮嘱一番，

1　白高丽是古坟中出土的高丽时代的白瓷器，系贵重品；画唐津是日本有名的陶器。

2　日本江户时代石川县九谷一带烧制的陶器。

3　原文指两种日语命令型"給え"和"なさい"的区别。前者是男性用语，一般是对亲近的同辈施以委婉的命令；室生使用的后者一般是长辈对晚辈，关系亲近者之间使用。

总是放心不下。

某日，室生又来我家聊天。一见面他就谈及团子坂一家古董店里的青瓷砚屏[1]。"我让店主先别卖那青瓷砚屏，过两天你去把它买来吧。你要是没空，就打发别人去买来吧。"

室生这口气，简直好像我有买那个砚屏的义务。但是我言听计从将它买来后，至今无悔。总之，无论室生还是我，都对此深感欣慰。

除了痴爱陶器，室生还喜好创作庭院艺术。他在院内摆设石头，栽植青竹，铺下睿山苔[2]，掘挖小池，搭起葡萄架，热衷于各种各样的精心设计加工。这般投入心力，房子却不是室生家的，庭院也不是室生家的，对租来的房子庭院，他竟也追求不必要的风流。

某夜，室生邀我去品茗。我和他东拉西扯间，

---

1 中国传统工艺品，置于砚端以障风尘之屏，形体较小，常置几案上，是用作陈列、摆设的观赏性小型屏风，江南又称台屏。

2 亦称鞍马苔，鳞状叶片，茎长约30厘米，分枝劈权趴在地面上。

从竹丛的暗影里不断传来滴水的声音。按理说，室生的庭院里除了小池，再没有任何水流。我感到诧异，问他：

"那声音是怎么回事？"

"啊，那声音啊？我在那竹丛里放了一个小水桶，在水桶的腰部打了一孔，再往孔里插入一根细管，让桶里的水能滴到下面的洗手盆[1]里……"室生详尽地向我做了说明。

室生临回金泽前送我的纪念品，正是放在竹丛里那颇有来由的洗手盆。我与室生分别之后，过着与风流毫不相干的日子。室生家庭院的景致一如既往，院角里的那棵枇杷树，现在正寂寥地绽放着花朵。不知室生何时能由金泽再回一趟东京？

1　日本茶室庭院常有低矮的石制洗手盆作为布景。

三　丘比特

"浅草"一词的内涵是复杂的。譬如"芝"或"麻布"[1]等词，只给人一种印象，而"浅草"至少能给我三种印象。

第一，只要一提及浅草，我的眼前浮现的就是宏大的红伽蓝[2]，或是围绕那伽蓝的五重塔与仁王门。幸运的是这些建筑在这次大地震中没有毁于火灾。最近，朱红的浅草寺前，几十只鸽子大概还和往常一样，盘旋在明亮的银杏树金灿灿的叶片中。

第二，我忆起的是水池周围的那些小杂耍场，现已全部烧成一片废墟。

第三，我看见的是浅草一部分朴素的工商业者居住区——花川户、山谷、驹形、藏前。此外的任何地方，对我来说都无关紧要。但是雨后的瓦屋脊，没点亮的御神灯，花儿凋零了的牵牛花

1　浅草、芝和麻布均为地名。

2　伽蓝是佛寺的代称，此处即浅草寺。

花盆，只要这些能被《浅草》的作者久保田万太郎感受到，那就足够了。遗憾的是此次大地震让这些东西变成了满目的焦土。

在这三种印象的浅草中，我最愿徜徉的是第二种印象的浅草。那是电影院和旋转木马的小屋鳞次栉比的浅草。若把久保田万太郎君看作适合第三种印象的浅草诗人，那么也有适合第二种印象的浅草诗人，诸如谷崎润一郎和室生犀星。此外还想举出一人，即佐藤惣之助。早在四五年前，我就从杂志 *SANESU*[1] 上读过佐藤君写的散文。那是描写歌剧演出时后台景况的一篇速写，扮演丘比特的少女们下旋梯的场面，描写得异常生动活泼。

关于第二种印象的浅草，我有很多记忆留在脑海里。其中最久远的或许要数那个作沙文字[2]的

1　即杂志「サンエス」，大正八年（1919）创刊，主编为细沼浅四郎、久米正雄、生方敏郎、长谷川时雨参与编著。

2　在大道边，把五种颜色的沙子铺在地面上，在沙子上作画。

老妪。她在五色沙上画过白井权八或小紫[1]。沙子的颜色极暗，画出的白井权八和小紫的身姿也显得寂寞悲凉。其次，浅草曾经有一个耍刀弄枪卖蛤蟆油的人，名叫长井兵助，腰里佩着长刀。是的，这般往昔情形早已写在了先师夏目漱石先生的《春分之后》里，当然大可不必到如今靠我的这篇劣文来做记述。还有水族馆里耍木偶的艺人安本龟八，还有珍奇世界里的 X 光线。

距离最近的记忆便是电影《卡里加里博士的小屋》[2]。（看这部电影的时候，我发觉一只蜘蛛在我的手杖柄上隐隐约约地织网。我记得，与表现派的电影相比，倒是这只蜘蛛给我留下更加毛骨悚然的印象。）再者便是俄国电影《马戏团里的女演员》。如今想来，那些记忆无一不给我留下了一种怀念。然而在我心里留下最明晰痕迹的，

1　歌舞伎或净瑠璃《小紫权八》中的男女主人公。

2　1920 年罗伯特·威恩执导的德国无声恐怖电影，该片是影响力最深远的德国表现主义电影之一，罗杰·艾伯特认为它是"第一部真正的恐怖电影"。

还是佐藤君作品里描写的情景，即扮演丘比特的少女们滑下旋梯的情景。

晚春的一个午后，我也在某歌剧演出后台的走廊里目睹过扮演丘比特的孩子们。她们像佐藤君描写的那样，一个接一个下了旋梯。玫瑰色翅膀，金色弩弓，再加上浅蓝色衣裳，这些色彩弥漫之后酿出的沉郁的水彩蜡笔画一样的心境，也跟佐藤君散文里描写的一模一样。经纪人 N 君与扮演丘比特的孩子们下旋梯时，我发现其中的一个"丘比特"无精打采。这个"丘比特"有十五六岁。我瞥视其两颊凹陷的面庞，那细长脸显得有些腺病体质 [1]。

我问 N 君："那个'丘比特'无精打采的，好像挨了导演的斥责。"

"哪一个？啊，那一个呀。她正在失恋。"N 君随口回答。

无疑，这个"丘比特"出场的歌剧是喜剧。

---

1 少年儿童因分泌素乱而引起的体质虚弱，此体质易患结核、淋巴结肿大、湿疹等症。

然而，事到如今连喜歌剧也得带有道德含义，这一点人生或许并不需要。不管怎么说，那之后在我的记忆中，脚灯灯光映射着月桂与蔷薇的舞台上，一直留下一个正在失恋的丘比特的孤影……

大正十三年（1924）一月

（刘立善　译）

续野人生计事

一 放屁

安德烈耶夫[1]的作品中，有关于农民抠鼻垢的描写。法国文学中，有关于老媪小解的描写。但我至今没发现哪篇小说中有关于放屁的描写。

我说至今没发现小说中有关于放屁的描写，是就西方小说而言。日本小说中还是有的。其中一例，便是青木健作[2]的一篇描写女工的小说。情节如下：逃往他乡的两个女工夜宿于稻草垛之类的地方，黎明时分二人同时醒来。这时，一人"噗"

---

1 安德烈耶夫（Andreyev，1871—1919），俄国作家，有《深渊》《红笑》等作品。
2 青木健作（1883—1964），本名井本健作，小说家、俳句诗人，法政大学名誉教授。

地放了一个屁，另一人哧哧地窃笑起来。倘若我的记忆无误，如此有关女工放屁的描写非常高雅。正因为读了这一段，至今我依然对青木的才气表示敬意。

另一实例是中户川吉二[1]的一篇小说，描写品行不端的少年。这篇小说登载于三四个月前的《Sunday 每日》上，熟知其内容的读者也许很多。故事梗概如下：一个品行不端的少年哄骗一女子与之欢好，恰到欲行交媾的关键时刻，那女子放出一屁，好不容易酿出的情色氛围，刹那间消散一空。女子变得异常矜持，少年也不宜动手了。这篇小说写得也很高妙。

青木小说中的女工不放屁，作品未必就会减色，而中户川小说中登场的女子则不然，尽管她讨厌此时放屁，但必须放屁，否则作品就不能成立。所以应当说，在中户川这里，屁派上了重要用场。

---

1 中户川吉二（1896—1942），大正、昭和时代小说家。1923 年创办了杂志《随笔》。

　　以上讲的是日本近代的事。然而，据《宇治拾遗物语》所载，藤大纳言忠家"仍是殿上人[1]之时，与一位艳丽好色的女官交谈。夜深时分，月夜之明胜过白昼"。他按捺不住自己的情绪，将女官拉到身边。这时女官嚷道："这可不行呀！"说话间，放了一个大屁。藤大纳言忠家闻着臭屁，下定决心："遇上这等大煞风景的事，活着也没啥意义，出家吧。"不过仔细想想，仅因女人放了一屁，就要削发为僧，似乎很不值得。传说藤大纳言忠家觉悟到这一点，皈依佛门之事才作罢，匆匆由女官身边遁而去。

　　由此看来，若从文学史的角度评论，不能称中户川的小说发前人之未发，然而续中断之功，理当归于中户川。这份功劳恐怕出乎中户川的预料。不过的确是份功劳，顺便在此略事吹捧。

1　指有资格参政的贵族。

二 《女人与影子》

身穿印有家徽和服的西洋人，看上去显得滑稽。或者说显得滑稽过甚，以至独属于西洋男人的男性风采很少引人注目。克洛岱尔大使的剧作《女人与影子》令观众付之一笑，描写的正是西洋男人身穿印有家徽的和服。按理说，男人的风采与印有家徽的和服或燕尾服无关，应当独立地品评其美丑。可有关《女人与影子》的评价，似乎出乎意料地不讲究这一点。如此忽视男人风采，身为法国人的大使也是不愿看到的。

这里，我们可以试将《女人与影子》的舞台迁至波斯或印度，令莲花代替桃花开放，让公主代替古代风格的侍女来翩跹起舞。这时，虽然身为言辞尖刻的批评家，大概也不敢像眼下这样不分轻重地评价。不言而喻，对于《女人与影子》这篇作品，不惜连发三声赞叹的神秘主义鉴赏者们，必会从中获得无比的痛畅，恨不得当场乐死过去。克洛岱尔大使因为写了西洋男人穿印有家徽的和服，引起如此"严重后果"。

男人的风采姑且不论，即便仅围绕印有家徽的和服本身的感觉而论，也并非索然无味。诚然，《女人与影子》既非纯日式的亦非纯西方的作品，微妙地显得不伦不类。但是那不伦不类之处，并非因作者才气不足，而是由于对日本或我们日本人的艺术尚未了解，只是辨不清猫与虎，便把二者画成一样，并非"画虎不成反类猫"。想来，画虎不像虎的克洛岱尔，就如同做不了小说家的批评家一样，在情理上讲亦并不有趣。然而倘若变成一种非猫非虎的怪兽，正是得这种怪兽之利，古来的江湖艺人发了大财。对于不感兴趣的节目，我们绝不会抛出一文入场费。

诸如此类的现象，并不止于《女人与影子》。埃雷迪亚[1]的《武士》《大名》等作品亦不例外，此类作品或许滑稽可笑。然而在其滑稽可笑之处，从积极方面讲，潜藏着类似荷兰花瓶那样一种魅

---

1 埃雷迪亚（José Maria de Heredia，1842—1905），法国诗人，代表作有诗集《锦幡集》。

力；从消极方面讲，则潜藏着类似武士商会出口的商品那样一种魅力。如果连这种魅力都不予承认，则难免有意识褊狭之嫌。野口米次郎、郡虎彦等日本人的作品能够驰名西方，我坚信其一半理由，正在于这种魅力。我作如是说，当然不是想非难二位的作品。二位的作品受到见识宽宏的西方人的欢迎，也值得为两位高兴。克洛岱尔大使的作品遭到意识褊狭的日本人排斥，也不得不为克洛岱尔大使感到遗憾。

据传闻，克洛岱尔大使就日本人对最近西方艺术的鉴赏能力问题，似乎感到疑惑。这或许正表明，他也不接受我们日本人关于《女人与影子》的批评。但无论古今，西方人对我们日本艺术的鉴赏能力又如何呢？日前某夜，克洛岱尔大使观赏樱间金太郎[1]于细川侯家舞台上演出的能剧《隅田川》，边看边打哈欠。对这时的克洛岱尔大使，我不由得报以同情的微笑。由此看来，大使也是

---

1 樱间弓川（1889—1957），能剧主要演员，金春流。本名金次，初代樱间金太郎。

硬充行家，与我等半斤八两。

法兰西大使克洛岱尔阁下若惠阅此文，务请不要见怪。

三　皮埃尔·洛蒂[1]之死

听说洛蒂逝世了。众所周知，洛蒂是《菊子夫人》和《日本的秋天》的作者。除了小泉八云，洛蒂就是与富士山、茶花、穿和服的女人因缘最深的西方人了。失去了这样的洛蒂，我们日本人不能无动于衷。

洛蒂不是一个伟大的作家。与同时代的作家相比，他的形象似乎并不高大。洛蒂给了我们新的感觉描写，或者说给了我们新的抒情诗，但是没给我们新的人生观与新的道德观。毋庸讳言，对于艺术家洛蒂，这当然不是什么致命伤。灯笼只要是亮着的，人们就对其表示敬意。就像对待

1　皮埃尔·洛蒂（Pierre Loti，1850—1923），法国小说家，以作品中的异国情调享有盛名，代表作有《冰岛渔夫》《菊子夫人》。

雨衣那样，即使挡不住雨水，也不可以轻蔑视之。而天正下雨，人们宁可舍弃灯笼也要选择雨衣，这本是情理的自然。我们必须悟及，在这种情理的关键时刻，任何艺术至上主义都与"您选择灯笼吧"这一劝告一样，是不能发挥效用的。人生好像暴雨倾盆的大街，我们是来往于这条大街上的行人。然而洛蒂连一件雨衣也不送给我们，所以我们不能在洛蒂的名字前加上伟大这个定语。无疑，古来所谓伟大的艺术家，就是专指雨中送雨衣的人。

另外，洛蒂虽是近年法国文坛上的人物，但不是主力。他的死，实际上不可能造成特别的影响。不过，如前所述，对写过美丽的日本小说的法国前海军军官朱利安·维奥[1]的去世，我们日本人只能略表哀悼。洛蒂书里的日本，也许没有小泉八云描写的那样真实，但书的确是好书，此乃不容置疑的事实。我们的姐妹——菊子夫人、梅

---

1 洛蒂的本名。

子夫人等，曾经翘盼着洛蒂的小说，而后漫步于巴黎的石板路上。对此，我们要向洛蒂献上日本人的谢意。洛蒂的生平大体如下：

洛蒂 1850 年 1 月 14 日生于罗什福尔，十七岁入海军，1906 年晋升大校。这一年他虚岁五十七。

洛蒂的第一部作品，是 1879 年他三十岁时发表的小说《阿齐亚德》（Aziyadé）。翌年，即 1880 年，他发表了《蜡蜡玉》（Rarahu），一跃而成文坛宠儿，这部小说两年后改名为《洛蒂的婚姻》，再度印行。

《菊子夫人》发表于 1887 年；《日本的秋天》发表于 1889 年。

1891 年，洛蒂被选为法兰西学院院士，此时他虚岁四十二。

据国际电报的消息，洛蒂于 10 日[1]死于昂代伊[2]，享年七十三岁。

1　即 1923 年 6 月 10 日。

2　法国比利牛斯 – 大西洋省的一个市镇。

四　新绿的庭院

樱花　　　　一场好雨过后，我神清气爽，红艳艳的花萼萌发出来了。

米槠　　　　我也该慢慢地绽开新芽了，绽开我这灰白色的嫩芽。

竹子　　　　我还患着黄疸病呀……

芭蕉　　　　哎呀！风要把我这绿灯的灯罩吹得变形了。

梅花　　　　我总觉得冷飕飕的，可是毛虫已麇集于我的身上。

八角金盘　　我这茶褐色汗毛未退的期间，总觉得浑身上下发痒。

百日红　　　你们都说些什么呀！时候还早着呢。正像你们看到的，我们仍然是一树枯枝。

雾岛杜鹃　　你别、别开玩笑了。我们忙得不亦乐乎。尤其今年，竟不知不觉一反常态开出了淡紫色的花。

仙人掌	怎样都无所谓，尽可以各随己便。我不在乎这些事。
石榴	我怎么觉得似乎满枝都是跳蚤。
苔藓	你还睡大觉啊？
石头	嗯，再睡一会儿。
枫树	"嫩枫泛茶色，一时綦显赫"。我可真是"一时綦显赫"。现在，唯有我已呈现出自己的正常姿态——水灵灵的黄绿色。哎哟！纸拉门里，灯亮起来了。

五 我独自漫步在春日照耀的大街上

我独自漫步在春日照耀的大街上，迎面走来的是修葺屋脊的瓦匠工头。最近，瓦匠工头也身着藏青色西装，头戴礼帽，脚蹬胶皮靴或其他什么质料做的长靴。可这双靴子也显得太大了——靴筒不是套至膝盖，而是套了半截腿。我觉得脚穿那样的长靴，与其说是穿靴，不如说是倏然顺势掉进了长靴筒里。

我钻进一个熟人经营的旧货店看了一眼。迎面的红木货架上摆着一个好似冈山县虫明窑烧制的酒壶，壶嘴形状奇异地带有猥亵格调。对了，我曾见过古代备前[1]窑烧出的酒壶，那壶嘴也是有点好似接吻的样式，壶嘴的凸鼻尖对着一个蓝色花盘。我看见上面蓝色垂柳枝条下，有一个蓝色的人，手举一根极长的钓竿。他是何人？靠上前去端量，原来是在金泽老家的室生犀星！

我又开始在街头漫步。蔬菜店里摆着一点点慈姑[2]。慈姑皮的色泽不错，是宛似古旧泥七宝[3]的蓝色。我心想，买下这慈姑吧——净瞎扯，明知自己不想买，还做买的打算。对自己也想撒谎，这到底是怎样一种心理呢？接着，我又来到鸟店，

1　备前国，日本古代的令制国之一，现冈山县东南部及兵库县赤穗市的一部分。

2　泽泻科多年生草本植物，生在水田里，叶子像箭头，开白花。地下有球茎，可作蔬菜食用。

3　金属珐琅器七宝烧的一种，因其烧制工艺源于中国的景泰蓝，故又有"日本的景泰蓝"之称。泥七宝的釉料为不透明釉料，与陶瓷釉料类似。

店里到处都是鸟笼。哎呀！老板竟也悠闲自在地坐在山雀的笼子里！

"归根结底，就跟骑马时的感觉一样。"

"你中了康德论文的毒了吧？"

两个身穿学生服头戴学生帽的大学生，从我身后步履轻健地走过。偶然间听到的别人的只言片语，听起来好似精神病患者的对话。走到这里渐渐是上坡路了。瞧，那家的山茶花已经凋零，变成茶褐色了，崖畔的竹丛却一如既往地黄绿着……啊！马从对面过来了。马的眼珠真大，竹丛、山茶、我的脸颊，全都映在马的眼珠里。马的后头，飞来了白粉蝶。

"我这里有刚下的鸡蛋。"

啊，是吗？我不要鸡蛋。

我独自漫步在春日照耀的大街上。

六 霜夜

我有一个关于霜夜的回忆。

　　我和往常一样坐在桌子前。不知不觉间，时钟传来了十二响。到十二点我必须就寝。今夜先合上书，将桌上的东西拾掇好，这样的话明天坐到这里就可以工作。说是拾掇，其实也没啥，只不过是把稿纸和必要的书籍归拢一下摞起来而已。最后处理好火盆里的火，把水壶里的热水注入瓮中，然后将火炭一块一块夹进去，眼看着火炭就变黑了。浸了水的黑炭发出了很大的声响。水汽也迷迷蒙蒙地升腾起来。此刻，不知何故，心里既觉得欣慰，又觉得空虚。我的被褥铺在隔壁房间。外间[1]和书斋都在二楼，睡觉前我肯定会下楼，轻轻松松小解一次。今夜也一如既往，蹑手蹑脚下楼。为了不惊醒家人，我须尽量蹑手蹑脚地下楼。客厅的外间还亮着电灯，有人还没睡。是谁没睡呢？我从那房间外边走过时，年已六十八岁的大姑一个人坐在室内扯着旧棉絮。那是丝棉，闪烁着若有若无的光。

1　附属于主要房间的房间。

"大姑[1]。"我打了一声招呼。

"你还没睡哪？"大姑问。"哎，今夜的活儿我就干到这里了，你也该睡觉了吧？"大姑又说。厕所里的电灯说什么也打不亮，迫不得已，我就在黑灯瞎火里小解。厕所窗外长着竹子。有风的夜晚便发出竹叶摩擦的声响。今夜竹子悄然无声，只是被笼罩在寒夜里。

　　薄絮实难扯，
　　茫茫寒霜夜。

七　收藏

无论在哪个年龄段，我都没有收藏癖。要说有过收藏癖，那大概就是少年时代收藏过昆虫类的标本。诚然，现在也许算聚集了一些书籍，但

1　所谓大姑，即芥川的大姨富贵。芥川出生不久，其母患了精神病，芥川由舅舅芥川道章收养，姓也由原来的新原改为芥川，于是大姨成了大姑。

这只是聚集，就像落叶聚集到风窝里一样，这些书自然地聚集到我的书架上，全非我煞费苦心收藏的结果。

我对待书籍是这样，更何况对待书画古董什么的。收藏的念头，一次也不曾产生过。不过对于翳文之徒来说，如此事实，毕竟也归咎于我的力不从心。我不想收藏，原因又未必全在于此。毋宁说，我不感到收藏乃一快事。或者说，对于喜好收藏的那般热情，我已感到倦怠。

知识领域亦系如此。我还没有收藏所有知识的那种欲望与行动。诸君越是认为我收藏了知识，我便越没有知识，此乃事实。一言以蔽之，如果说我多少有点知识，则必须断言，知识是主动聚集而来的。

收藏家都富有激情。特别是某些收藏家，仅仅为了搞到一张火柴商标竟然周游世界，他们几乎等于激情本身。只要不蔑视激情，我们就没有理由将收藏家当作笑料。我们与收藏家属于不同类型的人；同时，我们与革命家和预言家也属于不同类型的人。

对于为搜集火柴商标投注的激情，我表示同情。不，与其说是同情，不如说是敬意。不过归根结底对于火柴商标本身的价值，我抱有怀疑。以前我曾对自己的这种性情感到羞愧，然而现在脸皮变厚了，我不再有那么自卑的心态了。

八 知己费[1]

当年，我们都据守在《新思潮》这块同人杂志的阵地上，时常向《新思潮》以外的杂志投稿者，唯久米正雄一人。此间，《希望》杂志社突然给我来了一封信，内容是："拜托您写一篇短篇小说，赶在敝刊第五期发表，不知您是否方便？"当然，我爽快应诺。

没出一周，我就把短篇小说《虱子》寄给了《希望》杂志社，然后就是等待笔润的到来。等待

1　"知己费"是金额为十日元的暗语，流行于盗贼与江湖艺人中间。

第一份笔润的心情，对于没有鬻文体验的人来说，或恐有点难以想象。如果稍微夸张一点说，宛如翘盼直次郎的三千岁[1]，每天等待着邮政转账存款单的到来。

稿费的到来可真够困难。我经常和久米正雄议论，猜测《希望》杂志社能付我的短篇小说多少笔润。"每页稿纸能付你一元吧。要是一元，十二页稿纸就是十二元。不会的，每页付你一元五十分是没问题的。"久米正雄做了这样的预测。

经他这么一说，我心里也觉得似乎每页稿纸能付我一元五十分的笔润。

"要是每页果真付我一元五十分，我就花八元请你客。"我向他许愿。

"就是每页付你一元，你也该花五元请我客。"久米又来了这么一句。

我不认同这是义务。不过破费五元钱，我倒没有太大的异议。

---

1 源出歌舞伎舞蹈《幽会于春雪融化时》。一个雪夜，情妇三千岁等待意中人片冈直次郎的到来。

未久,《希望》第五期出来了。与此同时笔润也到了我的手中。我把邮政转账存款单揣在怀中,去了久米的宿舍。

"每页付你多少钱?一元?一元五十分?"久米看着我的脸,就像他自己的事似的,一个劲儿地追问。我什么也没回答,把邮政转账存款单拿出来给他看了。那上面竟残酷地写着:"三元六十分。"

"每页稿纸的笔润是三十分呀!三十分也太残酷了。"久米竟也露出了可怜的神情,我更是哭丧着脸。可是过了一会儿,我俩不约而同轻蔑地笑了起来。浮现在久米脸上的是轻微的苦笑,我脸上则是随便的苦笑。

"三十分是扣除知己费之后的余额吧?一元五十分减到了三十分——竟然每页一元二十分的知己费?太高了呀!"

久米一边这样说着,一边把邮政转账存款单还给了我。但他没提及日前约定请客的事。

九　妄问妄答

客人　按照菊池宽的说法，像这次大地震[1]生命危
在旦夕的情况下，人们无暇顾及艺术。留
得青山在，不怕没柴烧，赶快把和服衣襟
撩起掖入腰带逃命要紧。实际情况果真如
此吗？

主人　是的，实际情况果真如此。

客人　艺术领域里的内行也作如是观吗？譬如小
说家或画家。

主人　与外行相比，内行对艺术的考虑好像更深
邃。然而思忖起来，二者实乃五十步笑百
步。没有哪个豪杰正当火烧头顶之际，却
能冥思苦想如何描写燃烧在自己头顶上的
火焰。

客人　不过古代的武士们，确实能任凭枪贯侧腹，
高吟辞世之歌。

1　指 1923 年 9 月 1 日发生的关东大地震，下同。

主人 那是为了名节，与有意识的艺术冲动是两回事。

客人 如此说来，遇到那样紧要关头，我们的艺术冲动便荡然无存了？

主人 不至于荡然无存。你听听目前灾民讲的话吧。其中关于艺术的内容之多，出人意料。本来为了达到艺术性的表现，理应先有艺术性的印象。于是那一伙人不知不觉地让心灵发挥了艺术性作用。

客人 （带有反话口气）然而那一伙人到了火烧头顶之日，也照样会丢掉艺术的冲动吧？

主人 哎，那可未必。唯有无意识的艺术冲动，到了生死存亡的危急关头也能意外地出现最后的飞跃。我想起了那辞世之歌，古昔的武士在沙场战死之际犹吟辞世歌，仿佛大都带有戏剧性冲动或表演性冲动。换言之，即俗云哗众取宠心态的表现。

客人 那么您的意思是说，艺术冲动任何时候都可以存在吗？

主人　我指的是无意识的艺术冲动。无论如何也不能认为世间存在有意识的艺术冲动，明明现在火烧头顶……

客人　"火烧头顶"的妙喻，刚才我已经领教了。那么您完全赞成菊池宽的观点吗？

主人　我只能说不可能。菊池会因为我的"不可能"而感到寂寥吧？我不因此感到寂寥，我只能认为那是理所当然。

客人　为什么？

主人　没有为什么。只因他认为，在"留得青山在，不怕没柴烧"的形势下，其他一切都会被忘得一干二净，当然连艺术也被忘掉了。我们且不说遭遇大地震，就是憋着尿的时候，早就把伦勃朗与歌德统统忘光了。当然没必要说要是如此便会轻视艺术。

客人　如此看来，对于人生而言，艺术并非相当强烈地深入人心吧？

主人　胡扯！我不是说过艺术冲动在无意识中也能驱动着我们吗？！因而艺术在人生的底

层深深扎下了根。毋宁说，人生是布满艺术青芽的苗床。

客人　于是，便"玉不碎"[1]了吧？

主人　玉——是呀，玉或许会碎，但石头不会。艺术家或许会消亡，然而不知不觉被艺术冲动支配着的狗熊和蜜蜂[2]，不会消亡。

客人　看来，对于里见和菊池的引人瞩目的观点，您是部分反对的。

主人　我愿意将其界定为"部分赞成"。即便是我，遭受双雄夹击，也会感到烦恼。哎，还有，菊池的话不能全相信。

客人　有这等情况吗？

主人　之前菊池痛感道，为了博得大众的喝彩，下次有必要说谎。这个说法实在没什么可信度。哎，你再仔细观察一下菊池，他又在直言不讳地说着什么真话。

1　就灾后艺术的归趋，里见弴站在乐观论的立场上，于《时事新报》发表了《玉不碎》一文。"玉不碎"一语即出自此文。

2　狗熊、蜜蜂等，象征着民众。芥川以此强调民众是艺术的母胎。

十 对梅花的感情

——谨将此篇解说性拙文献给

为人严谨的西川英次郎君 [1]

我们是艺术之士，不可不如实观察万象。至少我们不会借用众人的眼光，而必须用我们自己的眼光来观察万象。古来伟大的艺术之士皆有这般独特的眼光，自然也就形成了独特的表现风格。梵高的《向日葵》复制品，至今依然受到人们的赏识，岂能是偶然结果？（幸在不咎我将 Gogh 念作梵高的发音之误。我未将 Andersen 读作"阿那阿生"，而将其读作安徒生，并不以为耻！）

这一点，对于以艺术创作为己任的人来说，是比白昼更明显的事实。然而以完全独立的眼光从事艺术创作，未必是件易事（不妨说，绝对以完全独立的眼光从事艺术创作，是不可能的）。特别是见过众人之诗经常描写的景物之后，再以独

1　西川英次郎（1892—1988），农学家，芥川的友人。

立的眼光从事艺术创作，这对我们更是难上加难。试想以"暮春"作俳句的情形。与谢芜村作《暮春》之后，谁还能胸有成竹地以独特的眼光咏叹暮春？梅花就是其中一例，不，是其最典型的例子。

梅花让我想起《伊势物语》中的和歌到铃木春信[1]绘画中流露的那种柔媚之情。然而每当见到梅花，最先抓住我心灵的是源于中国的文人趣味。持如此观念者并非唯我一人，各位高士君子亦系如此（《中央公论》的记者亦使用"梅花赋"一语）。唯有金发碧眼的西洋诗人，才仅将梅花看作紫色科属之花。哪怕从一枚梅花的花瓣中，我们也会本能地想到仙鹤，想到新月，想到空山，想到野水，想到断崖，想到书灯，想到修竹，想到清霜，想到罗浮山[2]，想到仙女，想到林处士[3]的风流。既然如此，不必责怪我等欲以独立眼光观察

---

1 铃木春信（1725—1770），江户时代中期的浮世绘画师。

2 罗浮山在广东省东江北岸，以梅花著称。

3 即中国北宋诗人林逋（967—1028），后半生隐居杭州西湖孤山，性喜梅花，自称"以梅为妻，以鹤为子"。咏梅诗有："疏影横斜水清浅，暗香浮动月黄昏"（《山园小梅》）、"雪后默林才半树，水边篱落忽横枝"（《梅花》）等。

万象的文艺之士对梅花不抱好意。（此乃永井荷风
在其《日本的庭园》里"梅花"一章中早已阐明
的真理。文坛不承认诗人除了心脏还有脑髓这一
事实，此乃余今日盗用这条真理的原因。）

　　如前所述，每当看到梅花，我的文人趣味就
被唤醒了。然而，切莫妄以我为文人，可称我为
诈骗犯，亦可称我为谋杀犯。万不得已，称我为
大学教授的适当人选，倒还可以忍受。唯独勿称
我为所谓文人。因为有了《十便十宜帖》[1]，便将
池大雅同与谢芜村并列称誉，此乃所谓文人之所
为。我就算被施以宫刑，也不愿与这等疯人为伍。

　　不唯如此。我是轻蔑文人趣味之人，尤其轻
蔑文化文政时代[2]风行的文人趣味。文人趣味无非
即业余情趣。若始终贯穿业余情趣，诸事皆休。
倘若有人要张贴标榜超越业余情趣的告示，莫如

1　《十便十宜帖》是池大雅和与谢芜村合作的著名画册。以中国明
　　末清初戏曲作家李渔的《伊园十便十宜诗》为主题。池大雅作
　　《十便帖》、与谢芜村作《十宜帖》，属日本国宝。
2　文化文政时代，即公元 1804 年到 1830 年，盛行以江户为中心发
　　展的町人文化，也是江户的黄金时代。

此时让他去观赏赖山阳[1]的绘画。要而言之，赖山阳的《日本外史》是一部历史小说。至于绘画，只有"吴耶越耶"[2]和佛掌薯之类的山水画。进而言之，欣赏一番田能村竹田[3]的《百活矣》如何？

如果这些皆可称作艺术，那么安来小调[4]不也是艺术吗？！当然，我无意排斥他们的业余情趣。我若生于那个时代，或许也会戏作《河童晚归图》，以博得山紫水明楼[5]上人士粲然一笑。他们皆聪颖之士，岂能将自己的业余情趣与自己的艺术混为一谈？我一贯确信，大正时代的庸俗之辈不懂艺术。倘若一本正经地、欣喜地倾听他们天真幼稚的笑谈，此时，禁不住哂笑者必定是赖山阳与田能村竹田二人。

1　赖襄（1780—1839），字子成，号山阳、山阳外史，通称久太郎，别号三十六峰外史，著名汉学家。

2　赖山阳的汉诗《泊天草洋》开头有"云耶山耶吴耶越耶"字句，芥川之言，源出于此。

3　田能村竹田（1777—1835），江户南画画家、汉诗人，颇有经学诗文造诣，与赖山阳等文人有交往。

4　日本岛根县安来地方的民谣，后来流行全国。

5　赖山阳在京都的宅第之雅号。

梅花强使我养成被我轻蔑的文人趣味，梅花让我倾倒于低劣的诗魔。我惧怕梅花，好似孑然一身的远游者恐惧深山大泽。然而你思索一下，那远游者想象的踏遍之快，不亦常在深山大泽吗？每当看到梅花，我就像遥望峨眉之雪的徐霞客，就像仰观南极星的萨克里顿[1]，雄心勃勃不能自禁。

　　灰烬全抛弃，篱下白梅鲜。

加之，野泽凡兆[2]早为我们指点了迷津。我急于渡江，唯少年意气也！

我难以用独特眼光轻易地观赏梅花，因而越发欲以独特的眼光观赏梅花。聊唱反论，则因待

1　萨克里顿（Ernest Shackleton，1874—1922），英国南极探险家。1909年1月16日，由萨克里顿带领的探险队在南极附近发现了南磁极。

2　野泽凡兆（？—1714），江户俳句诗人，师从松尾芭蕉。和向井去来一同编辑整理诗集《猿蓑》，后渐与芭蕉疏远。元禄六年（1693）入狱，此后一直过着落魄的生活。

梅花冷淡过甚，以至对梅花迷恋过甚。高青丘[1]诗云："琼姿只合在瑶台，谁向江边处处栽。"又云："自去何郎无好咏，东风愁寂几回开？"梅花真似仙人的千金，或者富户老翁之小妾。（后者是永井荷风的比喻，未必与前者相矛盾。）倘若我的这篇文章不甚还原，你尽可以想象一下自己对这般美人萌动的感慨。进而言之，倘若你的感慨仅止于心荡神漾，那么无可奈何，你也只是个庸俗之辈，只是一根不可济度的干屎橛[2]。

十一　巧合

我写了《阿富的贞操》这篇小说后，共有三人问我："阿富是某人的夫人吧？"也有人问："该小说中有一个名曰村上新三郎的乞丐登场，他与幕府末期的奇杰村上新三郎是同一人吗？"然而

1　即中国明代诗人高启（1336—1374），他的诗在江户与明治时代很受日本文人欢迎。

2　禅林用语。原指拭净人粪之橛（即厕筹），佛家比喻至秽至贱之物。

那篇小说是虚构的故事，没有所谓的人物原型。《阿富的贞操》里的登场人物仅有阿富与乞丐二人，此二人皆与实有人物相似，无疑是罕见的巧合。以前，我读了藤野古白作的俳句："木偶艺人西东奔，日暮归至罗生门。"其中的"木偶艺人"和"罗生门"都是我的小说集之名，巧合之妙令我惊诧。现在又遇到了如此巧合现象，巧合好像总在我的身上作祟。

十二　霍乱

霍乱流行，我想起了漱石先生的事。先生的孩提时代也流行过霍乱。那时，先生吃了好多豆子，喝了不少水，然后与父亲一起钻进蚊帐睡觉。据说黎明时分，先生在蚊帐里突然开始上吐下泻，先生的父亲大惊道："呀！是霍乱！"喊完就跳出了蚊帐，思考如何处理，却无计可施。此时，天空还闪烁着晨星，先生的父亲便拿扫帚扫起庭院来。无疑，先生的吐泻是豆子与水在作怪，并非霍乱。先生说，通过这件事，他了解到为人之父的利己主义。

关于霍乱都有哪些小说呢？尾崎红叶的《青葡萄》大概是涉及霍乱的吧？拉莫特[1]的短篇中，记述过日本的霍乱。虽然文中没有什么引人瞩目的事件，但是对于河岸鱼市的闲旷场面和人们做这忙那的情景，描写得相当精巧剔透。

我不愿死于霍乱，讨厌上吐下泻极不风雅地辞世。读到叔本华害怕霍乱而逃遁之事，我对他甚表同情。从某种意义上说，与他的哲学相比，我或许更理解他那惧怕霍乱的心理。

在叔本华的时代，人们还不晓得霍乱系由食物传染所致。我作为现代人的幸运之处，是对霍乱的发生原因了解得一清二楚。我吃煮熟了的食物，喝盐酸柠檬水，有条不紊地采取预防措施。此间，人们哂笑我胆小如鼠。不过，胆小乃文明人独具的美德。如果说胆大的人是伟大的，那就

1　拉莫特（Antoine Houdar de La Motte，1672—1731），法国剧作家。作为近代派参与了新旧戏剧论争，批判古典戏剧。

请向霍屯督人[1]的国王行三拜九叩礼好了。

十三　长崎

菱形的风筝。上升到圣山[2]上空的风筝。朗朗空中飘扬着几只风筝。

路边，出售着酸橙和香蕉。阳光下炙热的石板路面。满街飞舞的燕子。

丸山烟花巷的回观柳[3]。

运河上的石造眼镜桥。往来于桥上的草帽。倏然游来的一群鸭子，阳光照耀下雪白的一群鸭子。

南京寺石阶上的蜥蜴。

中华民国国旗。喷吐烟气的英国轮船。"保护着港口的山崖上，嫩叶沐浴着阳光……"秃顶的

1　居住于非洲西南部纳米比亚的游牧民族。

2　一般指长崎港附近的西坂丘，这里曾是日本基督教徒的殉教之地。

3　吉原（指东京都台东区浅草北部，原为烟花柳巷）大门口所植柳树。据说种在清早离开的客人依依不舍驻足回头观望之处。

斋藤茂吉[1]。洛蒂。沈南苹[2]。永井荷风。

最后，"日本的圣母寺[3]"供神大殿里的圣母玛利亚。混杂在麦穗里的矢车菊。白昼无亮光而有烛火。窗外远处的圣山。

山顶上的天空还飘着风筝。北原白秋[4]歌吟的风筝。朗朗空中飘扬着几只风筝。

十四 东京田端

秋冬之交的阵雨浇湿了树梢。因阵雨而闪耀光亮的一家家屋脊。狗酣睡在装满木炭的草袋堆

---

1 斋藤茂吉（1882—1953），日本短歌诗人。前文的"保护着港口的山崖上，嫩叶沐浴着阳光"即为斋藤茂吉的短歌。他的创作被认为是近代短歌的高峰，有人称他为"歌圣"。

2 沈南苹（1682—1760），名沈铨，字衡之，中国画家。1731年受德川幕府第七代将军吉宗的邀请来到日本。他在长崎逗留三年，备受推崇，被称为"舶来画家第一人"。对日本的花鸟画、写生画的影响很大，并形成画坛中的长崎派。

3 即长崎的大浦天主堂，正式名为日本二十六圣殉教者堂，日本现存最古老的天主教建筑物。

4 北原白秋（1885—1942），诗人。其诗开拓了唯美主义感觉诗、官能诗的世界，促进了近代日本诗歌的完成和现代诗歌的诞生。

上，几只鸡一动不动，待在同一个笼子里。

庭院里的树上垂挂着王瓜[1]的，是铸造师香取秀真的家。

竹叶下垂到院墙上的，是画家小杉未醒[2]的家。

大门内铺展着宽阔草坪的，是显贵鹿岛龙藏[3]的家。

门前横着一条泥泞道路的，是俳人泷井折柴[4]的家。

门口踏脚石边配以矮竹的，是诗人室生犀星的家。

隐现于米槠和银杏树下，黄昏时分点亮灯笼的，是茶馆天然自笑轩。

1　葫芦科，栝楼属多年生草质藤本植物，果实、种子、根均可入药。

2　即小杉放庵（1881—1964），日本画家、歌人。

3　鹿岛龙藏（1880—1954），号唐升，鹿岛建设第三代经营者。雅好文艺、书画篆刻，同时对日本古典音乐、歌舞戏剧均有涉猎。东京著名艺术家和文学家的聚集地"田端文士村"的赞助者，曾组织作家、艺术家交流聚会的沙龙"道闲会"，与芥川交好。

4　泷井孝作（1894—1984），小说家、俳句诗人，俳号折柴。师从河东碧梧桐，后在芥川和志贺直哉影响下写作小说。

拉门把秋冬之交下着阵雨的庭院隔离开来；火盆驱散了阵雨的寒气。我坐在紫檀桌前，嘴里叼着八分钱一根的香烟，欣赏着一游亭[1]画的《鸡图》。

大正十一年（1922）至大正十三年（1924）

（刘立善　译）

1　即小穴隆一。

世间与女人 1

　　当今世间，男人制定的制度和男人的习惯占据统治地位，性别导致了男女之间存在非常不公之处。为了矫正这一现实，女人必须参与世间的工作。但是不公平未必意味着唯有男人占便宜。是的，我觉得有时似乎女人占便宜居多，譬如，相扑比赛即是。我们极少能有机会看到裸体女人。可是女人只要去看相扑比赛，随时都能看到强壮男人的裸体。我想，这种情况即为女占便宜男吃亏。

　　说到相扑我想起了一件事。《人间》杂志曾把两张封面画报送警视厅官员审查，其结果，一张是裸体女人画，未得到通过；另一张是裸体男人画，被许可用作杂志封面。其实，两张都是裸体女人画，警视厅官员把其中一张错看成裸体男人了。这位官员的失误真值得我们庆贺。

现实并不止于此类肤浅问题。在男女关系方面，整个世间总是有偏见：男人总是勾引女人，女人总是被男人勾引。实际上，女人勾引男人的情况……纵然不用语言勾引，用举止神态勾引男人的情况，似乎出人意料地多。

在这一点上，如果女人也干男人的工作，男人的冤枉或许会得到昭雪。从这个意义讲，我认为女人参与世间的工作并非坏事。女人唯有通过强调自身在生理方面与男人的相异点，才能获得参与世间工作的资格。

否则，如果仅仅强调男女完全一样，那么，只不过历来由男人从事的工作，分一部分转到男人似的女人手中而已，其结果并不能推动社会的进步。

又有人认为，女人参与世间的工作，必然失掉原汁女人味。我不以为然。诚然，传统的女人形象也许会遭到破坏，但是原汁女人味理当不会消泯。

以下举出的例子，对女人或恐有失礼貌。狼被人工饲养之后必然变成狗，然而绝对不会变成猫。这是确凿的事实。纵令失去了传统的女人形象，也不可能失去女人味。我以为，这也就像狗一见小偷必然会咬上去一样。

不过，这是立足于表面道理上的议论。由我一己嗜好说来，我还是觉得狼比狗好。最好是既能生儿育女，又能缝制衣服的温柔的雌性白狼。

大正十年（1921）二月

（刘立善 译）

鬻文问答

编辑 能请您为敝刊下月号写一篇文章吗？

作家 不行。最近我总是病病歪歪的，无论如何也写不出来。

编辑 尤其想请您写一写此类内容。如果最近写，问答争论就可以写成一卷书。

作家 所以，这次就别让我写了。

编辑 这可叫我左右为难。写什么都成，写两页、三页也可以。只要有您的大名就行。

作家 刊载那等水平的东西，岂不太愚蠢了？对不起读者自不待言，杂志恐怕也有损声誉。想想看，人家会说三道四，指责贵刊纯是挂羊头卖狗肉。

编辑 不，对杂志无损。刊载无名之士的作品时，好则好，坏则坏，责任全由杂志社承担。知名大家的作品则不然，其作品的好与坏，责任全由作家本人承担。

作家 这样一来，我更不能接受您的约稿了。

编辑 不过，像您这样的大家，纵然发表一两篇劣作，也无败坏声名之虞呀。

作家 按照您的理论，如果某人即便被偷去五元钱或十元钱，生活也不至困窘的话，偷他也未尝不可，是失窃者活该。

编辑 若认为是失窃，自然令人不快。权当是义捐，这样您大概可以接受了吧？

作家 开这种玩笑真让我为难。杂志社来买稿，这肯定是一种交易。这种交易或者要明确提出某一主张，或者肩负某种使命，可以打出多种多样的招牌吧？但是宁肯受损也要忠于自己的主张或使命，这样的杂志社毕竟不多。走红的作家，杂志社主动购其稿子；无名作家央求杂志社关照，杂志社也不会要他的稿子，这是理所当然的事。

> 如此说来，面对杂志社，作家不是也应当
> 以自身利益为中心，或者拒绝约稿，或者
> 接受约稿的吗？！

编辑 但是，请您考虑一下十万读者的期待。

作家 这是哄小孩的浪漫主义。将此话信以为真者，就是在中学生里也找不出一个来。

编辑 不，我的意图是要全心全意地满足读者的希望。

作家 那是您的希望吧。因为满足读者希望，也就等于买卖兴隆。

编辑 您这么理解，叫我犯难了。您总说买卖呀买卖的。然而求您赐稿，并非纯粹做买卖呀。实际上也是由于喜欢您的作品。

作家 或许如此。至少向我约稿这件事本身就掺杂着某种好意。像我这等头脑简单之人，容易为这种好意所感动。虽然号称"写不出来，写不出来"，可是心中觉得能写出来的话，还是想写。这种轻易许诺，不会令人满意，其结果，不是我感到不快，就必

然是您感到不快。

编辑 俗云:"人生感意气。"[1] 请感受一下意
气吧。

作家 这生搬硬套的意气,我并未感受得到呀。

编辑 请别净高谈理论,看我的面子,恳请无论
如何赐篇稿。

作家 真难办呀。那就把你我的对话涂成小文
如何?

编辑 实在不行的话,也可以吧。还望本月里一
定交稿。

一个蒙面人突然出现在二人中间。

蒙面人 (朝着作家)你小子真是个冷酷无情的
家伙。一会儿说大话吹牛皮,一会儿又
想暂且敷衍塞责,写荒唐文章。我听说
当年的巴尔扎克一晚上就能写出一篇精

---

1 出自唐朝魏征的《横吹曲辞·出关》,原诗赞颂侠气重诺、不图
功名的精神。

彩的短篇小说。那家伙热血上头的时候，便以热水洗脚，而后继续写作。想一想巴尔扎克惊人的精力，你小子和死人一样。暂且的敷衍塞责也罢，为什么不学学巴尔扎克？（朝着编辑）你小子的品行也不怎么样。刊载华而不实的作品，这在美国会构成法律问题。除了眼前利害，你还需考虑推出高雅作品的事！

编辑和作家都噤若寒蝉，茫然地凝视着蒙面人。

大正十年（1921）前后，未定稿

（刘立善　译）

日本的女人

一

　　这里有一本颇有意思的书——《日本》，1852
年印行，著者名叫查尔斯·麦克法兰[1]。著者不曾
来过日本，却是对日本颇感兴趣的一个人，至少
称得上是有情趣之人。《日本》一书从拉丁语、葡
萄牙语、西班牙语、意大利语、法语、荷兰语、
德语、英语等语种的文献里博采有关日本的报道，
然后集其大成。采集的这些文献范围上自 1560 年，
下至 1850 年。著者对这个题目，也就是对日本感
兴趣，据说是因为受了兵站总监詹姆斯·德拉曼

1　查尔斯·麦克法兰（Charles Macfarlane，1799—1858），苏格兰作
　家，著有 *Japan：An Account, Geographical and Historical*。

德的影响。据说这个德拉曼德年轻时活跃于实业界，明明是英国人，却假冒荷兰人的名字在日本住了数年。麦克法兰在布莱顿[1]遇到了德拉曼德。德拉曼德向他出示了自己搜集的与日本有关的书籍，不但将这些书籍借给了麦克法兰，还向他口头介绍了许多关于日本的事情。麦克法兰参照德拉曼德的口头介绍，写成了《日本》这本书。顺笔提及，德拉曼德的夫人是著名小说家斯摩莱特[2]的曾孙女，据说她酷爱文学。

《日本》一书诞生于这种因缘之中，所以内容不像著者亲自踏上了日本国土之后写出的游记那样准确。实际上，铜版插画错把朝鲜的习俗当作了日本习俗，将就着插入书中。但是正因如此，今天的我们读起来并不觉得索然无味。譬如书中认真记述道，日本皇帝有许多旱烟袋，每日换一支新烟袋吸烟。应当说，一本正经地记载这种内

1　英国南部城市，英国最大的海水浴场所在地。

2　斯摩莱特（Tobias Smollett，1721—1771），英国小说家，代表作有英国第一部揭露海军内幕的小说《蓝登传》等。

容颇为可爱。在这本书里有一章专门介绍和论述日本妇女，我想简要介绍此章。

按照麦克法兰的观点，妇女占据何种社会地位，是鉴衡文明高低的真正尺度，而日本妇女的社会地位比任何其他东方诸国妇女的要高出几档。日本妇女不像东方其他诸国妇女那样吃尽了幽禁一般的苦头。日本妇女不仅社会待遇较高，还可参与父亲或丈夫的游乐活动。妻子的贞操或处女的童贞全凭她们的名誉观念来自行左右。然而，不贞的妻子可以说几乎一个也没有。事实上，这是由于破坏贞操就意味着立即接受死亡的惩罚，所以尤其需要严守贞操。

在日本，身份至尊者和身份至卑者一律接受学校教育。据传闻，日本国的学校数量超过世界上任何一个国家的，就连农夫与贫民多少也能读书识字，所以妇女接受的教育与男人的一样完整。实际上，日本著名的诗人、历史学家以及其他著述家中，女性占非常大的比例。

富人或贵族阶层的男人，大多不像妇女那样

保持贞操。相反，千真万确的是，身为母亲或妻子的妇女却能纯洁地度过一生。日本传来的各类故事及众多旅行家耳闻目睹的事实，都无可置疑地证明了这一点。

日本的女人最大的羞耻莫过于名誉扫地，妇女因蒙辱自杀的故事不胜枚举。以下的故事足以为证：

某一有身份的男人外出旅行，在他离家期间，一个贵族男人爱上了他的夫人。那位夫人非但没落入贵族男人诱惑的圈套，反倒将那男人狠狠地羞辱了一顿。但不知贵族男人是使用暴力还是玩弄阴谋诡计，总之坏了那位夫人的贞操。而后夫人的丈夫回来了。夫人一如既往，满怀爱情接待丈夫。不过她的态度中总有一种威严而不可侵犯的感觉。丈夫觉得妻子的态度有些蹊跷，便这样那样地追问不止。不知何故，其妻这样回答："明日之前，什么也别问。到了明天，我把我家的亲戚和这条街上有名望的人士请来，在众人面前把所有隐衷倾吐出来。"

翌日，客人陆续到他家赴宴。那个坏了夫人贞操的贵族男人也混在来客之中。客人在他家屋顶阳台上接受款待。客人们酒足饭饱之后，夫人站起来，当众公开了自己遭受的污辱。紧接着，她非常激动地对丈夫说："我已经失去了做您妻子的资格，请您把我杀掉吧。"

她的丈夫以及在场的来客都安慰她，说她毫无罪过，只是做了那贵族男人的牺牲品。她向这些人深致谢意，然后靠着丈夫肩膀，撕心裂肺般恸哭起来。突然，她亲吻了丈夫一下，拨开丈夫的手，疾步朝阳台边沿跑去，说时迟那时快，纵身跳下了高高的阳台。

夫人当众公开了自己遭受的污辱，却没说出侮辱她的人是谁。那个男人乘夫人的丈夫及来客慌乱之时，悄悄走下阳台阶梯，在自杀了的夫人尸体旁，以武士的派头，悲壮

地剖腹自杀了。

据麦克法兰讲，这个故事出现在兰道尔[1]的回忆录里。我不清楚日本是否真有此事。略加思索，似乎德川时代的小说或戏曲中也找不到与此相同的故事。这种故事或许发生在九州岛某处的农村。然而，在屋顶阳台上举办宴席，日本武士的夫人亲吻丈夫，如此带有浓烈的西洋人格调的场面，倒挺有意思。说是挺有意思，一笑置之，倒也简单了。想一想古代日本人传达西洋事情时，也一定与此相同，所以我们委实不能自以为得意地一味嘲笑西洋人。岂止是传达西洋的事情，即便传达邻邦中国的事情，出现此等讹误也是家常便饭。说白了，近松门左卫门的《国姓爷交战》真乃奇妙之作，作品中描写的人物与风景，同样难以辨别是日本还是中国。

此外，麦克法兰的书中还有一个展示了日本

1　兰道尔（Arnold Henry Savage Landor，1865—1924），英国画家、旅行家，到过日本、中国、澳大利亚。

妇女如何伟大的故事：

忠弥这个伟大的武士和他的朋友正雪密谋犯上。忠弥之妻才色兼备。忠弥的密谋暗中已策划了五十年，可最终由于他的失策，暴露了真相。于是政府发出命令，逮捕忠弥与正雪。按当时的情况，政府绝对有必要生擒忠弥，因此必须对他突袭。捕吏在忠弥门前高声喊："起火了！起火了！"忠弥为看火势跑出门外，遭到捕吏的袭击。忠弥勇敢地与捕吏交战，斩杀两人，终因寡不敌众，被捕吏逮捕。忠弥之妻听见了其间的格斗厮杀声，立刻悟及捕吏来了，便将丈夫的重要文件投入火中。这些文件上载有密谋集团成员的贵族名字。忠弥之妻处乱不惊的性格，今天也是日本人惊叹的对象。人们每当夸奖女人的判断力和决断力时，就说"像忠弥的妻子一样"。

不言而喻，这里的忠弥即丸桥忠弥[1]，正雪即由井正雪。据麦克法兰讲，这个故事也出自兰道尔的回忆录。麦克法兰传达的日本妇女，几乎都是乌托邦里的女人。就算是 1860 年前后的日本妇女，少女或妇人的贞操也不可能保持得那么高洁，这种内容必不可信。对此，我们若讥笑麦克法兰诚实过甚，那就再无话可谈了。然而事实上，传达外国的风俗人情时，纵使在今天，依然总或多或少带有喜剧色彩。最近，某女士在某家报纸上把美国女学生的生活吹嘘得如天使一般。假设那篇报道于半个世纪后再映入美国人眼帘，肯定会同麦克法兰的《日本》一样，被人付之一笑。

二

与麦克法兰的《日本》相比，阿礼国[2]的《我

---

1 江户初期的武士，曾发起试图推翻幕府统治的庆安事变，更是宝藏院派枪术的名家。后文的由井正雪是他发起庆安事变的同志。

2 阿礼国（Rutherford Alcock，1809—1897），英国外交官，1858 年任英国首任驻日本大使。

在日本三年》在很大程度上正确传达了日本的真相。

《我在日本三年》上下两卷，1863年由纽约的港湾书肆发行。书中插画颇多，不少复制的是锹形蕙斋[1]的漫画。

首先，阿礼国不像麦克法兰那样在书斋里想象日本。正如此书的说明所示，著者在日本住过三年。

其次，阿礼国不像麦克法兰那样没文化。他颇有学问，尤其深通当时流行的米尔[2]的哲学观。他对自己在日本耳闻目睹的各种事件，分别发表了自己的见解。他的见解中既有令今日的我们微笑的地方，也有我们应当倾听的地方。这一点是麦克法兰书中完全没有的特色。阿礼国是德川幕府末期驻在日本的英国特命全权公使。他驻日期

1　锹形蕙斋（1764—1824），原名北尾政美，日本浮世绘画家。

2　约翰·米尔（John Stuart Mill，1806—1873），英国著名哲学家、经济学家，主要著作有《论自由》。

间，井伊直弼幕府大老[1]被刺客杀死于樱田门外，几个西洋人也为日本浪士所杀。

这样说来，阿礼国似乎在讲着与他本人无关的事情。其实，他居住的品川有一座东禅寺，日本浪士曾杀进寺内，造成了死伤数人的事件。此外他登过富士山，去热海泡过温泉，外出旅行相当频繁。阿礼国就这样居住在国内国际多事之秋的幕府末期日本，且不把自己的生活局限于江户，周游日本各地。他的日本游记令人读来兴味盎然，并非偶然。

阿礼国的日本游记，不像洛蒂和吉卜林的作品那样富于艺术色彩。以描写浅草为例，他笔下的浅草，的确没像洛蒂《日本的秋天》里的浅草那样，眼前浮现的是黄澄澄的银杏和红彤彤的伽蓝。然而如前所述，阿礼国对耳闻目睹的事件发表了十分有趣的见解。

1　大老，日本江户时代德川幕府中的官职名，辅助将军管理政务，地位在老中之上，因此是临时性的最高职位。一般这种职位只有一人担任，平时免于评定所的办公等日常事务，仅在将军作出重要决策时参与行政。

譬如，阿礼国看见农家廊檐下有一老妪给孩子艾灸疗疾，遂叹息道："我们人类不论古今，不论西东，为了获得虚拟的幸福，情愿折磨自己的肉体。"又如，他翻越某座山时，偶然听见黄莺鸣啭，便嘲笑道："黄莺的鸣啭宛如夜莺。按照日本的传说，日本人曾教黄莺音乐，若此事确系事实，无疑令人惊讶。因为日本人本身并不懂音乐。"

这些见解叫人怎能不报以微笑？他论及"樱田门外事件"发生之后日本人的复仇崇拜，论及戏剧《忠臣藏》之类对民众的影响，诸如此类的议论委实耐人寻味。话头若拐入旁岔太远，返回正题颇费时间，所以留待此后有机会再做介绍。

言归正传之前，为了概略介绍《我在日本三年》，我首先大致披露一些阿礼国初到长崎时的印象：

6月4日（1859年），轮船驶入雨中的长崎港，这个海港已多次出现于到过日本的旅行家笔下。但是，在阴云密布的天空下眺望海港，仍有几分美丽。轮船渐进港湾，随之数座岛屿浮现眼前。那些岛屿大都景美如画。

轮船一直朝港湾深处驶去，我看见了横亘在对面的长崎街市。长崎的街市铺展于几座相连的小山下。市区高高地扩展到树木茂密的小山平地上。显现于右侧的是出岛。扇形的出岛洼地伸向海中，扇柄出自陆地。出岛上有一条又长又宽的大街，大街两侧鳞次栉比的，是欧洲风格的二层楼住宅。看上去非常小巧玲珑。（中略）

港湾给人的第一印象，颇似挪威的峡湾，尤其酷似位于挪威首都的奥斯陆峡湾。不过，奥斯陆峡湾比长崎湾美丽。这里的小山陡直耸立于长崎湾畔，未加装点的小山上，青松苍郁。然而，登上陆地一瞧，植物比挪威的更趋热带化，有石榴、柿树、椰树、竹子等，栀子、山茶树也很茂盛，理当生长于此地的凤尾草随处可见，常春藤爬在墙壁上，路边长满了大蓟。

就是这样一种格调。下面，我们看一看他的日本妇女论。在阿礼国看来，日本妇女的社会地位及其与男人的关系，自古以来一直受到人们的赞赏。然而他对这一点是否值得赞赏实在存疑。

我（阿礼国）在此不想涉及日本国民是否比其他国民更缺德的问题。但在日本，父亲将女儿卖作娼妇，或者驱使女儿接客，法律非但不处罚，反倒都予以认可。甚至他们的邻人也根本不予以谴责。我无法相信，此等国度里会存在健全的道德感情。

诚然，日本没有奴隶制度，也不存在像买卖农奴、奴隶、家畜那样买卖人口的事。（不过说不存在，只是一半真理。虽说日本的女孩在一定年龄限度内受到保护，但毕竟可依法进行人身买卖。由此推论，成年男人或少年大概也可成为买卖的对象。）然而既然存在蓄妾制度，家庭的神圣性便无法得到保证，这是浅显易晓的道理。

靠什么来缓和这种国民罪恶的毒害性呢？目前尚无法找到这种缓和剂。不过，这种缓和剂还是部分存在的，即类似中国那样，母亲对孩子具有的甚强的权威。

日本妇女被当作商品看待，她们的个人意志得不到顾惜，她们作为女人的权利得不到尊重，她们是丈夫可以出卖的物品。而且丈夫在世期间，妻子被丈夫当作家畜或奴隶看待。

然而在与孩子相关的范围内，母亲对孩子拥有绝对权威。身为母亲的日本妇女处于比父亲更高的地位，国民罪恶的毒害性因此得到了些许和缓。日本妇女甚至能够登上天皇的宝座，或许即为例证之一。实际上，古今不乏女天皇。确实，日本妇女的地位同被买卖的家畜或奴隶一样，但她们似乎有着出人意料的忍耐力。对于这一点，我尚未做细致调查，不能妄下评断。日本的亲子之情好像很浓。总之，日本人颇具爱子之心。

同麦克法兰的日本妇女观相比，阿礼国的日本妇女观可谓深中鹄的。阿礼国驻在日本的时代即嘉永（1848—1854）和万延（1860—1861）时代。自那时以来，日本妇女的社会地位似乎没有提高。

阿礼国以前的西洋人赞美日本妇女，是否是客观观察了日本妇女社会地位之后发出的赞美？这是一个疑问。毋宁说，或许是日本妇女做了西洋人的小妾之后，她们的老实忠贞令西洋人大生感激之心。

相传江户幕府初年，英国人撤离肥前平户[1]时，对他们的日本夫人恋恋不舍。如果阿礼国也娶个日本女人做小妾，他就未必会那样蔑视日本妇女。他若因此对日本妇女有了接近准确的见解，至少，

1　位于长崎县北部，1550 年葡萄牙商船进港之后，至实行锁国政策的 1623 年，是繁荣的商港。

这对后代读书人是一大幸事。

早年，去中国旅游时，在溯扬子江而上的轮船中，我和一个挪威人待在一起。他对中国妇女社会地位的低下表示愤慨。

那个挪威人说，河北、河南两省闹大饥馑的时候，有个中国人不是向他卖牛，倒是首先向他卖老婆。尽管如此，挪威人还是把作为人妻的中国人和日本人夸赞到天上。在我的面前，他与同船的美国夫妇为此展开了激烈的论战。可见无论理论如何，男人在内心好像还是喜欢阿礼国笔下的那种妻子。说到底，用阿礼国的话说，对于作为家畜或奴隶的女人，西洋男人心中涌动着禁不住的赞叹。故妇女运动唯有期待妇女自身的力量，除此绝无成功的希望。

大正十四年（1925）五月

（刘立善　译）

病床杂记

一　病中幸得闲暇，各种杂志上的小说读了十五篇。泷井[1]君的《古怪者》是他诸多作品中出类拔萃的新作。父亲、儿子、风景都写得朴不伤雅，可谓有高粱黏糕味道。其手法之新颖，恐怕在九月份小说中数第一。

二　里见君的《蚊香》是十月小说中最出色的佳作。只是文至结尾，有落笔匆匆之憾。其他诸如人情方面的描写等，依旧不负巧手之名。

三　我在旅途生病不是稀罕事（这次在轻井泽睡觉着凉生病，至今未愈）。但那次临去中国之前病倒在下关旅馆里，是我最为痛苦的记忆。当

1　泷井孝作（1894—1984），小说家、俳人。在芥川和志贺直哉的影响下写作小说。

时患重感冒，在东京、大阪和下关，病情三次反复，高烧总是不退。加上手脚又因过敏生了疱疹，旅馆女服务员可能认为，我至少是个梅毒患者。她们当中的一人可怜我，说道："打一针能好些吧？"

> 烟尘似朝云，
>
> 飘落下关港。

四　他昨日谩骂"小笑话文学"，今日又恬然作起"短篇文学"。宜哉，为了他的健康。

五　小穴隆一在轻井泽旅馆吃饭时，吃罢第五碗，把小盘递给女服务员说："再往这里少盛点饭。"佐佐木茂索[1]明知故问："还吃呀？"小穴隆一答："嗯，好用饭粘信封。"佐佐木茂索还是追根究底："然后，还想偷偷吃下去吗？"隆一怃然，答曰："那么，用它做大和糨糊。"佐佐木茂索愈发不饶人："哈哈，连糨糊你也想尝一尝啊？"

1　佐佐木茂索（1898—1966），日本小说家，《文艺春秋》杂志的编辑，后任社长。

六　接着，我们又到台球厅去玩。这里有一位年少的绅士，我们让他加入我们的游戏行列中。他对我们说话时，语尾从不使用表示谦让语气的"ます"，而屡屡使用命令语气："哎，要狠狠撞上那个球！"然而他对身着连衣裙的佐佐木夫人，却殷勤施礼曰："您会跳交际舞吗？"佐佐木夫人的丈夫佐佐木茂索问道："那小子到底是干什么的？"几次击球都输了的小穴隆一，紧跟话尾，道破真面目："大概是攒了点零钱的坏小子吧？"

七　轻井泽立着松尾芭蕉的俳句碑，上面刻着：

皑皑白雪晨，
骏马亦多趣。

这首俳句出自芭蕉的《甲子吟行》，应当是写名古屋一带的事情。为什么把这首俳句刻在此处呢？顺笔提及，在长野县的追分，也立着芭蕉的俳句碑，上面刻着：

浅间秋风起，

吹得山石飞。

八　轻井泽的一家古董店里用日本片假名拼写英语，意思是："这个桐木箱很好。"[1]

九　室生犀星瞻眺自碓冰山连绵起伏至妙义山的巍峨奇观，说道："妙义山的形状酷似生姜。"

十　本想写完第十项，怎奈又发起高烧来了，不能继续走笔。

大正十四年（1925）十月

（刘立善　译）

1　原文为"ジス・キリノ（桐の）・ボックス・イズ・ベリイ・ナイス"，对应英文为"This kirino box is very nice"。

我鬼窟日录

5 月 25 日　晴

今村隆[1]拿来菊池宽小说的装帧样书。效果不理想。当初不答应就好了。下午塚本八洲[2]来，为一高入学考试之事。

5 月 26 日　阴晴不定

洗手钵上的米槠树，今年又花开烂漫。今晨洗手时，香气馥郁，令人惊讶。小说[3]毫无进展。读菊池发表于报上的《杂感三则》，颇有同感。午

1　春阳堂书店职员，也是该书店发行杂志《新小说》的编辑，是芥川的旧识。

2　芥川之妻文子的弟弟，后罹患结核病。芥川曾高度评价其才能。

3　指《路上》。

后谷崎润一郎来，系着红领带。傍晚同访菊池不遇。于御门饭店共进晚餐。后到神田逛旧书店。于神保町坐咖啡馆，女侍称赞谷崎领带漂亮。走至白山分手。抵家已十二时半。

5 月 28 日　晴

午后，南部修太郎[1]来。将 T 子照片借予他。傍晚，于钵树餐厅[2]吃法国大菜。饭后去菊池处。小岛政二郎亦来。菊池修面后脸肿，头至下腭缚绷带，宛如狄更斯《圣诞颂歌》中出现的幽灵。回家路上购牡丹一束。

5 月 29 日　晴

今起读托德[3]的《米开朗基罗传》。午后去报社，与松内[4]商谈"文艺栏"之事。顺便去路透社

1　南部修太郎（1892—1936），日本作家。曾担任永井荷风创办的杂志《三田文学》的主编。

2　当时东京帝国大学红门前的法式餐厅。

3　亨利·托德（Henry Thode, 1857—1920），德国艺术史学家。

4　松内则信，芥川当时供职的东京日日新闻社记者。

访琼斯 [1]，未遇。门房说，或在东洋轩亦未可知。即去新桥站东洋轩。自二楼窗向下俯瞰，站前栗子店即在眼下，大红灯笼与炒栗子男人，显得十分风雅。饭后去白山的洼川，购俳句书五六册。夜写"月评" [2]。

30 日　晴

午后畑耕一 [3] 与菊池宽来。傍晚谷崎润一郎来。众人九时回。今日购猫一只。

5 月 31 日

谢绝来访，写小说。从第一回改起。过午看托德。晚赴御门饭店惠特曼百年诞辰纪念会。先

1　托马斯·琼斯（Thomas Jones），芥川的爱尔兰友人，曾是路透社的上海特派员，最后客死上海。

2　即《大正八年六月的文坛》一文。

3　畑耕一（1886—1957），日本小说家，在《三田文学》发表处女作出道。

拜会有岛武郎[1]、与谢野铁干[2]夫妇。斋藤勇[3]与有岛朗诵惠特曼诗歌。在座诸君子，面作懂行状，实则大多不懂也。在下当然亦不甚了了。餐桌上即席演讲。平生第二次。归途，与室生犀星、多田不二[4]结伴而回。雷雨大作。

6月1日　晴

晨，室生犀星来。赠《爱之诗集》第二册。拿出长崎所购阿兰陀[5]碗，请其鉴赏。云："真品否？"午后野口功造来，并于柳桥请客。见一艺妓，宛若公主一般，令人好生敬重。谈古时艺妓之素质，种种妒忌，松鳋老铺的寿司等。

1　有岛武郎（1878—1923），日本近代著名作家，"白桦派"文学兴盛期的重要人物之一。上文曾提到的小说家里见弴的亲哥哥。

2　与谢野铁干（1873—1935），本名与谢野宽，号铁干。浪漫主义诗歌"明星派"的代表诗人，其妻与谢野晶子（凤晶子）亦是著名诗人。

3　东京帝国大学名誉教授，英文学者。

4　多田不二（1893—1968），日本诗人。

5　指荷兰。

6月2日　晴

西村熊雄函询：拟将《猴子》译成英文发表，可否？答曰：可。前曾译《貉》，今又译《猴子》。在下的小说，倘欲令人译成英文，标题似不可不取为兽名矣。中午，中根来。看《罗生门》一书封面与扉页。谈里见弴仓库之事。某某大将骑马周游全国，大大鼓舞青年之志气，却又令女佣生子，令人佩服之极！午后与弟去浅草看电影。边看边构思论电影一文。电影——现实——观感——艺术。

6月5日　雨后晴

午后菊池来。一同去中户川[1]处。晚饭后，去中柳听伯山[2]唱浪曲。伯山的浪曲，华丽有余，苍劲不足。菊池为伯山大加辩护。

1　中户川吉二（1896—1942），日本小说家，师从里见弴。

2　此处指浪曲师名门第三代神田伯山，也是最有名气的一代。浪曲即浪花调，日本的一种大众曲艺，由三味线伴奏，演员以通俗易懂的曲调说唱故事。

6月6日 晴

今日写完月评。傍晚去久米处。自汤河原刚回不久。与山本有三相遇。久违。今日气温 29 摄氏度，照在院土上的日色，俨然盛夏。

6月7日 阴

晨，泷田樗阴[1]扛来两大册书画集，令题俳句与和歌。字与俳句、和歌均不足称道。午后，木村干来。一同造访平冢雷鸟[2]，顺便观看《万尼亚舅舅》排练。画室中，有众多男男女女。门外，是新绿覆盖的庭院。坐在角落里看去，较之马马虎虎的话剧，更为有趣。《大观》以大隈侯[3]名义举行茶话会，邀请赴会，推谢。

1　《中央公论》总编辑，曾于东京帝国大学英文科就读，后转至法科。

2　平冢雷鸟（1886—1971），日本作家、评论家、女性解放运动家。

3　即大隈重信，前文《大观》杂志出版方大观社的主办人。

6月8日　阴

上午，高等工业学校中原虎男来。略谈俳句。嗣后，请某赴该校演讲，已应允。午后，赤木桁平[1]、小岛政二郎[2]、富田碎花[3]、室贺文武[4]诸人来。桁平先生依旧盛气凌人，亦常常以其卓励风发与某做对。岂敢当！向富田索《草叶集》译本。十时许，始归。今夜牡丹尽皆凋零。女仆欲扫落花，嘱其勿动。

6月9日　阴后雨

大阪来电催稿。回电：已寄出。午后，木村干[5]来。同去谷崎家。久米、中户川、今东光三人

1　赤木桁平（1894—1949），日本政治家、评论家，同时也是第一位为夏目漱石撰写传记的人。

2　小岛政二郎（1894—1994），日本小说家。

3　富田碎花（1890—1984），日本诗人、歌人，前期多创作"明星派"浪漫诗歌，后奔向社会主义，作为"民众派"诗人活跃。

4　室贺文武（1869—1949），多年看顾幼年芥川的长辈，也是芥川作品《齿轮》《一个老人》的原型。还曾委托芥川出版自己创作的俳句集《春城句集》。

5　木村干（1889—？），日本小说家、翻译家，毕业于东京帝国大学法文科。

亦在。傍晚，同谷崎、久米、木村三人，雨中前往乌森，于古今亭便饭。谷崎依旧狼吞虎咽。久米饭前忘服药，只好一旁观看我们大吃大喝。是夜叫出租车先送谷崎，然后方回家。按谷崎所说，倘多种香水放置一处，非但分辨不出香味，反会头痛。查日本与中国香料，必颇有趣。

6 月 10 日　雨

脑子至灵。读完伊巴涅斯[1]的长篇。傍晚造访八田先生，不遇。去十日会。此乃第一次。讨论岩野泡鸣[2]与《一元描写论》。后又至室生犀星《爱之诗集》出版纪念会打一照面。刚散会。偕同北原白秋等人前往平民食堂百万石。白秋醉，唱小笠原岛民歌。归途购夏帽一顶。近日，夜间行路，新叶之香，花朵之香，苔藓之香，以及树木之香，浓郁芬芳。其间一旦澡堂散发气味，蓦地流溢出

1　伊巴涅斯（Vicente Blasco Ibáñez，1867—1928），西班牙现实主义作家，西班牙民主共和运动领导人。

2　岩野泡鸣（1873—1920），日本诗人、小说家、评论家。

人之臭气，实不快之极。

6 月 14 日　雨

午后，成濑[1]来。共进晚餐。罗曼·罗兰曰：穷艺术之极，乃无限之静也。请看普桑[2]！远未抵米开朗基罗之境。又曰：及年长，愈知歌德之伟大。实为至理之言。九时，成濑归。

6 月 15 日　阴

上午，来访四人。夜，泷井折柴来，复又争论俳句。承赠《海红句集》一册。妻牙痛未愈。对牙医大为轻蔑。妻此态度，甚似月评家之态度矣。

1　成濑正一（1892—1936），日本法国文学学者。

2　普桑（Nicolas Poussin，1594—1665），十七世纪法国巴洛克时期重要画家，法国古典主义绘画的奠基人。

6 月 16 日　阴后雨

夜，同成濑前往有乐座[1]，看话剧《万尼亚舅舅》。门首，遇岩渊太太[2]。"万尼亚"实为戏曲国小说郡之产物[3]。二四两幕尤令人感佩。然，诸位观众先生至为冷静。与某有同感者，唯久保田万太郎先生而已。幕间休息，于廊下漫步，极欲写一剧本。散场后，随成濑、冈等人去吃牛肉火锅。

6 月 17 日　阴

今日仅阅毕都德一册。傍晚，久米感冒，前去探视。因出席关根正二[4]葬礼，未遇。稍候，回来时，穿着带家徽的黑丧服，男子气概十足。据说关根至死都在绘画。宗教画一类作品，已大抵

1　日本早期采用现代座椅的现代化剧场，1908 年开场，1923 年烧毁于关东大地震。

2　即歌人岩渊百合子，参加过与谢野夫妇的新诗社，后参与平冢雷鸟创办的青鞜社。

3　意为介于戏剧与小说之间，也即戏剧小说化。

4　关根正二（1899—1919），日本西洋画家。

画完。病因感冒，已有二十一人死去，死亡人数
远不止于此。想起曾对关根说：你身体蛮结实嘛。
当时确实回答说：连续通宵一周亦无问题。关根
已逝，某却尚在人世，虽说偶然，亦甚感怃然。夜，
回家，外出时，土田善幸送来皮阿斯特罗[1]钢琴演
奏会票一张。

6月18日　雨

姐、弟、妻去看《万尼亚舅舅》。剪下许多紫
阳花插于瓶内。想起桥场，抑或某处别墅，有许
多紫阳花盛开。丸善书店寄书来。康拉德[2]二册，
乔伊斯二册。

6月20日　阴

晨，去香取先生处。聊云坪[3]、奈良大佛以及

1　俄国指挥家。

2　约瑟夫·康拉德（Joseph Conrad，1857—1924），英国作家，有"海
洋小说大师"之称。

3　长井云坪（1833—1899），日本南画（中国的南宗国画）画家，
爱好画兰。

左千夫[1]等事。回家，今村隆来，索要译稿《巴尔萨泽》[2]，由《新小说》发表。勉强同意。又，大阪来电催稿。

6月21日　晴

夜，折柴来。因忙，于门口打发回去。承赠《我等之句境》。获赠多多，甚感不安。

6月22日　雨

中午，赴《红鸟》音乐会。遇泽木梢[3]、井汲清治[4]诸人。管弦乐手练习不足，令人提心吊胆。将三重吉[5]的"红鸟"毛别在胸前，颇得意。尤其

1　指日本歌人伊藤左千夫。

2　阿纳托尔·法朗士的小说。

3　即泽木四方吉（1886—1930），美术史学家。杂志《三田文学》的骨干。

4　井汲清治（1892—1983），评论家，法语学者。以文艺批评活跃于《三田文学》杂志。

5　铃木三重吉（1882—1936），日本小说家、儿童文学作家。东京帝国大学英文科毕业，师从夏目漱石。

有红茶与点心招待，再得意亦无大碍。于风月[1]吃晚饭，随后去庆应，听皮阿斯特罗与米罗维奇[2]两人演奏钢琴。休息时间，与南部到外面吸烟，遇安倍能成[3]。能成称，米罗维奇未将听众置于眼中，是了不起，大加赞赏。

6月23日　晴后阴

先父故世已百日。未去寺院。在芝[4]处先父家吃晚饭。归途于龙泉堂购诗笺。

6月24日　晴

午后，邀菊池去久米处。久米称，先前所住公寓内，有一阿婆发疯，已回乡，另一阿婆亦将回去照应。但不愿离开东京云云，故而哭泣。至

1　风月堂，当年东京银座七丁目的西餐厅。

2　俄国钢琴家。

3　安倍能成（1883—1966），夏目漱石门下"四天王"之一。哲学家、教育家，战后日本第一任文部大臣。

4　芝，东京都港区的旧地名。

为可怜。三人同去钵树餐厅。于浅仓屋购《方秋崖[1]诗抄》。外出期间，中原虎男来，送樱桃一箱。

大正八年（1919）

（艾莲　译）

1　方岳（1199—1262），字巨山，号秋崖。南宋文人、政治家。

轻井泽日记

8月3日　晴

室生犀星来。上午四时抵。说："火车里睡不着。喝了一瓶啤酒，还是一点没睡着。"今日退掉旧馆楼下房间，与犀星一起搬到厢房。窗前池中有喷泉。只见长满紫萁与忍草的岩石上，吐出一条白练。正在廊下吸烟的犀星，突发感慨道："所谓喷泉，宛如小便。"又道，"那么一直撒个没完，肚子要痛的。"

与犀星一起散步逐凉，逛古董店和洋服店。天上月光微明。至日曜学校[1]前，遇见两个像模像样的美国人，高唱日文赞美诗。

1　基督教会在周日或节日召集青少年进行宗教教育或一般教育的场所。

8 月 4 日　　晴

堀辰雄[1]来。及晚，下阵雨。与犀星、辰雄去轻井泽饭店吃大餐，久不知其味。客人以德国人居多。餐厅墙挂佛画两幅。因灯光幽暗，不辨是何内容。邻桌有一秃头德国人。桌上置一罐四合[2]的牛奶，德国人在浏览英文报纸，神色自若地喝着牛奶，未及五分钟，即喝完。饭后，于大厅闲谈少顷。冒雨回鹤屋。夜半，写完《偏见》一文。

8 月 5 日　　阴

村幸主人、土屋秀夫来访。辰雄乘两点钟火车回东京。

薄暮，散步途中与犀星去万平饭店。饮柠檬水以解渴。客人大抵为美国人。露台上有一金发红衣美女。靠在藤椅上，与郎君情话绵绵。可惜郎君鼻如鹰嘴。出饭店，至露天音乐堂，正在演

1　堀辰雄（1904—1953），昭和初期的新心理主义的代表作家，高中时便拜师经室生犀星，后经其介绍与芥川龙之介相识。

2　日本度量衡制尺贯法中的体积或容量单位，约为十分之一升。

奏之中。堂前树下，散步客人颇不少。偶见一矮小黄面太太，挽着夫君手臂。不禁仰月叹曰："苍白的月儿哟！"陋巷卖文十年，虽无大幸，得免落此等夫人之毒手，实乃一幸也。

夜，读奥尼尔《天边外》。肤浅通俗，如看电影。

8 月 6 日　晴

兴致顿失，终日难以为文。或读书，或于庭中散步，犀星怜而笑之。此庭所植草木花卉，大抵如下：松、落叶松、五叶松、榧子树、罗汉柏、垂叶罗汉柏、白罗汉松、枫树、梅花、矢竹、麻叶绣线菊、棣棠、胡枝子、杜鹃花、石岩杜鹃、菖蒲、大丽花、旱金莲、红晕草、天香百合、小向日葵、小町草、草夹竹桃、忍草、金针草、紫萁、虎耳草、秋田款冬、常春藤、五叶松 —— 颇似五叶形徽章，甚可爱。

中午时分，田中纯来。据说已备齐运动服，

并购妥蒂尔登[1]喜用之球拍，每日打网球云云。

大正十三年（1924）

（艾莲　译）

1　比尔·蒂尔登（William Tatem Tilden II，1893—1953），美国著
　名网球选手。

晚春卖文日记

4 月 30 日　　星期六　　晴

　　继续写短篇，题尚未定。藤泽古实[1]来，为《大东京繁昌记》插图一事。其后，请关口广庵老治疗。平松麻素子[2]来。今日平松搬家。八席房内壁龛，已摆上五月五男童节的偶人。傍晚，"东日"[3]冲本常吉[4]来。为插图事去小穴君处。适逢外出，擅自从抽屉内取出花牌，同冲本君玩六百卷。小穴君与义敏同回，乃是去看剑术电影。十一时许，

回家。同藤泽、冲本商量插图事，直至凌晨三时。照此看来，插图非作者本人画不可。共有十五回，思之再三，甚是为难。冲本君云："只能请您躬亲，除此别无他法。"

5 月 1 日　星期日　晴

堀辰雄、堀川宽一[1]、小穴隆一诸君及其他客人来。请堀君朗读新作短篇。夜，同小穴君、义敏[2]就展览会展开论战，最后小穴君留宿舍下。

5 月 2 日　星期一　阴

妻与也寸志[3]去鹄沼。现已陷入窘境，《大东京繁昌记》插图，只好勉力为之，微末技艺荒疏日久，姑且一试。小穴君在旁指点。冲本君来。勉强画得一两回，交予冲本君。午后二时，小穴君回。今日有春阳会晚餐会。冲本君四时又来，

1　堀川宽一（1897—?），日本剧评家。
2　葛卷义敏（1909—1985），日本作家、文艺评论家，芥川的外甥。
3　芥川也寸志（1925—1989），日本作曲家，芥川的第三子。

称:"插图可请小穴君代劳。"实有云破见青天之感。此乃上上大吉之事也。藤泽古实、薄田淳介[1]诸人来函。"五一"约一百四十余人被捕。《繁昌记》第七回已完稿。

　　烟笼银杏枝头枯,粒粒白果似丰乳。

　　5月3日　雨

　　写小说一两页,题目未定,试笔而已。小穴君将《繁昌记》第一回插图拿来过目。系画一年轻武士,与一新征组[2]武士剑鞘相触,正受其挑衅之场面。冲本、内田百间先后来访。请冲本稍候,同内田于自笑轩用晚餐。兰克小说中,有篇写丈夫卧床,灵魂变成老鼠,喝水时被妻子撞见。《繁昌记》第八回完稿。累极。服用马钱子、卡斯卡

1　薄田泣堇(1877—1945),日本诗人、随笔家。淳介是其本名。
2　1862年,江户幕府组织流浪武士成立的京都警卫队。1865年解散,后由新撰组接替,专门暗杀维新志士。

拉片、巴比妥[1]等药。

5 月 4 日　晴

妻由鹄沼回。以小穴君与义敏为模特，作土佐卫门插图。终日快快。

宫地嘉六[2]赠《累》，宇野浩二[3]赠《高天原》。来函五六封。

5 月 5 日　晴

内田百间来。与内田君同去兴文社。已两月未去。勉强为内田君谈完正事，正欲出门，宛如拍电影一般，急乘出租汽车，似脱兔般逃走。赴帝国饭店新潮座谈会。遇德田、近松[4]、佐藤、久米，以及下村、太田、铃木诸人。傍晚阵雨。被

1　马钱子，胃药；卡斯卡拉片，治疗便秘的药；巴比妥，安眠药。

2　宫地嘉六（1884—1958），日本小说家。

3　宇野浩二（1891—1961），日本小说家。曾作评传《芥川龙之介》，于 1952 年发表。

4　近松秋江（1876—1944），日本作家、文学批评家。曾任《早稻田文学》杂志编辑，作为自然主义作家，创作典型的私小说。

中村武罗夫[1]强行拉走，与上述作家去银座老虎咖啡馆。此地亦有两月未曾光顾。归来，草拟明日之讲演稿。另，《文艺的，过于文艺的》一文亦完稿。至深夜，腹泻。闻柱上时钟已敲响三记。肛门痛，未能眠。服用巴比妥二次剂量，梦见老虎于墙头上奔跑。

昭和二年（1927）

（艾莲　译）

1　中村武罗夫（1886—1949），日本新兴艺术派作家、评论家。曾作为《新潮》的访问记者，采访了当时文坛的代表作家夏目漱石、岛崎藤村、田山花袋、国木田独步等。

西方之人

一　瞧，这个人 [1]

大约在十年前 [2]，我从艺术的角度爱上了基督教，尤其是天主教。长崎的"日本圣母寺" [3] 至今仍留在我的记忆中。这样的我不过像一只乌鸦，

1　一说认为出自尼采自传《瞧，这个人》，是《约翰福音》第十九章第五节中，彼拉多所说的话。彼拉多令人鞭打耶稣后，向众人展示身披紫袍、头戴荆棘冠冕的耶稣时，对众人说了这话。

2　本文于 1927 年 7 月 10 日成稿，至此十年间作者以基督教为题材著有：《基督徒之死》（三田文学，1918）、《圣克利斯朵夫传》（新小说，1919）、《南京的基督》（中央公论，1920）。文中"我又对基督教的殉教者们产生了某种兴趣"，或许指的就是其中前两篇作品。

3　这里指长崎的大浦天主堂，建于元治元年（1864），是长崎市内最古老的天主教堂。作者曾于大正八年（1919）、大正十一年（1922）在此游览。

不停地拣北原白秋和木下杢太郎撒下的种子[1]。几年前，我又对基督教的殉教者们产生了某种兴趣。殉教者的心理恰如一切狂信者的心理，给我带来异常的兴趣。最近，我终于开始爱上了四部传记[2]的作者告知于我的耶稣其人。今天的我不能像看路人那样看耶稣。不要说西洋人，就是今日的青年人也会嗤笑这样的我。不过生于十九世纪末的我，开始注目他们已经看腻的，毋宁说想要干脆扳倒的十字架。诞生于日本的"我的耶稣"，未必眺望加利利湖[3]，却能望见结满红果实的柿树下的长崎海湾，所以我将不顾忌史实与地理事实。（这样做不是为了躲避困难赶潮流。若拿出一丝不苟的态度，五六册《耶稣传》会很轻松地为我发挥作用。）我无暇去忠实地列举耶稣的一言一行，我只按照我的感受来记述"我的耶稣"。严厉的日

---

1 典出自俗谚"权兵卫播种，乌鸦来挖"（権兵衛、種蒔きや、鴉がほじくる），意指坐享他人的劳动成果。在这里有自嘲的意味。

2 指《新约》中的《马太福音》《马可福音》《路加福音》和《约翰福音》。

3 耶稣最初传道之地。

本基督教徒们，大概会接纳我这个鹦文之徒笔下的耶稣。

二　玛利亚

玛利亚是一个普通的女人。某夜，她感受圣灵，生下了耶稣[1]。我们从所有女人身上都能或多或少地感觉到玛利亚的存在，同时，从所有男人身上也能或多或少地感觉到玛利亚的存在。是啊，我们从炉内燃烧的火中，从田地里的蔬菜中，从脱釉素烧的广口瓶中，从做得结结实实的凳子中，都或多或少地能感觉到玛利亚的存在。玛利亚不是"永恒的女性"[2]，而是"永远要保护万物的女性"[3]。耶稣之母玛利亚的一生都在奔往"流

1　据《马太福音》第一章第十八至二十一节记载，玛利亚已经被许配给约瑟，还未迎娶，便受圣灵感召怀孕。

2　在歌德《浮士德》第二部第五幕的最终"神秘合唱"中，曾有"永恒的女性，引导我们飞升"的唱句多次反复。

3　正如"革新"与"保守"相对，"浪漫主义"与"现实主义"相对，这里与下一节中的"永欲超越之物"相对。

泪谷"[12]。玛利亚在无尽的忍耐中走过她的一生。世间的智慧、愚钝、美德，皆存乎她的一生之中。尼采的反叛，不是反叛耶稣，而是反叛玛利亚。

三　圣灵

我们从风和旗子中，或多或少会感受到圣灵的存在。圣灵未必就是"圣物"，圣灵只是"永欲超越之物"。歌德总是冠圣灵以 Daemon[3] 之名，他时时提防着，生怕为圣灵所逮。可是圣灵的孩子

1　即巴卡谷，巴勒斯坦地区的一个山谷，《诗篇》中译作"流泪谷"。

2　"他们经过流泪谷，叫这谷变为泉源之地；并有秋雨之福，盖满了全谷。"（《圣经·诗篇》第八十四章第六节）这里用来比喻与"天国"相对的"人间的苦难"。

3　古希腊神话中介于神和人之间的精灵，时而译作"恶魔"。芥川在《暗中问答》一文中写道："一个声音：那你以为我是谁？　/ 我：是夺走我的和平的东西。是破坏我的伊壁鸠鲁主义的东西。是让我失去——不，并不只是我，失去从前中国圣人教训的中庸精神的东西。你所牺牲的东西到处都是，在文学史上有，在报纸报道上也有。/ 一个声音：你把这个叫作什么呢？　/ 我：我——我不知道叫什么。但要是借用别人的话来说，你是超越我们的力量，是支配我们的圣灵（Daemon）。"结合本文，不难发现，作者与歌德不同，是赞成将"Daemon"的名号赋予圣灵的。

们——所有的耶稣[1]，随时都有为圣灵所逮的危险。圣灵既非恶魔，亦非天使，与神相异。我们时常看见圣灵行走在善恶的彼岸[2]。不知幸或不幸[3]，在善恶的彼岸，龙勃罗梭发现圣灵正走动在精神病患者的脑髓上。

四　约瑟

耶稣的父亲、木匠约瑟实际上就是玛利亚自身。约瑟之所以没有像玛利亚那样受到尊敬，也缘于此事实。无论以何种偏袒的心理去看待，约

1　据作者在第一节中所述，根据其感受来记述"我的耶稣"，因此根据各人的不同理解，便产生出"许多耶稣"。而根据上下文，也可作"基督徒们"理解。

2　指超越了世俗的善恶之处。"他看着悠然自得站在一切善恶彼岸的歌德，感觉到类似绝望的羡慕。"（芥川龙之介《一个阿呆的一生》）

3　意大利精神病理学学者、犯罪人类学学者龙勃罗梭（Cesare Lombroso，1835—1909）在精神病人的脑髓中发现的"圣灵"，被世间的迷信家和偶像崇拜者断定为"圣物""天使"等。作者将可以不与这类人"同流合污"视作"幸"，将从科学角度对"神""恶魔"的存在与否加以严格的评判视作"不幸"。

瑟毕竟是第一个多余人 [1]。

五　以利沙伯

　　玛利亚是以利沙伯的朋友。生下施洗约翰的，就是祭司撒迦利亚之妻以利沙伯 [2]。麦田里开出了芥菜花 [3]。归根结底，这只能说是偶然。支配我们一生的力量，也活动在这"偶然"之中 [4]。

1　世人通常将耶稣称为"神之子"或者"玛利亚之子"，却很少提起约瑟。作者在此想表达的含义是，名人或伟人的父亲默默无闻的现象屡见不鲜，约瑟或许是世间第一人。

2　当犹太王希律在位的时候，亚比雅班里有一个祭司，名叫撒迦利亚。他妻子是亚伦的后人，名叫以利沙伯。（出自《路加福音》第一章第五节）

3　角川版注释认为此处比喻同"瓜蔓上长不出茄子"（瓜の蔓に茄子はならぬ），意思是，平凡的父母生不出非凡的孩子。但作者表达的应是"鸡窝里飞出金凤凰"（鳶が鷹を生む）之意。

4　作者反复在作品中强调，决定人一生的是"偶然"。"遗传、境遇、偶然——主宰我们命运的不外乎此三者。沾沾自喜者只管自喜就是，但就别人说三道四则属多管闲事。"（《侏儒警语》）"四分之一是出于我的遗传，四分之一缘于我的境遇，四分之一因为我的偶然——我的责任只有四分之一。"（《暗中问答》）

六 牧羊人

确实，玛利亚因圣灵而感孕之事，使牧羊人议论纷纷，且议论愈盛，其丑闻愈甚。耶稣之母、美丽的玛利亚[1]从此登上了人间苦旅。

七 博士

东方之国的博士[2]看见耶稣之星出现了，便提着装有黄金、乳香、没药的宝匣，去献给耶稣。不过在博士当中，其实只有两三个人发现了，余者皆未察觉耶稣之星的出现。而目击的众博士当中，有一人伫立高台上（他最年长），仰望闪烁夜空上的星星，满怀怜悯耶稣之情，说道："又出现一颗！"

1　《圣经》中并未特意描写玛利亚的容貌，作者借此讽刺后世宗教画对圣母形象的塑造。

2　"当希律王来的时候，耶稣生在犹太的伯利恒。有几个博士从东方来到耶路撒冷……"（出自《马太福音》第二章第一节）

八　希律 [1]

希律是一台巨大的机器。由于它存在暴力，为了省去一点麻烦，我们永远需要这种机器 [2]。希律惧怕耶稣，因此杀光了伯利恒的幼儿 [3]。当然，耶稣之外的基督 [4] 也混杂在被杀死的幼儿当中。希律的双手或许被幼儿的鲜血染得鲜红。在这双手面前，我们必然感到不快，不过这是对数世纪前发明的断头台感到不快。我们当然不能恨希律，也不能蔑视希律。是呀，倒不如说我们只为他感到可怜。希律总是坐在宝座上露出真实的忧郁神情，俯视掩映于橄榄树和无花果树中的伯利恒国。

1　希律王，公元前73年至公元前4年统治加利利和犹太。

2　作者在《侏儒警语》中写道："为使复杂的人生变得简单，除了诉诸暴力别无他法。故只具有旧石器时代脑髓的文明人，往往爱杀戮胜过爱辩论。"在他眼中，希律就是解决这种问题的"机器"。

3　"希律见自己被博士愚弄，就大大发怒，差人将伯利恒城里，并四境所有的男孩，照着他向博士仔细查问的时候，凡两岁以里的，都杀尽了。"（出自《马太福音》第二章第十六节）

4　耶稣之外的基督，指的是除耶稣以外，为圣灵所逮的基督徒。

他连一行诗也没留下来 [1]。

九 漂泊精神

年幼的耶稣去了埃及，而后又"往加利利境内去了。到了一座城，名叫拿撒勒，就住在那里" [2]。我们从调转到佐世保或横须贺 [3] 工作的海军军官家中，也能看见这样的幼儿。耶稣的漂泊精神或许在他形成自己的性格之前就潜藏于这种境遇之中。

十 父亲

耶稣住在拿撒勒之后，大概知道自己并非约瑟的孩子，或恐他已知道自己是圣灵的孩子。但

---

1 芥川在《某阿呆的一生》中写道："人生不如一行波德莱尔。"

2 见《马太福音》第二章。

3 佐世保、横须贺，海军镇守府所在的军港。

与前者相比，后者绝非重大事件。"人之子"[1]耶稣此时确实是第二次降生。"女仆之子"斯特林堡[2]首先背叛的，是他的家庭，这是他的不幸，同时又是他的幸福。耶稣恐怕也是如此。在这种孤独之中，他幸福地遇到了先于他降生的基督——施洗约翰[3]。在我们心中，我们也感知了耶稣遇见约翰之前的心灵阴影。约翰吃野蜂蜜，吃蝗虫，住在荒野上[4]。然而约翰住的荒野未必没有阳光——至少和铺展在基督心中的荒野[5]相比……

1　"凡说话干犯人之子的，还可得赦免；唯独说话干犯圣灵的，今世、来世总不得赦免。"（出自《马太福音》第十二章第三十二节）"他们还住在加利利的时候，耶稣对门徒说：'人之子将要被交在人手里。'"（出自《马太福音》第十七章第二十二节）"人之子"在《圣经》中是耶稣的自称，即"圣灵的化身"。而作者在此意指，虽然耶稣具有超人的才能，但本质上还是人。

2　斯特林堡著有自传体小说《女仆的儿子》（1886）。

3　"当下，耶稣从加利利来到约旦河，见了约翰，要受他的洗。"（出自《马太福音》第三章第十三节）

4　"这约翰身穿骆驼毛的衣服，腰束皮带，吃的是蝗虫、野蜜。"（出自《马太福音》第三章第四节）

5　指荒凉的精神世界。

十一　约翰

　　施洗约翰是一个不能理解浪漫主义的基督，他的威严像矿石一样留在那里闪着光。约翰不及耶稣，恐怕原因就在于这个事实。给耶稣施洗的约翰有如橡树一样雄壮。然而身陷囹圄之后的约翰，丧失了橡树枝叶里充满的力量。他最后的恸哭和耶稣最后的恸哭[6]一样，永远撼动着我们。"基督是你还是我？"

　　约翰最后的恸哭，未必仅仅是恸哭。粗大的橡树虽在枯朽，但外观上枝杈伸展依旧。约翰若是连这种气力都已丧失了，二十几岁的耶稣绝不会冷静地说：

　　"尽可把我现在做的事讲给约翰听。"[7]

6　"约在申初，耶稣大声喊着说：'以利！以利！拉马撒巴各大尼？'"（出自《马太福音》第二十七章第四十六节）该句是希伯来语的音译，意为："我的神！我的神！为什么离弃我？'"

7　"耶稣回答说：'你们去，把所听见、所见见的事告诉约翰。就是瞎子看见，瘸子行走，长大麻风的洁净，聋子听见，死人复活，穷人有福音传给他们。'"（出自《马太福音》第十一章第四至六节）

十二　恶魔

耶稣基督禁食四十天之后，直接与恶魔进行了对话[1]。我们为了与恶魔进行对话，也需要某种形式的禁食。我们当中，有的人在与恶魔对话间禁不住恶魔的诱惑，同时，有人却能顶住诱惑、保全自己。不过，我们当中有人一生也没与恶魔对话过。耶稣首先拒绝了面包，且没忘记对此举加一注释："人活着不是单靠食物。"[2]接着，他又拒绝了恶魔的理想主义者忠告——依仗你自身的力量。耶稣为此举准备了辩证法："不可试探主你的神。[3]"最后，他拒绝了"万国与万国的荣华"[4]，

1　"当时，耶稣被圣灵引到旷野，受魔鬼的试探。他禁食四十昼夜，后来就饿了。"（出自《马太福音》第四章第一至二节）

2　"那试探的人近前来，对他说：'你若是神的儿子，就可以让这些石头变成食物。'耶稣却回答说：'经书上记载：人活着，不是单靠食物，乃是靠神口中所出的一切话语。'"（出自《马太福音》第四章第一至二节）

3　出自《马太福音》第四章第五至七节。

4　魔鬼又带他上了一座最高的山，将世上的万国与万国的荣华，都指示给他看。对他说：'你若俯伏拜我，我就把这一切都赐给你。'耶稣说：'撒旦（"抵挡"的意思），退去吧！因为经书上记载：当拜主你的神，单要事奉他。'"（出自《马太福音》第四章第八至十节）

这和拒绝面包看起来似乎没什么两样。然而，拒绝了面包不过是拒绝了现实的欲望[1]。耶稣在其第三个回答中，拒绝了我们心中永无断绝的现世之梦。在这场超逻辑的逻辑决斗中，胜利者无疑是耶稣。雅各与天使角力[2]，恐怕也属于这种决斗[3]。最后恶魔只好在耶稣面前低下了头。耶稣没有忘记自己是玛利亚的孩子，以致他与恶魔的对话无形中被赋予了重大意义。不过这次与恶魔对话在耶稣的一生中未必是个大事件，因为他在他的一生中多次说过："撒旦退去吧！"实际上，《耶稣传》的作者之一路加，在记录了与恶魔对话事件之后，又附记道："魔鬼用完了各样的试探，就暂时离开耶稣。"[4]

1　指眼前的欲望。

2　雅各是亚伯拉罕的孙子，以撒的儿子。雅各后来改名叫以色列，他的后裔便是以色列族。（出自《马太福音》第一章第二节；《创世记》第三十二章第二十八节）雅各在前往母亲的故国时，途中曾与神较量——"只剩下雅各一人。有一个人来和他摔跤，直到黎明。"（出自《创世记》第三十二章第二十四节）

3　指全力以赴的决斗。

4　见《路加福音》第四章第十三节。

十三　最初的门徒

耶稣年仅十二岁就显露出他的天才[1]。然而即便他受洗之后，也无人成为他的弟子。他从这个村庄走到那个村庄，心里肯定深感寂寞。后来终于有了四个门徒[2]——四个渔夫跟在他的左右。耶稣对这四个门徒的爱，纵贯了他的一生。他被门徒们围绕着，即刻成为口若悬河的古代记者[3]。

十四　圣灵的孩子

耶稣成了古代的传教者，又是漂泊者。他的天才不断飞跃。他的生活践踏了一个时代的社会

1　耶稣十二岁这年的逾越节随父母前往耶路撒冷。守满了节期返拿撒勒时，父母走了一天才发现耶稣不见了，便回到耶路撒冷找他，看到他表现出非凡的智慧。（出自《路加福音》第二章第四十二至五十二节）

2　指彼得（原名西门）、安得烈、雅各和约翰。（出自《马太福音》第四章第十八至二十二节）

3　这里指将时事及自己的思想传播给大众，并起到动员作用的人。

规范 [1]。在不理解他的弟子当中，时常有人歇斯底里发作 [2]。然而总体上，他心中充满了欢喜。耶稣从他的诗中感受到了何等热情呢？"山上宝训" [3] 是耶稣二十多岁充满激情的产物。他感到任何前人皆不如己。不消说，他大海一般高超的、天才的宣传，招来了敌人。然而敌人也害怕耶稣。这无非因为，与其说敌人知晓了耶稣，不如说敌人知晓了人生，从而对人生感到恐惧。这样的敌人，无法理解耶稣这个天才的器量。

十五　女人

许多女人都爱耶稣，其中抹大拉的玛丽亚，

1　据说当时法利赛人惯常在安息日欺侮他人、出入风俗场所等。

2　"那时，有人带着小孩子来见耶稣，要耶稣给他们按手祷告，门徒就责备那些人。"（出自《马太福音》第十九章第十三节）在此，"歇斯底里"是作者的表达。

3　"山上宝训"亦作"山上圣训""登山宝训"，指的是《马太福音》第五章到第七章里，耶稣在山上所说的话。山上宝训当中最著名的是"天国八福"，这一段话被认为是基督徒言行及生活规范的准则。

忘了与耶稣一面之识，招致七个恶鬼的攻击[1]。她甚至由此感受到超越职业的、诗一样的恋爱。耶稣命终之后，她第一个凑近前去瞻仰，正是受了恋爱之力的驱动。耶稣也爱许多女人，尤其爱其中的抹大拉的玛丽亚。耶稣与她诗一样的恋爱，至今仍散发着燕子花般的芳香。耶稣经常看她，以安慰自己的寂寞。后世，或者说后世的男人们对于他俩诗一样的恋爱，态度是冷淡的（不过这里特指艺术的主题之外的情况）。而后世的女人们永远嫉妒抹大拉的玛丽亚。

"为何耶稣不先告知母亲玛利亚自己的复活呢？"

这就是她们流露出来的最伪善的叹息。

1　在七日的第一日清早，耶稣复活了，就先向抹大拉的玛丽亚显现（出自《马可福音》第十五章第四十至四十七节）；耶稣从她身上曾赶出七个鬼。（出自《路加福音》第八章第二至三节）

十六　奇迹

耶稣经常显现奇迹。对他来讲，显现奇迹比打个比方还容易，因此他对奇迹心怀嫌恶之感，因此耶稣感受到自己的使命。这些都是他传教讲道的结果。耶稣显现奇迹，正像后世卢梭的长啸一样，必定为他传授宗教之道带来不便。然而他的"小羊们"[1]始终渴望奇迹，耶稣总得在三次渴望中满足他们一次。他的人性的、过于人性的性格，也表现在这一方面。耶稣每次显现奇迹后肯定都不谈自己的功绩。

他说："你的信仰救了你……你的灾病痊愈了。"[2]

不过，耶稣显现奇迹，无疑又是科学的真理。某次迫不得已显现奇迹时，一个久病不愈的痛苦女人触碰了他的衣服，他随之感到"有能力从身

1　耶稣被基督教徒称为"牧羊人"——基督教徒就是小羊。

2　见《马太福音》第九章第二十二节。

上出去"了[1]。对于显现奇迹，耶稣总是有点儿踌躇不决，其缘由显然在于前述实感中。后世的基督教信徒自不待言，即便与耶稣的十二门徒相比，耶稣也是遥遥超过他们的卓越的理智主义者。

十七　背德之人

对耶稣来说，他的母亲——美丽的玛利亚未必是他的母亲。耶稣最爱的是遵从其道之人。甚至在众人聚集之处，满怀激情的耶稣也敢无所顾忌地大胆道出自己的这种心情[2]。当时的玛利亚一定悄悄站在门外，倾听耶稣讲的此番话吧？我们在自己心中感受着玛利亚的苦涩，即使我们都能从内心感受到耶稣的激情。当他不仰望辉煌的天国之门，而眺望真实的耶路撒冷之时，他或许也时常怜恤玛利亚……

1　见《马可福音》第五章第二十五至三十节。

2　见《马太福音》第十二章第四十八至五十节。

十八 基督教

基督教是诗一样的宗教，"似非而是"之处颇多，就连耶稣本人亦无法实践。耶稣因其天才，竟然笑弃人生。王尔德称他为第一个浪漫主义者，实属理所当然。根据耶稣的教导，"所罗门极尽荣华之时所穿戴"的还不及被风吹动的一枝百合花[1]。耶稣的道，存乎诗一样的、生活不为明日忧的境界之中。为什么而生活？不消说，是为进入犹太人的天国，但是一切天国不可能一成不变地存在下去[2]。布满散发着香皂气味的蔷薇花的基督教天国，不知不觉地消失于空中，我们又造出了若干天国取而代之。耶稣是呼唤我们憧憬天国的第一人。他那"似非而是"的理论，使后代诞生出无数神学者和神秘主义者，他们的议论大概令耶稣感到茫然。他们当中有的人要比耶稣更加着

1　见《马太福音》第六章第二十九节。

2　原文为"天国の流転"，意指天堂也不是永远存在的。"生死照惯性运动定律循环不息……但星辰的流转正如人世的沧桑，未必尽是赏心乐事。"（《侏儒警语》）

迷于基督教。总之，耶稣指给我们看的，是存在于现世彼岸的东西。我们总能从耶稣身上感受到我们的追求——催促我们登上无限之路的号角声。同时，我们也总是从耶稣身上感受到不断折磨我们的东西——终于在近代展现出的人生之苦。

十九　传教者

我们只能看见我们身边的东西。至少迫近我们的，唯有我们身边的东西。耶稣像所有传教者一样，直接地感觉到这种事实。新娘、葡萄园、毛驴、手艺人……他的教导至少要利用一次自己眼前的人或物，"好撒马利亚人"和"浪子回家"就是他的杰作。专门使用抽象语言的后代基督教的传教者——牧师们，从未考虑过基督教的宣传效果。后世的牧师们自不必说，即使与后世的基督们相比，耶稣也绝不是一个逊色的传教者。因此他的宣传价值与西方古典难分轩轾，堪称向旧焰添新柴的传教者。

二十　耶和华

耶稣经常说的，当然是天上的神，"不是神创造了我们，而是我们创造了神"。唯物主义者古尔蒙的这句话，也许令我们心中欢喜。这句话割断了垂挂在我们腰间的锁链，同时给我们腰间又新添上一根锁链。新锁链恐怕比旧锁链更结实。神从巨大的云头降入纤细的神经系统中，在其所有的名义下，"神"这个称号仍然最为适宜。不消说，耶稣可以经常直接见到这位神（不可想象没见过神的耶稣却能见到恶魔）。耶稣的神也恰如所有的神一样，社会色彩浓烈。不过神毕竟是与我们同时诞生的"主神"。耶稣为了神，亦即为了诗的正义而战斗不止。他的一切"似非而是"的理论皆源于此。后代神学想在诗的范围之外解释耶稣这些似非而是的理论，于是留下了无人读过的、令人厌倦的无数书籍。今天看来好似滑稽可笑，伏尔泰曾为杀死"神学"中的神，挥舞他的长剑。

然而，"主神"没有死，耶稣也没有死。只要钢筋混凝土的墙壁上还长着苔藓，神就一直君临于我们头上。但丁把弗兰采斯加[1]推进了地狱，然而某时又把这个女人从火焰中救了出来。悔改过一次的人，或曰有过美丽瞬间的人，永远存在于"无限的生命"之中。神亦被称作感伤主义的神，恐怕就是因为这种事实。

二十一　家乡

"没有先知在自己家乡被人悦纳的。"[2]大概这是耶稣的第一个十字架。他终于必须把整个犹太地域作为自己的家乡。有了火车、汽车、轮船、飞机的今天，所有基督便把全世界作为自己的家乡。当然，所有基督皆不为家乡所悦纳。实际上，

1　弗兰采斯加是《神曲》第五歌中犯有通奸罪的女性。

2　见《马太福音》第十三章第五十七节。

悦纳了爱伦·坡的并非美国，而是法兰西[1]。

二十二　诗人

耶稣觉得，一枝百合花要比"所罗门极尽荣华的时候"更美丽。（不过他的门徒中，无人能像他那样对百合花心醉神迷。）但他和门徒交谈时，却并不顾忌打破交谈的礼节说粗话。"岂不晓得凡从外面进入的，不能污秽人。因为不是入他的心，乃是入他的肚腹，又落到茅厕里。这是说，各样的食物都是洁净的。"[2]……

二十三　拉撒路[3]

耶稣听到拉撒路逝世的噩耗，空前地落下

1　这里意指盛赞爱伦·坡的作品的，却是法国诗人波德莱尔。

2　《马可福音》第七章第十八至十九节。

3　拉撒路的意思是"上主帮助自己"。在《新约》中，同名叫"拉撒路"的有两人，这里指"伯大尼的拉撒路"，即马大和马利亚姊妹二人的兄弟。

了眼泪，或者说落下了迄今从未落过的眼泪[1]。耶稣的这种感伤主义，促使拉撒路死而复生。不顾念母亲玛利亚的耶稣，为何却在拉撒路的姊妹俩——马大和马利亚面前落泪呢？理解这个矛盾的人，就等于理解了耶稣天才的利己主义，或者说等于理解了所有基督天才的利己主义。

二十四　迦拿的飨宴[2]

耶稣爱女人，他并不顾忌与女人交往。他们谁也不能超越一个时代，或者说无人能够超越社会。然而在爱女人的行为中，最重要的是耶稣确实有着一颗爱自由的心。后代的超人在狗群中要

1　"马利亚到了耶稣那里，看见他，就俯伏在他脚前，说：'主啊，你若早在这里，我兄弟必不死。'耶稣看见她哭，并看见与她同来的犹太人也哭，就心里悲叹，又甚忧愁，便说：'你们把他安放在哪里？'他们回答说：'请主来看。'耶稣哭了。犹太人就说：'你看他爱这人是何等恳切。'"（出自《约翰福音》第十一章第三十二至三十六节）

2　迦拿是由拿撒勒通往提比利亚沿途的小村庄，地名原意是"获得""热心"。耶稣在加利利的迦拿显示了第一个神迹，以水变酒，他的门徒就信他了。（出自《约翰福音》第二章第一至十一节）

戴上假面[1]，不过耶稣戴假面也同样感到不自由。所谓"炉边的幸福"这一谎言，耶稣当然一清二楚。美国的基督——惠特曼，也选择了上述意味的自由。我们从惠特曼的诗行里，经常可以感到耶稣的存在。耶稣依然大笑着俯视充满了舞女、花束和乐器的迦拿的飨宴。当然，另一方面，这里面或多或少存在着耶稣必须排解的寂寞。

二十五　在离天很近的山顶上问答

在高山顶，耶稣和先于他降生的基督们——摩西[2]与以利亚[3]聊了起来，这是比与恶魔交战更显

1　尼采在《查拉图斯特拉如是说》中，把暴力革命者断定为伪善的犬；在《善恶的彼岸》中说："深邃的精神都爱假面。"

2　摩西是历史上著名的以色列领袖，伟大的先知，为神的事业奉献了自己的一生。他受耶和华神的差遣，带领以色列人出离埃及的苦境，宣布了神对以色列人的诫命和律法。《圣经》最初的五卷经文——《创世记》《出埃及记》《利未记》《民数记》和《申命记》，除《申命记》末段外，其他都是摩西写的，因此被称为摩西五经。

3　"以利亚"的本意是"耶和华是神"，《圣经》中叫"以利亚"的有两人，这里指以色列的伟大先知以利亚。

得意味深长的一件事情。耶稣在几天前 [1] 就告诉他的门徒，他须赴耶路撒冷，并将被钉在十字架上。耶稣会晤摩西与以利亚，就是他处于某种精神危机的证据。耶稣的"脸面明亮如日头，衣裳洁白如光"，未必仅由两位基督降临他的面前所致。在耶稣一生中，这是最严肃的时刻。关于耶稣与摩西、以利亚的谈话内容，耶稣传记作者没有将其记录下来。不过耶稣的问话是："我们应当如何生活？"耶稣的一生很短暂，他在此时——刚到三十岁时，品尝到了必须对自己一生进行最终清算的痛苦。恰如拿破仑所言，摩西是长于战略的将军，以利亚也比耶稣富有政治天才。而且今日并非昨日，红海的波涛 [2] 若非涌荡如壁，火焰车 [3] 则不会从

1　"从此，耶稣才指示门徒，他必须上耶路撒冷去，受长老、祭司长、文士许多的苦，并且被杀，第三日复活。"（出自《马太福音》第十六章第二十一节）

2　"摩西就向海伸杖，到了天一亮，海水仍旧复原。埃及人避水逃跑的时候，耶和华把他们推翻在海中，水就回流，淹没了车辆和兵马，那些跟着以色列人下海的全军，连一个也没有剩下。"（出自《出埃及记》第十四章第二十七至二十八节）

3　"他们正走着说话，忽有火车火马将二人隔开，以利亚就乘旋风升天去了。"（出自《列王记下》第二章第十一节）

天而降。耶稣一边和摩西、以利亚谈话，一边愈发感到不雅观的死的逼近。在离天很近的山顶上，在冰一样清洁的日光下，唯有成群的巨岩巍然耸立。但是深谷底下，大概曾散发过石榴和无花果的香气吧？那里的每一家烟囱或许升腾过淡淡炊烟吧？对于下界的人生，耶稣恐怕不会不感到怀恋吧？然而无论愿意与否，耶稣的道路通向了不受世人欢迎的天上。宣告耶稣诞生的那颗星不想给他以和平，或者说生了他的圣灵不想给他以和平。"下山的时候，耶稣吩咐他们（彼得、雅各布及其弟约翰）说，人之子还没有从死里复活，你们不要将所看见的告诉他人[1]。"在离天最近的山顶上，耶稣确实想把自己与先死去的"伟大死者们"[2]的谈话，偷偷地记在他的日记里，留存下来。

1　见《马太福音》第十七章第九节。

2　指先于耶稣得到神的启示成为伟大的先知者的摩西、以利亚等。

二十六 恰如小孩

耶稣讲的反论之一，即"我实在告诉你们，你们若不回转，变成小孩子的样貌，断不得进天国"[1]。这话说得毫无感伤主义情调。耶稣比谁都更接近小孩的事实，正表现在他的这一反论上，同时使他这个圣灵之子的立场明确化。歌德在《托夸多·塔索》[2]中，也歌颂了圣灵之子——他自己的痛苦。"恰如小孩"，意即返回幼儿园时代。按照耶稣的说法，人若无法得到任何庇荫，则无法进入黄金之门，只能成为不耐人生磨炼之人。这里潜藏着耶稣对世间人智的蔑视。耶稣的门徒们对于诚实地（《耶稣面对稚子图》之所以给我们带来不快，原因全在于后世伪善的感伤主义者）站在他们面前的小孩，怎能不感到惊讶呢？

---

1 见《马太福音》第十八章第一至四节。
2 歌德于 1790 年完成的剧本，以十六世纪意大利著名诗人塔索的身世为题材，剧本里的诗人从一个敢于揭露宫廷腐败的反抗者，最终变成一个自我克制、安于现状的庸人。

二十七　前往耶路撒冷

耶稣成了一代先知。同时，他自身中的先知——或者说生育他的圣灵，自然而然地开始捉弄他。我们从飞蛾扑火中，也能感受到耶稣的存在。飞蛾仅因生为一只飞蛾，就为烛火所烧。耶稣同飞蛾一样。萧伯纳在他的作品[1]中，对去了耶路撒冷并被钉死在十字架上的耶稣，发出了雷鸣般的冷笑。不过耶稣骑驴进入耶路撒冷之前，已经背上了十字架。这对耶稣来说，是近乎无奈的命运。毕竟他是天才，又是"人之子"。这个事实告诉我们，几个世纪以来，"弥赛亚"一词支配了耶稣。耶稣骑驴，在众民"和散那"[2]的欢呼声中，从铺着树枝的路上走过。此时的耶稣既是他自己，又是一切以色列的先知们。据传说，耶稣之后出生的一位基督[3]在走向遥远的罗马途中，被复活了

1　指萧伯纳的戏剧《千岁人》。

2　"和散那"原为求救的意思，后用为欢呼声。

3　这里指耶稣的十二门徒之一的彼得，约公元64—67年间，彼得在罗马殉教。

的耶稣责问道："你往何处去？"耶稣如果不去耶路撒冷，同样会被某位先知责问道："你往何处去？"[1]

二十八　耶路撒冷

耶稣进入耶路撒冷城之后，进行了他最后的斗争。这种斗争缺乏润泽，充满了某种酷烈。耶稣诅咒路边的无花果，因为无花果背叛了他的预期，没有结出一个果实。慈爱万物的耶稣，这时却歇斯底里发作似的发挥着他的破坏力。

"该撒的物当归给该撒。"[2]

这已不是血气方刚的青年耶稣说出的话。人生开始向耶稣复仇。这是老成的耶稣面对人生（他是重视天国超过人生的诗人）说出的话，这句话

1　此处指波兰作家亨利克·显克维支（Henryk Sienkiewicz，1846—1916）的小说《你往何处去》，记述罗马帝国皇帝尼禄在位时期的一段历史，描写了在尼禄统治下的社会，其中提到了基督徒受迫害的场面。1905 年获诺贝尔文学奖。

2　见《马太福音》第二十二章第十五至二十二节。

里潜在的未必仅是他的处世智慧。耶稣大概对自摩西时代以来依然如故的人间愚昧感到厌烦。耶稣的烦躁使他"进了神的殿，赶出殿里一切做买卖的人，推倒兑换银钱之人的桌子和卖鸽子之人的凳子"[1]。

"这座殿宇不久将会坍败。"耶稣说。

鉴于耶稣如此的状况，一个女人把香膏浇在他头上[2]。耶稣命令他的门徒们不要责备这个女人。然后，耶稣将自己面对十字架时的心情，悄悄融入了对不理解他的门徒们说的温和话语之中。耶稣任凭香膏散发着香气（这对每每满身灰尘的耶稣来说，肯定是稀奇事件），平静地对门徒们说："你们不常有我。她将这香膏浇在我身上，是为我安葬做的。"[3]

1　见《马太福音》第二十一章第十二节。

2　见《马太福音》第二十六章第六至十三节。

3　见《马太福音》第二十六章。

客西马尼[1]的橄榄树比各各他[2]的十字架悲壮。耶稣在这里拼命地与他自身搏斗，或者说，拼命地与他心中的圣灵搏斗。各各他十字架的影子，逐渐映在耶稣的身上。他尽知这一事实。然而他的门徒之中，甚至连彼得也不理解他的心情。即使在今天，耶稣的如下祈祷也有感动我们的力量：

"我父啊，倘若可行，求你叫这杯离开我，然而不要照我的意思，只要照你的意思。"[3]

在人们厌嫌的半夜里，所有基督必然做这样的祈祷。然而耶稣的所有门徒并不理解他那"心里甚是忧伤几乎要死"[4]的心情。他们睡在橄榄树下……

---

1 客西马尼，意为"榨橄榄油之地"，是耶路撒冷的一个果园，在汲沦溪旁，靠近橄榄山。据说是耶稣基督经常祷告与默想之处。

2 《新约》地名，耶路撒冷近郊山丘，是刑场。

3 见《马太福音》第二十六章。

4 见《马太福音》第二十六章第三十九至四十二节。

二十九　犹大

后世不知从何时起，令犹大头上闪耀着恶的光环，然而犹大未必是十二门徒中最恶之徒。就连彼得在鸡叫之前也曾说过三次自己不认识耶稣[1]。犹大出卖耶稣与今日的政治家出卖他们的首领别无二致。帕皮尼也把犹大出卖耶稣的事件看作大谜，显而易见，耶稣处于可能被任何人出卖的危机之中。按理说，除了犹大之外，那些祭司长还能列举出几个"犹大"来，但是犹大具备了被人利用的各种条件。当然，条件之外再加上偶然性。后世称耶稣为"神之子"，同时在犹大身上发现了恶魔。犹大出卖了耶稣之后，被吊死在白杨树上[2]。犹大是耶稣的门徒，他听见了神的声音。或许他的自尽亦为明证。犹大比任何人都更憎恨他自己。不消说，钉死在十字架上的耶稣折磨着

1　见《马太福音》第二十六章第六十九至七十五节。

2　《新约》中并未明确指出犹大吊死在白杨树上——"犹大就把那银钱丢在殿里，出去吊死了。"（出自《马太福音》第二十七章第五节）

他；而利用过他的那些祭司长的冷笑，令他感到愤怒。

"做你想做的吧。"[1]

耶稣对犹大说的这句话里，充满了轻蔑与怜悯。"人之子"耶稣恐怕从他自己心中也感受到了犹大的存在。不幸的是，犹大没有理解耶稣的讽刺。

三十　彼拉多[2]

在耶稣看来，彼拉多只是偶然出现的人物。彼拉多最终不过是一个代名词。后世给这个官员添加了传说的色彩[3]，然而法朗士没受这种色彩的欺骗。

1　见《约翰福音》第十三章第二十七节。

2　彼拉多是罗马第五代总督，他根据罗马法，把耶稣钉死了在十字架上。

3　见《路加福音》第十三章第一节。

三十一　宁可释放巴拉巴[1]
也不释放耶稣

"宁可释放巴拉巴也不释放耶稣。"如今也是如此。巴拉巴企图发动叛乱，又杀了许多人，祭司长和长老却很自然地宽恕了他的罪恶。尼采把后世的巴拉巴喻为街头之狗。祭司长和长老当然会对巴拉巴的所作所为感到憎恨与愤怒，但对耶稣的所作所为，恐怕一无所感。若有所感，便是围绕他们的社会性而感。他们的精神奴隶，亦只是肉体健壮的兵丁，给耶稣戴上了荆棘冠冕，又给他穿上了紫袍，且欢呼着："犹太人之王，安息吧！"耶稣的悲剧发生在这种喜剧当中，尤显悲惨。在精神方面，耶稣确系犹太人之王。然而不相信天才的群犬，相信可轻而易举发现天才的群犬，在犹太人之王的名义下，嘲弄着真正的犹太人王。

1　巴拉巴是一个囚犯，耶稣被捕时此人正在狱中候审。彼拉多想释放耶稣，遂让犹太人从耶稣和巴拉巴中选其一。众人受祭司长的煽惑，选了巴拉巴，他因此获释。

"耶稣连一句话也不说，以致总督甚觉稀奇。"[1]恰如《耶稣传》作者记述的那样，对于祭司长和长老的讯问与嘲笑，耶稣概不作答，而且确实也不能做出任何回答。倒是巴拉巴或许能昂起头来，对所有事情都做出明确回答。巴拉巴只背叛了他的敌人，耶稣却背叛了自身，或者说背叛了他自身中的玛利亚。所以，与巴拉巴的背叛相比，耶稣的背叛才是最根本的背叛，同时又是"人性的，过于人性的"背叛。

三十二　各各他

十字架上的耶稣是"人之子"。

"我的神，我的神，为什么离弃我？"

当然，英雄崇拜者们会对他的话语发出冷笑。更何况并非圣灵之子的人，他只能从耶稣的话中找到"咎由自取"的感觉。"以利，以利，拉马撒

1　见《马太福音》第二十七章。

巴各大尼"，这不过是耶稣的悲鸣而已。因为耶稣如此悲鸣，他更靠近了我们。他还将一生的悲剧更加现实地告诉了我们。

三十三　虔诚哀悼

耶稣的母亲、年事已高的玛利亚在耶稣的尸体前哀叹，此类画被称作 pietà[1]，其意未必旨在表现感伤主义气氛。不过，画家们要想画虔诚哀悼时的玛利亚，必须画仅与耶稣在一起的玛利亚。

三十四　耶稣的朋友

耶稣有十二个门徒，却无一个朋友。若说他有一个朋友，那就是来自亚利马太的约瑟。"到了晚上，有亚利马太的约瑟前来，他是尊贵的议员，也是盼望神国的人。他放胆去见彼拉多，求赐耶

1　圣母哀子图。此为意大利语，意为"虔诚哀悼"。

稣的尸体。"[1] 据说马可是比马太更早的古人，马可在他的耶稣传记中记下了意味深长的一节。这一节话与如下说法大异其趣。有人称耶稣的门徒们"皆为跟随服侍基督之人也"，约瑟恐怕是一个比耶稣更富世间人智的基督。他"放胆去见彼拉多，求赐耶稣的尸体"，这一点表明了他对耶稣抱有何等深切的同情。教养深厚的议员约瑟，在这种关键时刻直率到纯粹。后世对约瑟的态度之冷淡，远远超过对于彼拉多与犹大的态度，但是，约瑟或许比十二门徒更熟知耶稣。《莎乐美》将约翰的头颅置于盘中，虽然残酷，却是美妙的。耶稣寿终之后，安葬他的人当中就有亚利马太的约瑟。同约翰相比，耶稣还算从中找到了幸福。约瑟若没当上议员，或许会像一切的"如果……"那样，他可以始终不过问此事。

耶稣在无花果树下，或者在施以镶嵌工艺的杯子前，大概会时常想起他那身为"基督"之友的约瑟。

---

1 见《马太福音》第二十七章第五十八至六十节。

三十五　复活

　　勒南[1]认为，是抹大拉的玛丽亚的想象力，促使她最先看见了耶稣的复活。说是想象力的作用，其实是耶稣令抹大拉的玛丽亚的想象力出现了飞跃。

　　丧子的母亲玛利亚，经常盼望孩子复活，看着孩子如何转生。耶稣有时变成诸侯，有时变成池上的鸭子，有时又变成了莲花。耶稣向玛利亚以外的人也显现了死后的自己，这表明了爱耶稣的人何其多。耶稣死后三日复活，然而失去了肉体的他，想撼动整个世界则需要漫长的岁月。为此尽了最大力量的是"记者"保罗[2]，他全身心地感受了耶稣的天才。把耶稣钉死在十字架上的人们，随着几个世纪光阴的流逝，恰似人们承认莎

1　勒南（Joseph Ernest Renan，1823—1892），法国著名哲学家、作家，以有关早期基督教及其政治理论的历史著作而著名。

2　保罗（Paulus，3—67），基督教最伟大的传教士。根据基利家当时的习俗，也被称为大数的扫罗（Saul of Tarsus），后改名为保罗。

士比亚的复活一样，开始承认耶稣的复活。死后的耶稣确实历尽变迁。支配一切事物的潮流也支配了耶稣。阿西西的嘉勒[1]所爱的耶稣并非帕斯卡尔[2]尊敬的耶稣。耶稣复活后，那一类群犬似的人又以他为偶像，在耶稣的名义下依旧横行霸道。诞生在耶稣之后的基督与耶稣为敌，原因正在于此。他们在去大马士革途中，必然也会从敌人那里发现圣灵。

"扫罗，扫罗，你为什么逼迫我？踢开带刺的鞭子绝非易事[3]。"

我们伫立于茫茫人生中，唯有睡眠给我们带来平和。所有自然主义者都像外科医生一样残酷地解剖这一事实。而圣灵的孩子却总是给这种人生留下某种美的东西，留下某种"永远想超越现实的东西"。

---

1 阿西西的嘉勒（Chiara d'Assisi，1194—1253），意大利圣徒，阿西西的方济各最早的追随者之一，创立了嘉勒隐修修女会。

2 帕斯卡尔（Blaise Pascal，1623—1662），法国数学家、物理学家、哲学家。

3 见《使徒行传》第九章第四节。

三十六　耶稣的一生

不消说，恰如所有天才的一生，耶稣的一生燃烧着激情。他接受的不是母亲玛利亚的支配，而是父亲圣灵的支配。他那十字架上的悲剧，确实源于此处。耶稣之后出生的基督之一——歌德，希望"与其缓慢衰老，不如快下地狱"。然而正如斯特林堡所言，歌德不但缓慢衰老，而且晚年还成了神秘主义者，圣灵与玛利亚以相互平衡的状态存乎歌德心中，这位诗人的"大异教徒"之名未必不当。在实际人生方面，歌德比耶稣更广大。毋庸讳言，与其他基督的人生相比，歌德的人生就更显广大了。宣告歌德诞生的星星，大概比宣告耶稣诞生的星星更圆，更闪闪发光。不过，我们爱歌德并非因他是玛利亚之子。玛利亚的孩子们在麦田里或长椅上，到处都有。是的，在兵营、工厂和监狱里，有很多玛利亚的孩子。我们爱歌德，唯因他是圣灵之子。我们的一生时时与耶稣同在。歌德在他的诗行里经常揪耶稣的胡须。耶稣的一生是悲惨的，却象征了其后出生的其他圣灵之子的一生（就连歌德也不例外）。基督教将来或许会灭亡，至少它会不断地变化，然而耶稣的一生会时时撼动我们，因为用于下凡登天、惨然折断的梯子，于昏暗的空中倾斜在拍打着地面的暴雨里……

三十七　东方之人

尼采称宗教为"卫生学"[1]。这个意义的"卫生学"并非单指宗教，道德与经济也属于"卫生学"，这一切自然会保佑我们一生健康。"东方之人"大抵要将这种"卫生学"建立在涅槃之上。老子时常用"无何有之乡"向佛陀致意，但是我们没有像区分肤色那样，明确分出东方西方。因

1　尼采在自传《瞧，这个人》中写道："……那位渊博的生理学家释迦牟尼对此十分了解。我们最好把他的宗教称为'卫生学'，以避免把它同基督教那种最卑劣的东西相混淆。释迦牟尼的宗教所产生的效果取决于它战胜了怨恨，让心灵从怨恨中解脱出来——这是走向痊愈的第一步。"（译文据黄敬甫、李柳明）

此耶稣的一生，或者说其他基督的一生，才撼动了我们。"古来英雄之士，悉归山阿。"此歌永远在我们中间流传。而"天国近了"的话音，毕竟令我们站立起来。在这方面，老子与年少的孔子，或者说与中国的耶稣——孔子，进行了对话。野蛮的人生总在或多或少地折磨着其他基督，愿做太平草木的"东方之人"亦不例外。耶稣云："狐狸有洞，天空的飞鸟有窝，人子却没有枕头的地方。"[1]恐怕连他自己都没意识到，他的话语里包蕴着可怕的事实。我们除了变成狐狸或飞鸟，很难再找到栖身之窝。

昭和二年（1927）七月十日

（刘立善　译）

---

[1]　出自《马太福音》第八章。

续西方之人

一　再看此人

耶稣是"万人之镜"。所谓"万人之镜"，并非说万人皆须模仿耶稣，而是说仅由耶稣身上即可发现万人的每个自己。此前我描写我心中的耶稣，杂志社限定交稿日期逼近，只好被迫搁笔。眼下我又多少有了点闲暇，便想再次补写我的耶稣。大概无人对我的文章，特别是对我写的耶稣感兴趣。但是从四福音书中，我清楚地感受到了向我发出呼唤的耶稣形象。补写我的耶稣，是我自己欲罢不能之事。

二 他的传记作者

在耶稣传记作者中，约翰最能取悦耶稣。与闪耀着野蛮之美的《马太福音》和《马可福音》相比，是的，即便与巧妙叙述了耶稣一生的《路加福音》相比，《约翰福音》也会让生于近代的我们品尝到一股人造的甘露滋味。不过，约翰也宣传了耶稣一生中意义颇丰的事实。我们或许会从约翰的耶稣传记中感受到一种焦虑的氛围，从其他的三个传记作者身上，却能感受到某种魅力。若不对人生失败的耶稣添加独特的色彩，他则难以成为"神之子"。约翰给耶稣添加色彩之时，至少采用了最现代化的手段。约翰宣传的耶稣不像马可和马太宣传的那样具有天才的飞跃性，但他宣传的耶稣确实显得庄严而温和。马可宣传耶稣时首先注重简朴古拙，恐怕在耶稣传记作者中数马可最熟悉耶稣。马可宣传的耶稣带有栩栩如生的现实主义倾向。我们在他写的传记中与耶稣握手，拥抱耶稣，再多少夸张地说，还能闻到耶稣胡须的气味。不过，我们也不能拒绝约翰宣传的庄严而富有怜爱之心的耶稣。总而言之，与他们宣传的耶稣相比，后世宣传的耶稣，特别是将耶稣视为颓废者的某一俄国人笔下的耶稣，纯粹在毫无意义地伤害耶稣。耶稣可以无所顾忌地蹂躏一个时代的规范（妓女、税吏和癫痫病患者都是他的谈话伙伴），但是耶稣照样能看见天国。把耶稣画成孩子的画家们，自然是对这样的耶稣怀有近似怜悯之情。（与离开娘胎之后就高声宣布"唯我独尊"的佛陀相比，耶稣显得格外无所凭依。）他们向作为稚子的耶稣表示怜悯。无论其程度轻重，意义都远远超过对作为颓废者的耶稣表示的同情。无论耶稣饮葡萄酒醉到何等程度，他心中的某物也必须望着天国。因此，而且仅仅因此，他的悲剧才发生了。那个俄国人并不知晓某时的耶稣是如何近似于神，四个耶稣传记作者却无一不在注视这一事实。

三　不抵抗主义[1]者

耶稣又是一个不抵抗主义者。这是因为他竟连自己的同志也不相信，恰如近代的托尔斯泰怀疑他人的真实一样。不过，耶稣的不抵抗主义似乎更加柔软，软得就像静静沉睡的白雪，虽凉却软……

四　生活者

耶稣是生活速度最快的生活者。佛陀为了成佛得道，在雪山中住了几年。可是耶稣接受洗礼再经过四十日的禁食后，立即成了古代的"传教者"。他恰似一根行将燃尽的蜡烛。他的所作所为或他的传教活动，就是这根蜡烛的烛泪。

1　不抵抗主义（Nonresistance），即非暴力抵抗，一种社会行动，以不使用暴力为宗旨，通过象征性抗议、公民不服从等方式，来达成抗议者希望达成的目标。

五　传教活动至上主义者

耶稣最爱的，是他那异常惊人的传教活动。若说他还爱着其他什么，那便是成为大无花果树树荫里年长的先知的愿望。那时，和平必定降临于耶稣头上，他便可以宛如古代贤人一样，在一切的妥协之下微笑。然而不知有幸还是不幸，命运并没赐予耶稣这种安宁的晚年。即使被赐予"受难"之名，那也正是他的悲剧。由于这种悲剧，耶稣永远流露出青春的神情。

六　耶稣的钱包

耶稣的收入恐因他的传教活动而异。他是一个波西米亚人，竟能说出"勿为明日忧"[1]的话。波西米亚人？我们从此不难发现存乎耶稣内心世界的共产主义者。总之，耶稣听凭自己天才的飞

1　"所以，不要为明天忧虑，因为明天自有明天的忧虑；一天的难处一天当就够了。"（出自《马太福音》第六章第三十四节）

跃性想法，不顾及明日之事。写了《约伯记》的
"传教者"的心胸，也许比耶稣的心胸更加开阔宏
大，而耶稣却有本领将《约伯记》里没有的温良
深藏腹中。这个本领有助于大大增加他的收入。
在他被钉死在十字架上之前，其传教活动的市价
最高。但是与他死后的情况相比，现在美国的圣
经公司年年神圣地占有利润……

七　某时的玛利亚

　　耶稣十二岁就显示出他的天才。据耶稣传
记作者之一的路加所云："孩童耶稣仍旧留在耶
路撒冷。他的父母并不知道……过了三天后，就
遇见他在殿里。他坐在教师中间，一面听，一面
问。凡听见他的话的，都惊讶于他的聪明和他的
应对。"这时的耶稣正像中学时代不学逻辑学却
擅长逻辑学的斯威夫特一样。当然，如此早熟天
才的例子，在世界上并不少见。耶稣的父母找到
他时，母亲说："你父亲和我找你找得好苦。"耶
稣却异常平静地回答："为什么找我呢？岂不知我

应当以我父的事为念吗？"可是"他所说的这话，他们不明白"。[1]这种事恐怕接近于事实。而感动我们的却是如下一行文字："他母亲把这一切的事都存在心里。"[2]美丽的玛利亚知道耶稣是圣灵之子，此时，玛利亚也许既觉得孩子可爱又深感悲哀。耶稣的话大概令玛利亚感到自己对约瑟必然有愧，并令她总在回顾自己的过去。最后，或许在一个索然无味的夜里，她想起了令自己惊诧的圣灵的形象。"人什么也不是，事业才是一切。"福楼拜的这种心情充满幼年耶稣的心中。然而作为木匠妻子的玛利亚，此时大概必须去面对昏暗的"泪之谷"。

八 耶稣的确信

耶稣确信他的传教迟早会为众多读者所赞扬。因有如此确信，他的传教才富有威力。他确信自

---

1 见《马太福音》第二十三章。

2 见《路加福音》第二章。

己会为最后的审判而自豪，换言之，他确信自己
为传教的胜利而骄傲。这种确信或许时常发生动
摇，但大体上耶稣是在这种确信之下自由地公开
发表他的教理。"除了神一位之外，再没有良善
的。"[1]他诚实表白了自己的内心世界。耶稣明知
自己并非"善者"，却为诗性的正义奋战不止。尽
管这种确信已成事实，然而这无疑是他的虚荣心
使然。耶稣和一切基督一样，也是永远憧憬未来
的"超傻瓜"，倘若相对于"超人"一词可以再造
出"超傻瓜"这一词的话……

九　约翰的话

"看哪！除去神的羔羊背负世人罪孽，有一
位在我以后来，反成了在我以前的。"[2]据说这是
施洗约翰看见耶稣时，对他周围的人讲的话。雄
赳赳的易卜生将斯特林堡的肖像挂在壁上，说

1　见《马太福音》第十九章第十六至十七节。
2　见《约翰福音》第一章第二十九至三十节。

道："这里有一位比我更优秀的人。"易卜生的这种心情与约翰的相似。我们从约翰的话里可以感受到的，毋宁说是玫瑰花一般的理解之美，而非荆棘一般的嫉妒。年少的耶稣具备怎样的天才性，无须赘言了。不过，约翰当时也是最具天才性的人，恰似约旦河高高的芦苇沙沙作响，轻抚着星星……

十　某时的耶稣

耶稣被钉上十字架之前，曾为门徒们洗脚[1]。以"大过所罗门"[2]自居的耶稣能表示出这般谦逊，怎能不令我们感动。此举并非要给门徒们留以教训，而是因为耶稣自认与门徒们一样，都是"人子"，才自然地有了此举。这要比约翰看见耶稣时说出的"看哪，神的羔羊"，显得更加庄严。任何

1　见《约翰福音》第十三章第四至五节。

2　"当审判的时候，南方的女王要起来定这世代的罪，因为她从地极而来，要听所罗门的智能话；看哪，在这里有一人比所罗门更大。"（出自《马太福音》第十二章第四十二节）

人探索通往和平之路时，与其向耶稣学习，不如向玛利亚学习，玛利亚是一味忍耐着现世之苦向前行进的女人。（天主教认为，通过玛利亚进而达到耶稣的境界，乃是常规。这未必事出偶然。要想直接达到耶稣的境界，这在人生中时时都是危险的。）或许玛利亚除了是耶稣的母亲，还是一个没有所谓新闻价值的女人。耶稣能给门徒们洗脚，他当然也想拜倒在玛利亚的脚下。然而即便此时，他的门徒们也不理解他。

"你们已经干净了。"

这句话融入了耶稣于谦逊中感知死后胜利的希望（或曰虚荣心）之中。其实，如果反向思考，恰在这一瞬间，耶稣劣于自己的门徒们，同时又优于他们百倍。

十一　最大的矛盾

耶稣一生最大的矛盾，是他尽管理解了我们人类，却没能理解他自己。他知道，彼得竟也在鸡叫前三次说不识耶稣。耶稣之言的另一层意义，就是告诉人们：人是何等软弱无力，然而他忘了自己同样软弱无力。要理解以耶稣一生为背景的基督教，人们必须利用如下诡辩，即把耶稣的作为一一说成"是为了应验先知 X·Y·Z 的预言"。不仅如此，最终当这诡辩成了旧货币后，还须借用哲学和自然科学的一切力量。归根结底，基督教不过是耶稣创作的教训主义文艺而已。如果删除他的（耶稣的）浪漫主义色彩，托尔斯泰晚年的作品，是最接近耶稣的古代教训主义文艺作品的。

十二　耶稣的话

耶稣问他的门徒："我是谁？"[1] 回答这句问话并不难。耶稣既是"传教者"又是传教界的人物，或云既是名曰《譬如》的短篇小说的作者，又是

1　见《马太福音》第十六章第十三至十六节。

名曰《新约全书》这部小说性传记的主人公。我们大概从众多的基督中也可以发现这个事实。耶稣也必须把他的一生作为附于他作品的索引上。

十三　孤身

"耶稣……进了一家，不愿意被人知道，却隐瞒不住。[1]"这是马可说的话，也是耶稣传记其他作者之言。耶稣经常要隐瞒自己，但是他的传教活动和奇迹，令众人的目光集中在自己身上。这种结果与耶稣去了耶路撒冷，与彼得称他为"弥赛亚"所造成的影响，并非毫不相干。不过，耶稣爱橄榄树林和满是岩石的大山，远远超过爱他的十二门徒。耶稣从事传教活动、创造奇迹，是他的性格力量使然。在这一点上，他和我们一样，必然发生矛盾。但是，他当上"传教者"后喜爱孤身，这是无可置疑的事实。托尔斯泰临终时说：

1　见《马可福音》第二十四章第二十四节。

"全世界受苦的人颇多，为何只炒作我一人呢？"
因声名日隆而觉不安，我们也确有如此心情。耶
稣成了著名"传教者"，此时他或许时常怀念身为
木匠儿子的往昔时代。歌德借浮士德之口，说出
了自己的这种心情。《浮士德》第二部第一幕，正
可谓歌德的叹息之作。幸运的是，《浮士德》伫立
于草花开放的山顶……

十四　耶稣的叹息

耶稣讲完"譬如"之后，说道："你们为什么
不明白呢？"他经常重复这声叹息。此事发生在
像他那样熟悉我们人类并像他那样过着豪放生活
的人身上，显得有些滑稽。然而，他时常歇斯底
里般本能地这样呼喊。傻瓜们杀死耶稣后，全世
界到处建起了教堂。我们在这些教堂中依然可以
听见他的叹息："你们为什么不明白呢？"这不仅
是耶稣一人的叹息，也是后世悲惨死去的所有基
督的叹息。

十五　撒都该派信徒与法利赛派信徒

事实上，撒都该派信徒与法利赛派信徒比耶稣更加永垂不朽。指出这一事实的人，是《进化论》的作者达尔文。撒都该派信徒与法利赛派信徒，今后也会如地衣一般永远生存于地面上。"适者生存"这一理论用在他们身上，恰如其分。在地面上他们是最强的"适者"，他们看重毫无感激的、严谨的处世之道。玛利亚或恐因耶稣非当此类而悲伤吧？歌德斥骂贝多芬，正是斥骂存于他心中的撒都该派信徒与法利赛派信徒。

十六　该亚法

大祭司该亚法身上集聚着后世对他的憎恨。该亚法大概憎恨过耶稣。不过，后世的憎恨未必投注于该亚法一人身上。因为拥戴该亚法对憎恨或嫉妒耶稣的众人而言，颇为有利。该亚法大概身穿华美的闪光长袍，冷峭地望着耶稣。现世与

彼拉多一起嘲笑过于平和的圣灵之子，在松明炽
烈燃烧的火光中……

十七　两个盗贼

对于耶稣之死，评价很低。原因显然在于，
他和两个盗贼同时被钉在十字架上，其中一个盗
贼肆无忌惮地谩骂耶稣。盗贼的骂言表明，他从
自己心中发现了人生失败者耶稣。后一个盗贼比
前者更具妄想，耶稣可能因为这个盗贼的话语而
心动，他安慰盗贼的话，同时也是安慰自己的话。

"你们因为你们的信仰，必进天国。"

后世人对这个盗贼表示了同情，而对另一
个盗贼——谩骂耶稣的盗贼，无非仅有蔑视。这
正显示了耶稣讲授的诗性正义的胜利。然而他
们——撒都该派信徒与法利赛派信徒纵然在今天，
也还在暗中赞赏谩骂耶稣的盗贼。事实上，对两
个盗贼而言，进天国并没有啜饮无花果汁与香瓜
汁那般重要。

十八　兵丁

兵丁在十字架下分拣耶稣的衣服。除了衣服，他们再看不见耶稣还有其他东西。他们必定都是肩宽腰圆的模范兵丁。耶稣一定俯视着他们，蔑视他们的所作所为，但同时或又表示认可。耶稣除了理解自己，还理解我们人类。按照他的教导来推想，耶稣最讨厌带有感伤主义色彩的咏叹。

十九　受难

被钉在十字架上的耶稣虽然多少怀有虚荣心，但他毕竟受到了肉体痛苦与精神痛苦的折磨。尤其当他望见凝视十字架的玛利亚时，他是痛苦的，耶稣拼命大声念着"以利，以利，拉马撒巴各大尼"（尽管这是他喜欢的一节赞美歌）。其后，他在断气之前，口中还大声说着什么。从中我们只能感受到死亡迫近的力量。不过根据马太所言："忽然殿里的幔子从上到下裂为两半，地也震动，磐石也崩裂，坟墓也开了，已睡圣徒的身体，多有起来的。"[1]耶稣的死确实给很多人以这样的精神冲击。（没记下玛利亚发病、患了脑贫血一事，是为了尊重《新约全书》的威严。）就连对耶稣一言一行都加以永远的注释的帕皮尼，记述此事也不过引用了《马太福音》的说法。帕皮尼用以自欺的那种诗一样的热情，在此也露出了马脚。实际上，耶稣之死，对于妄信他具有先知性天才的人们，即对于在耶稣身上发现了以利亚的人们，产生的冲击与我们的感觉非常相近，所以耶稣之死比乘火焰车上天还要可怕。他们因此受到了精神冲击。不过，上了年岁的祭司，大概并未遭到此等冲击的嘲弄。

"看见那个场面了吗？"

他们的话语带有极度的散文情调，飞越环绕耶路撒冷长着橄榄树的群山，从耶路撒冷传到了纽约和东京。

1　出自《马太福音》第二十七章。

二十　文化的耶稣

耶稣不为众门徒所理解，乃因其过于"文化人"的特征（他的天才另当别论）。门徒们大致上都希求耶稣创造奇迹，而哲学兴旺的摩伽陀国的王子，并不比耶稣更能创造奇迹。耶稣是一个文化人，这与其说是耶稣的罪过，倒不如说是犹太人的罪过。耶稣是一个不亚于罗马众诗人的一流"传教者"，同时又是个毫不犹豫抛弃爱国精神的文化人。（马可在其所作耶稣传记中，自第七章第二十五节起，记述了这一事实。）施洗约翰穿着骆驼毛的衣服，吃的是蝗虫和野蜂蜜，并以野人的面目出现在耶稣面前。耶稣像约翰所说的那样，以圣灵的名义施洗，接受了他洗礼的人，除了十二门徒，还有妓女、税吏、罪人等。我们从这些事实中自会发现耶稣怀揣一颗温柔的心，他又经常把纤细的神经表现在他显现的奇迹之中。文化人耶稣在十字架上完成了野蛮至极的死。而野蛮的施洗约翰因为文化的莎乐美，自己的头颅却

被盛在盘中 [1]。命运在此也没忘记为他俩显现反论性的戏弄。

二十一　致穷人们

耶稣的传教活动安慰了穷人和奴隶，当然也方便了不想去天国的贵族与富人。他的天才必定驱动了他们。不，不只是他们，我们也能从他的传教活动中发现某种美。我们也知道，有的门是怎么叩也叩不开的。钻过窄门，我们也未必会拥有幸福。不过，耶稣的传教活动，总是像无花果一样带有甜味。他确系以色列人民中诞生的古今罕见的"传教者"，又是我们人类古今罕见的天才。"先知"一词，在他以后不再流行。他的一生总是驱动着我们。他为了被钉死在十字架上，为了传

1　一般认为莎乐美是《圣经》中的犹太希律王和其嫂希罗底所生的女儿。施洗约翰因反对希律王的不伦婚恋遭希律王夫妇记恨。莎乐美在母亲希罗底的怂恿下，向希律王提出"请把施洗约翰的头放在盘子里，拿来给我。"该段故事被王尔德和理查德·施特劳斯先后改编成戏剧和歌剧《莎乐美》。

教活动至上主义而牺牲一切。歌德委婉地表示出他对耶稣的蔑视，恰如后世的基督或多或少嫉妒歌德一样。我们像以马忤斯[1]的旅人们一样，自发地追寻将我们的心灵燃烧起来的耶稣。

昭和二年（1927）七月二十三日

遗稿

（刘立善　译）

1　《新约》里的地名，耶稣基督复活后，与两个门徒在这里谈论死而复活之事。

中国游记

上海游记

一　海上

　　终于到了离开东京出发的日子[1]，长野草风[2]来了，说是他也准备半个月后去中国旅行。长野好心告诉我，带上晕船灵。但从门司乘船，两昼夜或要不了两昼夜就能到上海。长野真是多虑，充其量两昼夜的航海，带什么晕船灵。这么想着，

---

[1]　大正十年（1921）三月十九日下午五点半，东京始发。

[2]　长野守敬（1885—1949），旧姓"安藤"，日本画家。大正十二年、十四年两度于中国旅行。

三月二十一日[1]下午我登上了"筑后丸"的舷梯。但见港内风雨浪击，不由得心生悲悯。我们的大画家长野草风怯海，倒也真是情有可原。

俗语称"蔑视故人[2]遭报应"，船至玄海[3]，眼见着海面变得风大浪高。我跟同一船室的马杉君坐在上层甲板藤椅上，拍击船舷的海浪飞沫不时降落头顶。海水自不必说，完全变成了白色，揭底翻滚似的发出轰轰鸣响。对面什么岛，只能浮现朦胧影像。估摸着是九州本岛。习惯乘船的马杉君吐着卷烟的烟圈，没有丝毫畏惧神色。我立起外套衣领，双手插在衣兜，口里时不时含上一颗人丹——说到底，此时才感佩，长野草风预备晕船药是一个聪明之举。

说话间，身边的马杉君不知去了酒吧还是什么地方，我依旧悠然地坐在藤椅上。表面悠然，

---

1 因感冒发烧，在大阪滞留一周，二十七日自大阪出发，二十九日乘坐"筑后丸"自门司出发。

2 这里指朋友。此句相当于中国俗语"不听老人言，吃亏在眼前"。

3 指玄界滩，九州西北部海域。古代写作"玄界洋"，"玄海滩"是误记。

脑子里却充满了紧张和不安。我适当地活动了一下身体，立即有晕眩之感，胃袋里也开始搅动。面前，一个水手在甲板上走来走去。（后来发现，他也是可怜的晕船者。）他手忙脚乱，来来去去，让我感到很不愉快。还有对面海浪中冒着细细黑烟行进的拖网渔船，船体几乎没入海水，让人看着都提心。有什么必要在那样的海浪里航行呢？那条船，当时令我恼怒不已。

我一心想忘记眼前的痛苦，尽量去想愉快的事情。孩子、花草、涡福钵[4]、日本的阿尔卑斯山[5]、初代朋太[6]——其他还有什么，记不得了。当然还有，说是瓦格纳年轻时往英国的航海中遭遇狂风暴雨。几年后，他在创作《漂泊的荷兰人》时，当时的经历成为重要的素材。诸如此类的胡思乱想，脑袋愈加沉重起来，反胃亦无好转。结果我

---

4 参照大正十年三月十六日寄给田村的书简。

5 去中国旅行的前一年写了《枪岳纪行》。

6 明治末期名妓，貌美、善舞。斋藤茂吉诗中有"怜初代朋太，夜半为妻舞翩跹，疑是春色浓"（大正三年）。

气急败坏地心想，瓦格纳什么的，见鬼去吧。

过了约莫十分钟，我正躺在卧铺上，餐桌上盘叉等一下子滑落地板的声音传进耳朵。我正顽强地抑制胃里的东西不要呕出来。拿出这般勇气，乃因觉得此时晕船的唯有自己。所谓虚荣心吧，此时仿佛意外地成了武士道的替代品。

但第二天早晨一看，一等舱的客人中，除一个美国人外统统晕船，结果没人去餐厅吃饭。只有那个非凡的美国人，饭后在船舱客厅里噼里啪啦地打字。闻之我也突然快活起来，还觉得那个美国人真是怪物。遭遇那般狂暴海浪却能泰然自若，实乃超人绝技。没准儿给那小子体检会有意外的发现，比如长了三十九颗牙齿啦，生着条小尾巴啦什么的——我照旧跟马杉君坐在甲板的藤椅上异想天开。大海似乎完全忘记了昨日的狂暴，右边船舷那蔚蓝温柔海面的前方，横亘着济州岛的身影。

二 第一瞥（上）

一出码头，几十个车夫呼啦包围了我们，报社村田 [1]、友住 [2]，国际通讯社琼斯 [3]，加上我一共四人。"车夫"这个词给日本人的印象绝非污秽不洁，相反那劲头儿十足的模样，倒使人联想到江户气韵，但中国的车夫用脏分分来形容亦不夸张。他们在我们的前后左右一股脑儿地伸出脑袋，大声地嚷嚷着，刚下船的日本妇女似乎都觉着害怕。我当时被其中一人扯住了外套衣袖，也条件反射似的躲到了身材高大的琼斯背后。

我们冲破了车夫围堵，总算坐上了马车。以为马车该起步了，不料那马竟一头撞在了街角砖墙上。年轻的中国驭手恼了，噼里啪啦地抽打那匹马。马鼻子顶在砖墙上，屁股瞎蹶乱蹦着。不用说，马车有颠覆的危险，四周立即聚集来了围

---

1 指大阪每日新闻社的记者村田孜郎。
2 同是大阪每日新闻社的记者。
3 路透社上海分局记者，在东京任职时与芥川龙之介交往。

观者。看来，不想死在上海的话，绝不可冒失乘马车。

不一会儿，马车又启动了，朝着架有铁桥的河边驶去。河面上满是中国驳船，几乎看不见河水，河边有几辆绿色的电车平稳移动。建筑都是三四层的红砖楼房，柏油马路上西洋人、中国人来去匆匆。然而，当裹着红头巾的印度交警一打手势，各国人士便立即给马车让出了通道。尽管想要偏袒自己国家，但周到的交通疏导确是东京、大阪等日本城市无法比拟的。方才还对车夫、马车的鲁莽有些许恐惧，这会儿眼前明快的景象，又使我渐渐地内心敞亮起来。

很快，马车停在了从前金玉均[1]被暗杀的东亚洋行[2]饭店前。村田首先下了车，递给驭手几文小钱。但那驭手像是觉得不够，怎么都不收回伸出的手，还口沫飞溅不停地说着什么。村田君全不

1　金玉均（1851—1894），朝鲜李王朝末期政治家。率领亲日派"开化党"与亲清（朝）派"事大党"对立，被击败后逃亡日本，后来到上海，被暗杀。

2　日本人经营的旅馆，位于上海四川北路。

理会，三脚两脚跳上台阶向门口走去，琼斯和友住两人似乎也没把滔滔不绝的驭手放在眼里。我却对那中国人心生一缕同情，转念一想，这种做法在上海或许是司空见惯的，便紧跟着进到门里。回头再看那驭手，竟若无其事地坐在驭手座上，好像什么事儿都不曾发生一样。既然如此，刚才闹腾个什么呢？

我们被带进一间有些昏暗、装饰得花里胡哨、令人有种怪异感的会客室。这样的地方不要说金玉均了，任何时候某扇窗户外飞进一颗枪弹都是自然的。就在我这么胡思乱想时，只见身着西装、生气勃勃的主人偕着拖鞋的"啪嗒啪嗒"声，慌慌张张走进房间里。听村田说，让我住此饭店像是大阪社泽村[1]的主意。可是这位精悍的主人没准儿却想，将住房借给芥川龙之介，万一被暗杀了怎么办？自己也得不到什么好处，于是言明除了门口前的屋子，没有空房间。我进了房间一看，

1　指大阪每日新闻社职员泽村幸夫。

床铺不知为何有两张，墙壁煤烟熏污，窗帘陈旧，连把像样的椅子都没有。总之，若非金玉均的幽灵，是无法安心住在这间屋子里的。无奈，我没能接受泽村的好意，与其他三人商量后，决定转移到离此不远的万岁馆[1]去。

三　第一瞥（中）

那天晚上我跟琼斯一道去了一个名叫Shepherd（牧羊人）的饭馆吃饭。这家饭馆的墙壁、饭桌都布置得赏心悦目。侍者都是中国人，但周围的客人没有一个黄皮肤。跟邮船公司[2]船上的饮食比较，饭菜也更上等三成。我多少跟琼斯撇了两句yes、no，心情愉快。

琼斯慢悠悠吃完了中国大米做的咖喱饭，同时聊着别后情形。记得谈到了这么一件事。好像

---

1 面向日本人的旅馆，位于上海西华德路。
2 日本邮船株式会社，成立于明治十八年，是国外航路最多的公司。这里指"筑后丸"。

是有天晚上琼斯说——在他名字后加上"君",还是不像朋友的感觉。他是英国人,在日本前后居住了五年,五年里我们始终关系密切(争吵过一次),还一起去歌舞伎座[1]站着看演出,也曾一起去镰仓海游泳,还有同在茶馆杯盘狼藉一整夜的经历。那时他穿了久米正雄唯一的和服礼服裙,纵身跳入身边的池子。对这样的一位朋友称呼"君",也许的确有点儿见外。顺便还有一点要申明,我跟他关系密切起来乃是因为他的日语很棒,而不是由于我的英语出色。总之,有天晚上琼斯去一家酒馆喝酒,一个日本女侍呆呆地坐在椅子上。他平常总说,中国是消遣放荡的场所,日本则是他倾注情感的场所。特别是当时刚由日本迁来中国上海,无疑有很多日本的回忆。他立即用日语跟那位女侍搭话:"什么时候来上海的?""昨天刚到。""那想回日本吧?"被他这么一说,女侍忽然泪眼汪汪:"想回去啊。"琼斯说英语的当

1　位于东京都中央区东银座的歌舞伎剧场,壮丽的桃山建筑,曾遭受战祸,后修复。

儿，不断重复"想回去啊"这句话，并默默地笑了起来。"我听了女侍的那个回答，也曾 awfully sentimental（伤感不已）。"

我们饭后去热闹的四马路散步，又去 Café Parisian（巴黎人酒吧）看跳舞。

舞场很宽敞。灯光伴着管弦乐曲忽蓝忽红，有种酷似浅草的感觉。但管弦乐的演奏水平，则是浅草无法比拟的。就此一点，虽在上海，到底是西洋人的舞场。

我们在舞场一角的桌子旁落座，一边品饮茴香酒，一边欣赏欢快的舞姿。舞场里的菲律宾少女身着红裙，美国青年则是西服。好像是惠特曼还是什么人的短诗里写道："少男少女固然美丽，但成熟男女的美别具韵味。"我觉得都一样。适逢一对肥胖的英国老夫妇舞过我眼前，不由得想起了那句诗。果不其然！可是跟琼斯一说，他对于我的这番咏诗只是"哼"了一声，一笑了之。琼斯说，观看这对老夫妇舞蹈，胖瘦且不论，只是让他觉着滑稽可笑。

四 第一瞥（下）

离开 Café Parisian，大马路上过往行人稀稀落落。拿出表来一看，刚过十一点，没想到上海城入眠很早。

街上还有不少令人畏惧的车夫。他们看到我们，必定前来搭话。白天跟村田学了句中文 ——"不要"，就是不需要的意思。所以，一见车夫我便驱鬼符一般忙不迭地"不要、不要"。这是我口中说出的第一句中文，值得纪念。当时扔给中国车夫这句话，简直可谓欣欣然。读者若是不能体会那份愉快，肯定从没学过外语。

我们踩得皮鞋咯咯响，顺着静静的马路走去。马路两旁时而会有三四层高的红砖建筑遮挡住星星闪烁的夜空，路灯下不时看到用粗笔大大写着"当"字的当铺白墙；走着走着，人行道上方挂着什么"女医生"的招牌；再往前走，又看到油漆斑驳的墙上贴着"南洋烟草"的广告。走了很久，也没走到我们入住的旅馆。这时，可能是喝下的茴香酒在作怪吧，我觉得口渴至极。

"喂，哪儿能喝点儿什么吗？渴得要命！"

"不远就有酒吧，再忍一会儿。"

五分钟后，我俩坐在一张小桌子旁，喝了冰镇汽水。

这家酒吧跟刚才那家相比，低档许多。刷成粉色的墙壁一边，一个中分发式的中国青年正在一架大钢琴前弹奏。酒吧正中，三四个英国水兵正跟浓妆艳抹的女人跳着不堪入目的舞蹈。入口处玻璃门下卖玫瑰的老太婆，吃了我"不要"的拒绝，仍木然地望着人们跳舞。我不禁觉着仿佛在看一张画报，主题自然是"上海"。

这时一拥而入五六个像是同一部队的水兵。最倒霉的就是站在门口的老太婆，醉酒的水兵鲁莽撞门时，把老太婆手挎的花篮撞翻在地。那帮水兵全不理会，跟乱蹦的同伙狂舞起来。老太婆嘟嘟囔囔拾捡散落在地板上、正被水兵的皮靴践踏蹂躏的玫瑰……

"走吧？"

琼斯感到无奈，魁梧的身躯站立起来。

"走吧。"

我也立即站起身来。然而，我们脚下到处是散乱的玫瑰花瓣。我在走向门口时，想起了杜米埃[1]的绘画。

"唉，人生啊。"

琼斯往老太婆篮子里丢掷了一枚银币，回过头来说：

"人生——怎么了？"

"人生就是散落玫瑰花的小径。"

我们走出了酒吧。外面照旧一堆黄包车候客，一见我们的身影，便从各个方向争先恐后地拥来。车夫早在"不要"之列。但是这时我发现，除了车夫还有一个麻烦跟了过来。不知何时那个卖花的老太婆跟到身边，嘴里咕哝着什么，像乞丐一样伸着手。老太婆拿了银币，竟想让我们再度施舍。我顿时怜悯起那些美丽的玫瑰，竟被如此贪

---

1 杜米埃（Honoré Daumier，1808—1879），法国十九世纪现实主义画家，题材多讽刺政治或描写贫困市民。

婪售卖。厚颜的老太婆和白天的马车驭手——这些并非上海第一瞥所及的全部。遗憾的是，这些又的确是我对中国的第一瞥。

五　医院

我第二天病倒在床。过了一天，便住进了里见先生的医院。病名叫什么来着？"干性胸膜炎"。患上胸膜炎，煞费苦心安排的中国旅行或许就得暂停了。这么一想，倍觉不安，立即给大阪的新闻社拍了电报。社里的薄田[1]回电——"安心调养"。然而，若在医院一住一两个月，必定让社里作难。收到薄田的回电略微松了口气，可想到自己的义务是撰写中国纪行，便愈发坐立不安起来。

幸好在上海，除了社里的村田、友住，还有

1　指薄田泣堇。1912 年入大阪每日新闻社，时为学艺部部长。

琼斯、西村贞吉[1]这些学生时代的朋友。这些朋友知己尽管很忙，却不时前来探视。且因冠着作家什么的虚名，还会有陌生的客人送来鲜花、水果；枕边一度摆满了饼干筒，都不知该怎么处理才好。（救星还是我那些敬爱的朋友知己诸君。在我这病号看来，他们个个胃口惊人。）当然，慰问品物尽其用。在素昧平生的访客中，还结识了两三位日后的莫逆之交。俳句诗人四十起[2]即其中之一，还有石黑政吉、上海东方通信社的波多博等。

可三十七度五的低烧总也不退，不安仍旧是不安。即使大白天，也时常卧而不宁，担心自己会不会突然死亡。为摆脱此精神作用的负面困扰，我在白天依次读完了"满铁"[3]井川[4]及琼斯好心借我的二十来本横文字书籍。拉莫特·富凯的短

---

1 芥川在府立第三中学时的朋友。旧姓斋藤。

2 岛津四十起，著有诗歌、俳句集《荒雕》。

3 "南满洲"铁道株式会社。

4 第一高等学校及东京帝国大学时代的同学恒藤恭（旧姓：井川）之兄。

篇、尤妮斯·蒂金斯[1]的诗歌、翟理斯[2]的议论集，全是在这个时候读完的。晚上，这是瞒着里见先生的，担心失眠，我每晚都服了卡罗峭寝[3]。即便这样，还时时不到天亮便睁开了眼睛，真没办法。王次回[4]《疑雨集》中"药饵无征怪梦频"一句，叹息的不是诗人有病，而是妻子患了重疾。当时这句诗对于我自身来说，其文字再恰当不过。我在病榻上不知吟诵过多少次。

说话期间，全无迟疑的春意渐浓。西村跟我说起龙华[5]的桃花。经由蒙古而来的北风搬运的黄尘遮天蔽日。有探视者送来杧果。像是苏杭好季

1　尤妮斯·蒂金斯（Eunice Tietjens，1884—1944），美国女诗人。1916 年中国逗留期间受到中国诗文的极大影响。在芥川龙之介的《画具筐》（第四卷）中，收有芥川译蒂金斯诗作。

2　翟理斯（Herdert Allen Giles，1845—1935），英国外交官、汉学家。

3　卡罗峭寝（Calmotin），一种镇静催眠药，因为依赖性问题现已被停用。历史上太宰治、金子美铃、芥川龙之介都曾尝试用它来结束生命。

4　明代文人王彦泓，号"次回"，《疑雨集》为其诗集。"药饵无征怪梦频"这句诗说的是药不见效，尽做噩梦。

5　龙华镇，位于上海南部，观赏桃花的有名去处。

节。我请里见先生隔日给我注射一支 jodical[1]。心里总在琢磨——何时离开这病榻。

附记：住院期间的事儿，不胜枚举，但与上海无甚关联，恕不赘述。仅补充一句，里见先生乃新倾向俳句诗人。顺便附上其俳句近作一首——

添炭火愈旺，
革新胎动在近邻。

六　城里（上）

俳句诗人四十起带我一游上海城。

一天下午，天空昏暗似要落雨。我俩乘坐的马车一溜烟穿过繁华市街。路上看到一家店铺前挂着一溜儿朱红色烧鸡。看到阴森森吊满各式吊

1　一种营养强壮剂。

灯的店铺，看到精巧银器光芒四射的一派裕富银楼，也看到破败的酒楼挂着陈旧的"太白遗风"匾牌。我饶有兴致地观望那些中国店铺，马车进入一条宽阔道路并骤然放缓速度，钻入对面的一条小巷。听四十起说，那条宽阔的大道从前有城墙耸立。

我们下了马车，又拐进一条小巷。与其说是小巷，莫如说是弄堂。狭窄的路旁鳞次栉比地排列着各种店铺——卖麻将牌的，紫檀家具的，等等。窄小的檐下乱七八糟挂满了各种招牌，以致天空的颜色都看不见。来往的行人熙熙攘攘。我漫不经心停下脚步，留意店前的廉价印材，却也与人撞个满怀。熙熙攘攘的行人多是中国平民。我跟在四十起身后，目不斜视、小心翼翼地踩着石板路前行。

那条弄堂尽头，有个曾有耳闻的"湖心亭"。这个湖心亭，名字听起来很美，实际上是个随时可能倒塌、荒废不堪的茶馆。再看亭外池水，表面全是绿色浮萍，几乎看不见池水。池塘周围是用石头垒砌的、摇摇欲坠的栏杆。我们到那儿时，正好有个身穿浅蓝色衣服、梳着长辫的中国人。——在此稍加补充，照菊池宽的说法，我常常在小说中使用厕所之类的不雅词汇，这类词汇用在俳句中，自然源自芜村马粪[1]、芭蕉马尿[2]之类的影响。我并未打算否定菊池宽的意见，但是中国游记，地点本非高雅之地，倘不时时打破礼节，就无法生动地进行描述。诸位若认为我在撒谎，可以前来一试。——言归正传，话说那个中国人，正泰然若之地往池塘里撒尿。什么陈树藩举叛旗、白话文诗歌熄火[3]、日英续盟[4]谈判等，对这个男人来说，全然不在话下。至少其态度及表情悠然。阴沉天空下孑立的中式亭子、蔓延着病态绿色的池塘以及哗啦啦斜着注入池塘的一条水柱——宛

1　见《芜村全集》"春部"中"红梅花落马粪热"诗句。

2　见《奥之小径》中"整夜里虱子跳蚤，枕边闻听马尿声"诗句。

3　白话文替代文言文，乃陈独秀于1917年倡导流行，1922年前后不时兴。

4　1902年日本与英国缔结同盟，旨在防备俄国侵略亚洲，并先后在1905年、1911年续盟。1921年华盛顿会议废除。

若一幅体现忧郁爱情的风景画，同时又是富于辛辣讽刺意味的可怕象征。我深有感触地凝视了一会儿那个中国人，可惜四十起不以为然，并不认为那是什么值得慨叹的稀罕风景。

"你看，这石板上流淌的都是小便哟。"

四十起苦笑着迅速沿着池塘边绕了过去。他这一说我才发觉，这空气中的确似乎也飘荡着强烈的尿骚味。一闻到这尿骚味，谜底立即解了出来。湖心亭不过是湖心亭，小便也归根结底是小便，我踮起脚尖来，急忙向四十起追赶了过去。没工夫沉溺于乱七八糟的异想天开之咏叹中。

七　城里（中）

往前走了一会儿，一个盲眼老乞丐坐在地上。——说到乞丐，本具浪漫情调。何谓浪漫主义？无暇论及。至少其中一个特色，涉及中世纪、幽灵、非洲、梦境、女人的辩理之类云云，总之似在憧憬某种不可思议的东西。这么看来，乞丐自然是比公司职员更为浪漫的，但中国的乞丐却稀奇古怪得近乎离谱——雨天睡在道路上，或身披一张旧报纸，或用舌头舔舐膝盖石榴般绽开的腐肉，反正浪漫得有些惊悚。读一读中国的小说，里面有很多故事讲到放荡公子或神仙扮作乞丐，那是由中国的乞丐自然衍生的浪漫主义。日本的乞丐没有中国那种超自然的污秽，无法生成那样的故事，顶多不过是用火绳式小手枪[1]射击将军的轿子或招待柳里恭[2]饮用山茶而已。——离题远了。话说眼前的盲眼老乞丐，亦像是赤脚仙人或铁拐仙人所变，尤其是他面前的石板上，用华美的粉笔字写着他悲惨的身世。那字让我自叹弗如，想必是何人代为书之。

走进下一个里弄，这里有很多古董店。无论哪家店铺，都堆满了铜制香炉、陶俑马、景泰蓝盆钵、龙头瓶、玉石镇纸、镶有珍珠光贝壳的柜橱、

1　1543 年由葡萄牙人传入鹿儿岛县的种子岛。

2　柳泽淇园（1703—1758），江户时代中期武士、诗人、画家，其著作很多是描写落魄潦倒义士的。

大理石砚屏、野鸡标本、仇英绘画的赝品。叼着水烟袋、身着中式马褂的店主漫不经心地候客。我顺便打探了一下价格，即便砍到一半仍是不菲。回国后跟香取秀真说起，他说与其去中国买古董，不如上东京日本桥的仲通街[1]逛逛。

穿过古董街，来到了一个建有大庙的处所。这便是明信片上看熟的、城内著名的城隍庙。庙里参拜者人头攒动，磕头叩拜，当然还有敬香客和烧纸钱的，人多得超出想象。香火烟熏，上梁间的匾额及柱子上的对联油光发亮。说不定未被烟熏的只有那顶棚上悬挂的金银二色纸钱及螺旋状线香。这些景观跟刚才的乞丐一样，足以使我联想起以前读过的中国小说。更何况依次排坐左右两旁的似判官的塑像，还有正面端坐的城隍塑像，几乎与《聊斋志异》《新齐谐》等书中的插图一模一样。我感叹不已，不顾四十起是否乐意，久久地流连于此。

---

1 位于今东京都中央区日本桥，至今仍有很多古董商店营业。

八　城里（下）

不言而喻，在充斥鬼怪故事的中国小说中，城隍爷属下的判官、小鬼数不胜数。有的故事写到城隍爷令其檐下过夜的书生时来运转，有的则是判官吓死城里扰民的窃贼。——当然，城隍爷也有"贼城隍"之谓，说是收了狗肉供品的话，城隍爷就成了恶人的帮凶；城隍爷属下也有许多为世人耻笑的判官和小鬼，纠缠百姓家良妻以致其摔断胳膊、掉了脑袋。只看小说，诸如此类总有不得要领的地方。时常只是理解了故事大意，感觉却跟不上，正如隔靴搔痒。无论中国小说中描写得怎样荒诞无稽，亲眼看见城隍庙后，都能领会其想象的因缘了。那么个大红脸的判官，没准儿学人家去做恶少。还有那个蓄着美髯的城隍爷，仿佛在众神护卫下升上夜空才是正途。

一通遐想后，我又跟四十起一道逛了庙前形形色色的露天货摊。袜子、玩具、甘蔗秆、贝壳纽扣、手帕、花生，还有很多看着不干净的食品店。

不用说，来往的人群跟日本赶庙会的差不多。迎面走来一个时髦的中国人，扎眼的条纹西装，别着一个紫水晶领带夹。他身边一位旧式妇人，腕上银镯，三寸金莲。缠足小鞋真的两三寸！《金瓶梅》中的陈敬济、《品花宝鉴》中的奚十一，芸芸众生中会不会还有这般豪杰呢？恐怕杜甫、岳飞、王阳明、诸葛亮之辈难觅其踪。换言之，现代中国不是诗文中的那个中国，而是小说中描写的猥亵、残酷、贪婪的中国。陶瓷人偶、睡莲、刺绣小鸟等物美价廉的东方趣味，在西方也已日渐式微。那些除《文章轨范》和《唐诗选》以外对中国一无所言的汉学趣味，在日本亦可休矣。

我们折道返回，途经方才那个池塘边的大茶馆。出乎意料的是，庙宇一般的茶馆里茶客稀少。刚一进门，就听见叽叽喳喳的鸟叫声——云雀、绣眼鸟、文鸟、鹦鹉——宛若无形的骤雨倾泻，冲击着我的耳膜。抬眼一看，昏暗的房梁上挂着一溜鸟笼。中国人喜欢鸟是早有耳闻的，然而鸟笼这样子排列，奇鸟竞声，却是我做梦都未曾想到的事实。这哪里是喜爱鸟啼啊！我赶紧捂住双耳，以免震破了鼓膜。我催促四十起，逃一般离开了那家鸟鸣凄厉的恐怖茶馆。

但鸟鸣声并非仅在茶馆。好容易逃到外面，狭窄的道路两旁竟同样挂满了鸟笼，鸟鸣声不断地倾泻下来。原来并非闲人嗜者赛鸟，这里是鸟市。（说实话，我至今都未弄清到底是贩卖小鸟呢，还是贩卖鸟笼子？）卖小鸟的店一家挨一家。

"请等一下，我去买只小鸟来。"

四十起跟我说道，旋即走进一家鸟店。鸟店不远处，是一家涂了油漆的照相馆。我在等候四十起的当儿，观望着照相馆橱窗正面装饰的梅兰芳照片，同时想着四十起那些等待爸爸回家的孩子。

九　戏台（上）

我在上海有过两三次看戏的机会，到北京后则成为速成的戏迷。在上海见到的演员，有如雷

贯耳的武生盖叫天、花旦绿牡丹和小翠花等，皆
为当代名伶。说到演员，还应介绍一下戏园子里
的光景，否则无法让读者明白中国的戏剧到底是
怎么回事。

我去过的一家戏园子号"天蟾舞台"，新抹
的白漆墙，新盖的小三层。二楼、三楼呈半圆状，
周围一圈黄铜栏杆，显然是现世流行的西洋仿品。
顶棚上三盏大吊灯，煌煌耀目。观众席的砖地上
摆满藤椅。既然在中国，对藤椅自然也不可掉以
轻心。我曾跟村田坐过这样的藤椅，无意中让令
人生畏的南京虫（臭虫）在手腕上咬了两三个疙
瘩。不过这次看戏的地方还算洁净，没发生那般
令人不快的事情。

舞台两侧分别悬着一座大钟（不过其中一座
已经停摆）。大钟下面是一堆色彩扎眼的香烟广告。
舞台可能比有乐座[1]大，方格窗上灰泥制作的蔷薇
花叶间，有偌大的"天声人语"字样。这里也装

---

1 明治四十一年（1908）建于现在"新宿 Piccadilly 剧场"场址上的
"有乐座"，曾是最新的西洋建筑，关东大地震时被烧毁。

备了西洋式的舞台地灯。幕布——说是换幕用的，却完全不派用场。改换背景的时候，用的不过是苏州银行或三炮台香烟[1]的劣质广告幕布。所有戏台的幕布都是中间分开拉向两侧。不拉幕布时，后台是背景。很多背景似油画，室内室外景色不一、新旧参差，但不外乎三种。无论是姜维骑马还是武松杀人，背景竟全无变化。舞台左端坐着胡琴、月琴、铜锣等中国乐器的伴奏者，其中还有一两个乐师戴着鸭舌帽[2]。

接着是看戏的顺序，不论一等座席还是二等座席，进场随便坐。中国的规矩是入场坐下后，才付份子钱，这一点倒是十分便利。入场坐定后，会有人送来热腾腾的手巾，并附赠铅版印刷的节目单，自然还有大茶壶上茶。对于西瓜子及廉价粗点，照例是"不要、不要"。一次，座位旁一个仪表堂堂的中国人，用毛巾在脸上使劲擦了半

1　英国的 Three Castles 香烟商标的汉译。

2　因适合于狩猎、骑马，于十九世纪中叶开始在英国的普通民众中流行。日本于明治时期（1887 年前后）开始有商人使用，因此在日本曾是商人的象征。

天，末了竟在毛巾里擤了把鼻涕。目睹了这番光景，热毛巾也自然是"不要"。票价包括戏园子的服务小费，一等票约莫是一点五日元到两日元的样子。记得这么模棱两可，乃因每次不是我而是村田付钱。

中国戏剧的特点首先是超出想象的喧噪伴奏，尤其是武戏——武打场面居多的戏剧，几个魁梧大汉摆出一副决一死战的架势，在舞台的一角瞪眼亮相，顿时铜锣齐鸣，无论如何也听不出"天声人语"。我开始也不习惯，两只手捂住耳朵，否则根本坐不住。可是我们这位村田乌江，说是伴奏声响不大不过瘾。不仅如此，说是没进得戏园子，耳闻伴奏声，就能大致断定里面演的哪出戏。每当听到他感叹"那喧声太棒了"，我都怀疑他的精神是否正常。

十 戏台（下）

另一方面，在中国的戏园子里，观客席上扯

着嗓子聊天或所携幼儿哇哇哭闹，乃是司空见惯、不足为怪的事。或正因如此，中国才形成了这般喧闹的戏剧形式，戏园子里不安静也不至于影响看戏。其实看戏的过程中，村田也一直絮絮叨叨地说个不停，对我说明内容情节、戏子艺名和唱腔意思等。身边观客诸君，从未有过不满不快的神色。

中国戏剧的第二个特点是极少使用道具。虽然也设置背景，不过那是最近才发明的。中国固有的舞台道具只有椅子、桌子和幕布。山岳、海洋、宫殿、道路——无论什么场景，除了那三样道具，连根木头都不需要。演员做出打开沉重门闩的动作，观客只好想象那个空间里有一扇门。演员意气风发挥动带着缨穗儿的马鞭，便可想象其胯下一匹狂躁难驯的紫骝马扬蹄嘶鸣。不过日本人很快就能开窍，因为有能剧那样的艺术形式。椅子桌子堆起来想象为山，瞬间便能被认可。演员稍稍抬起一只脚，说明那里有个隔开里外的门槛，这种想象也很自然。不仅如此，在与写实主义约定略有不同的世界里，有时会显现意外之美。这么说来记忆犹新，小翠花在《梅龙镇》[1]上扮演旗亭的女儿，每次那样跨过门槛时，都必定由黄绿色的戏裤下翻亮一下小鞋底。正因有了那道假设的门槛，小翠花亮出小鞋底，才让观众觉得动人和可爱。

反正不使用道具这一点，如前所述，对我们日本人完全不是问题。相反让我感觉困惑的是盆、碟、带把儿烛台之类日常用品统统入戏，小道具的使用真可谓乱七八糟。例如刚才提到的《梅龙镇》，仔细查了《戏考》，便知不是当朝事，乃明武宗[2]微服出行途遇梅龙镇旗亭家姑娘凤姐一见钟情的故事。可凤姐手持的却是一只绘有蔷薇花的陶盆，底部镀有一圈银边，显然是某处店铺里的商品。试想梅若万三郎[3]出场，裙下挂一把西洋佩剑，那份荒谬无须多言。

---

1 取材自《古柏堂传奇·梅龙镇》。

2 即朱厚照，明朝正德皇帝，喜荒淫游历。

3 梅若万三郎（1869—1946），开创能乐剧"梅若"一派。

中国戏剧的第三个特点是脸谱变化多端。据辻听花[1]翁说，曹操一人的脸谱就有六十余种之多。显然，并非市川流[2]那种引人注目的喧闹。更令人惊异的是，那脸谱是用红色、蓝色、黄褐色涂满了整个面部。我第一次看，无论如何都想不到那是化妆所致。看武松戏，蒋门神慢悠悠出场时，无论村田如何解释，我都觉得是演员戴着面具。一眼绝无法看出那所谓的"花脸"不是假面，除非是个千里眼。

中国戏剧的第四个特点是动作猛烈的武打。尤其是跑龙套的演员，简直像极了惊险杂技演员。他们从舞台一端一路筋斗空翻到另一端，或从高高摞起的桌子上一个筋斗翻下来。演员大抵一条红裤子，赤裸上半身。我愈发觉着他们像马戏团

---

1 辻武雄（1868—1931），笔名"听花""剑堂"，日本研究中国文学者，戏剧评论家，写有剧本《兰花记》及论著《中国戏剧》。曾在"江苏两级师范学堂""江南实业学堂"执教。1912年应《顺天时报》邀请，赴京研究京剧并为该报撰写戏剧、演员评论。1931年在北京逝世。

2 日本歌舞伎演员中姓市川的很多，因而"市川流"便指歌舞伎，并非什么流派。

或杂技演员。顶级的武生将青龙刀之类兵器挥舞得虎虎生风，据说武生的首要条件是腕力过人，年老体衰，干不来这个行当。不过武生名角除了腕力绝技，还是有其独具的气品。比如盖叫天扮演武松，穿着日本车夫那样的紧身裤，与其说是在威风凛凛地挥舞大刀，莫如说他默默无声、目光锐利地逼视对方，正是这样才更好地表现了行者武松的高超武艺与惊人气势。

当然这些是中国传统戏剧的特点。新剧（话剧）里既没有脸谱也不翻筋斗，可新剧并非与旧戏全无关联，例如在"亦舞台"（剧场名）上演的《卖身投靠》[1]中，演员手持没有火苗的蜡烛出现，观众照旧想象蜡烛的火苗在燃烧。就是说，舞台上仍旧保留了传统戏剧的象征主义。离开上海去往其他城市，我也看过两三场话剧。遗憾的是，在与传统戏剧关联性的问题上大同小异，落雨、闪电、入夜等，完全凭借观众的想象。

---

1 出自《三笑姻缘》。《三笑姻缘》即传奇故事"唐伯虎点秋香"的雏形，全国各地均有剧种改编。

最后说说角色。盖叫天、小翠花已有所涉，不再赘述。唯有想提及的一点是后台化妆的绿牡丹。我探访的是"亦舞台"之后台，与其说是后台，称作台后或许更加贴切。总之台后墙皮剥落，满是蒜臭，可谓惨淡。好像听村田说过，梅兰芳去日本时，最令他吃惊的就是后台的洁净。毫无疑问，跟这儿的后台相比，帝国剧院的后台洁净得令人震惊。并且中国的舞台后面，好些看着脏兮兮的演员带着未卸的脸谱，无所顾忌地瞎转悠。在灯光下，他们沐浴在可怕的灰尘中晃来晃去的光景，简直像一幅百鬼夜行图。在戏子通道有些背光的地方扔放着一堆大大小小的中式箱包。绿牡丹坐在其中的一个上喝茶，他已摘掉头饰，却仍是妓女苏三的装扮。舞台上的那张鹅蛋脸，这会儿看着格外粗糙，可以说活脱就是一个发育良好的健美青年，看着比我高出五公分。那天一同看戏的村田把我介绍给绿牡丹后，便跟这位看似聪颖的旦角畅叙离衷。据说，自绿牡丹还是无名童角的时代，村田就热心地为他捧场，甚至没日没夜地迷上了绿牡丹的戏段。我告诉他《玉堂春》这出戏很有意思，他竟用日语说了句"谢谢"。后来，你猜怎么着？为了他和咱们的村田乌江君，我其实不想将这样的事实公之于世，但不加记述，又会使煞费苦心写下的相关内容顿失真实性，那样对读者也是大不敬，因此毅然决然正笔写下——他一扭脸的工夫，撩起那红衣上绣着银丝线的美丽衣袖，利索地把鼻涕甩在了地板上。

十一　章炳麟

章炳麟的书斋里，不知其出于怎样的嗜好，墙壁上趴着一具偌大的鳄鱼标本。这堆满书籍的书斋刺骨般寒冷，鳄鱼莫非是一种讥讽？说到那天的天气，借用俳句开篇的季题，正是"春寒料峭"的雨天。铺着地砖的房间里，没有地毯也没有暖炉，座椅自然是没有坐垫却有棱有角的紫檀木太师椅。不巧，那天我穿的却是薄薄的蓝色斜纹哗叽和服。回想起来，坐在那样的书斋里没有感冒，可谓奇迹。

章太炎先生穿了一件灰色大褂，外套一件带有厚厚毛皮里子的黑色马褂。他当然不觉得冷，更何况他坐在一张铺有毛皮的藤椅上。我听着他的雄辩，忘却了吸烟，同时对他暖和悠然伸着腿的模样钦羡不已。

听人传说，章炳麟自称王者师，黎元洪一度曾为其弟子。看到他桌子旁的墙壁上悬着一条横幅，我才回过味来。横幅位于鳄鱼标本下方，写着"东南朴学　章太炎先生　元洪"字样。不客气地说，先生的面容不敢恭维，肤色偏黄，唇边胡须及络腮胡少得可怜，凸出的额头看似肿瘤。不过那丝线一般的细目——躲在典雅的无框镜片后，冷漠微笑的眼睛的确不同凡响。正是因为这眼睛，袁世凯让先生受牢狱之苦；也是因为这眼睛，收监一时却终未能杀害他。

先生的话题彻头彻尾离不开现代中国的政治、社会问题。除了"不要""等一等"这些跟车夫使用的词，我对中文一窍不通，自然听不懂先生的高谈阔论。多亏《上海》周报主笔西本省三，我才知晓了先生的论旨并屡发不逊质问。西本坐在我旁边的椅子上，挺直胸脯，无论多么艰涩的议论，他都一字一句耐心地翻译给我。（尤其是当时，《上海》周报正值截稿期，我由衷感激他的鼎力协助。）

"现代中国十分遗憾，政治堕落，歪风横行，或较之清朝末期更为猖獗。学问艺术方面更是停滞不前，但中国的国民信奉中庸。只要存在这种国民特性，中国的西化就不可能。的确是有部分学生欢迎工农主义，但学生与国民不能画等号。这些学生一度西化，必定有一天又将抛弃其主张。因为国民性 —— 那种喜好中庸的国民性比一时的感情冲动更强劲。"

章炳麟不停挥动留有长指甲的手，滔滔不绝地发表奇谈怪论。我却只是感觉冷。

"那么要复兴中华，采取什么手段好呢？解决这个问题，具体怎么做姑且不论，纸上谈兵一无所用。古人一语道破，识时务者为俊杰。不是从一个观点去演绎，而是由无数事实来归纳——此即识时务。识时务后制订计划，因时制宜，说到底就是这个意思……"

我洗耳恭听，望着壁上的鳄鱼。突然闪过一个与中国问题毫无干系的念头来——那条鳄鱼一定知道睡莲的芳香、太阳的光芒及温暖的水域，那它理应最能体恤我的寒冷。鳄鱼啊！做成标本的你是幸福的。怜悯怜悯我吧，血肉之躯的我都快冻死了……

十二　西洋

问　上海不仅是中国的一座城市，同时又带有着西洋味道。请你多看看这样的景观。就说公园吧，我觉得也比日本进步得多——

答　公园大致也看了。法国公园¹和兆丰公园²都是

1　法租界内的公园。

2　兆丰公园（Jessfield Garden），原为上海西郊的私家花园，今中山公园。

散步的好去处。尤其是法国公园，在初发嫩芽的法国梧桐树间，洋人太太和保姆带着孩子玩耍。那个风景很美，不过我没觉着比日本进步啊。此处的公园尽皆西式对不？西式未必就意味着进步吧。

问　新公园[1]也去了吗？

答　当然去了，不过像个运动场。我没觉得那是公园。

问　公共花园[2]呢？

答　那个公园很有趣。洋人可以进去，中国人一个也不许进去。可是公园的名字是"公共"，这命名真是莫名其妙。

问　不过马路上走，洋人多的地方，感觉还不错吧？这在日本也是看不到的……

答　是啊，对了，前几天我看见一个没鼻子的洋人，在日本恐怕很难遇见……

问　笑话！那是流行感冒时，戴了个口罩而已。

1　又名虹口公园。

2　公共花园（Public Garden），位于公共租界内的公园。

不过同是在街上走，日本人个个比洋人显得寒碜啊。

答 穿西装的日本人吧……

问 穿和服就更加糟糕了！总的说来，日本人是不在意旁人看到肌肤的……

答 谁看见了胡思乱想，那是他自己猥琐。有个叫久米的仙人 [1]，不正是因此从云端上掉了下来嘛。

问 你是说洋人猥琐吗？

答 当然，在这点上是猥琐的。遗憾的是，风俗那样的东西，以人数多少来定。眼下日本人也认为光天化日赤脚行走是低贱的，也就是说，渐渐比从前猥琐起来。

问 但是日本的艺妓光天化日地走在大街上，对此西洋人应该觉得相形见绌吧。

答 什么？那你尽可放心。西洋的艺妓同样是在

---

1 《今昔物语集》《徒然草》中记述了一段久米寺始祖的经历。传说他关在大和国吉野郡龙门寺中修行后，成了仙。但在一次飞行中，因看了正在吉野川洗衣的年轻女人的小腿，失去神通从天上坠落下来。

光天化日之下走在大街上的，只不过你看不出来罢了。

问 这话说得可有点儿刻薄了。法租界一带也去了吗？

答 那里的住宅区倒是赏心悦目。柳叶抽芽，鸽子咕咕，桃花满枝，还能看到中式的民宿——

问 那一带基本都是西式吧。红砖白瓦，洋人的屋舍不错吧？

答 洋人的屋舍？像样的不多啊，至少我看到的尽皆下等。

问 你这么讨厌西洋，我倒是做梦也不曾想到——

答 我不是讨厌西洋，我讨厌的是恶俗。

问 那我……也是同样的啊。

答 说谎。与其穿和服，你更想穿西服；与其住有街门的日式房屋，你更想住西式的阳台房；与其吃铁锅乌冬汤面，你更喜欢吃通心粉；与其喝山本山绿茶，你更想喝巴西咖啡——

问　好了，我知道了。但是墓地不赖吧，静安寺
　　路的那个洋人墓地如何？

答　墓地也是不敢恭维。诚然，那个墓地挺别致，
　　可是与其躺在大理石十字架下，我宁愿睡在
　　土馒头里。遑论躺在莫名其妙的天使雕刻
　　下了。

问　看来，你对上海的西洋全然不感兴趣喽？

答　哪里，我是颇感兴趣。如君所言，好歹体现
　　了西洋的一面。无论好坏，在上海看西洋十
　　分有趣。问题是，在未曾领略正宗西洋的我
　　的眼中，这儿的西洋总有些不对味。

十三　郑孝胥

坊间传说，郑孝胥悠悠清贫。某阴云天上午，
我跟村田、波多一起乘车来到郑家门前。其自命
清贫的灰色三层楼居宅，远比我想象的气派。跨
进宅门，庭院深深，泛黄的竹林前杨花芬芳。此
般"清贫"，我无论何时都甘愿领受。

　　五分钟后，我们三人被引进了接待室。这里除了墙上一幅挂轴，什么装饰都没有。不过壁炉台左右一对陶瓷花瓶，垂置着小小黄龙旗。郑苏戡[1]先生并非民国政治家，而是大清帝国遗臣。我望着那两面小旗子，模糊忆起曾有人这样批评他："他人之退而不隐者，殆不可同日而论。"

　　这时一个稍稍显胖的青年轻轻走进来。他就是郑先生的儿子郑垂，曾留学日本。与之过往甚密的波多立即向他介绍了我。郑垂精通日语，跟他谈话不劳波多、村田二位翻译。

　　不一会儿，郑孝胥高高的身姿出现在面前。大眼望去，满面红光，不似老人，眼神也跟年轻人一样炯炯发光，尤其那凛然的态度及不断挥动的手势，反倒比郑垂更具朝气。他身穿一件黑色马褂，外套偏蓝的淡灰色大褂，不愧是当年的举人，神采奕奕！赋闲在家尚且如此气派，不难想象在康有为那场轰轰烈烈的戊戌变法中，他曾怎

1　郑孝胥的字。

样才气焕发地扮演了何等重要的角色。

　　落座后，他谈论了一会儿中国问题。我也毫无羞涩，不顾自己身份地就有关新借款团成立[1]以后中国的对日舆论等，滔滔不绝地讲了一通。这么讲，似乎有点过于随意，事实上我当时的言论并非信口开河。我自认是非常认真地发表了自己的观点，然而现在想起，当时的自己多少有些头脑发热。如此情绪激昂，除了生性轻薄，还有一半责任该由现代中国来承担。诸位若不信，请去中国看看。用不了一个月，必定莫名其妙谈论起政治来，无疑是因为现代中国的空气中蕴含了二十多年来[2]的政治问题。就连我这样讲话谨慎的人，遍历江南一带时，也始终裹挟在那样的热度中。结果自然，自己也一个劲儿地思考起比艺术大大下等的政治来。

　　从政治上讲，郑孝胥对现代中国是绝望的。

1　1911 年 10 月 15 日英国香上银行、法属印度支那银行、日本正金银行、美国摩根商会与中华民国签订新借款条约。

2　指戊戌变法以来。

坚持共和，中国将无可避免陷入永久的混乱。然而要想打开时下的困难局面，王政复古无济于事，非有英雄出现不可。而现代英雄必须同时面对利害关系错综复杂的国际关系。这样看来，等待英雄的出现，就如同等待奇迹的降临一般。

谈话间我拿出香烟，郑孝胥立即起身，划火柴为我点烟。我露出诚恐诚惶的神色。待客之事，与邻国的君子相比，日本人拙笨得令人羞愧。

喝罢端上的红茶后，他领我们去观赏屋后很大的庭园。庭园里美丽的草坪边上种植着他从日本弄来的樱花树及白皮松。庭园另一头还有一栋同样的灰色三层楼建筑，据说是近期新建的郑垂一家的居所。我一边在庭院里走着，一边眺望竹林上空那秋云间隙中的蓝天。再度感怀——此般清贫，吾愿安享。

撰写此稿时，裱糊匠送来了一幅挂轴。那是第二次拜访郑孝胥时，他为我写的七言绝句。我请人装裱了起来："梦奠何如史事强，吴兴题识逊元章;延平剑合夸神异,合浦珠还好秘藏。[1]"——目睹先生洒脱墨迹,念及相对而坐的畅叙情景,不禁产生了一缕感怀。在那短暂的时间里,我面对了一位前朝遗臣、名士,也聆听了《海藏楼诗集》著者、中国近代诗宗的高论。

十四　罪恶

据说上海是中国第一"恶之都市",这里洋人聚集,自然容易变成这种状况。就我所见所闻,风气的确很糟。报刊上时有报道:中国的人力车夫摇身一变,成了劫路贼。还听路人说,乘坐人力车赶路,帽子被人从脑后抓去。此类事件司空见惯。尤其骇人听闻的是,为抢女人耳环,竟将人家的耳朵给割下。与其说是小偷,简直是变态狂。诸般罪恶中,几个月前发生的"莲英杀害事件",被编入了戏剧和小说中。那是此地少年流氓

1　此为明代张丑的《铭心籍》一诗。

团伙"拆白党"[1]中的一个成员，为抢夺钻石戒指而杀害了一个名叫莲英的艺妓。杀害的方式是开车把她拉到徐家汇附近，而后勒死。不管怎么说，这种犯罪方式在中国是前所未有的新形式。坊间舆论认为，是侦探题材的无声电影带来了不良影响，这种说法在日本也时有耳闻。不过从相片上看，即便客气地说，名叫莲英的艺妓也算不上漂亮。

当然，卖淫也很猖獗。在名叫"青莲阁"还是其他什么的茶屋，一到黄昏时分便聚集了无数娼妓，俗称野鸡。打眼一看不足二十岁。一见日本人，便嚷嚷着"anata""anata"，呼地围上来。除了"anata"，她们还反复"saigo""saigo"地邀约。"saigo"是何意思呢？据说来源是日俄战争，战时的日本军人抓住中国女人便一边说着"さあ行こう"（哎，走吧），一边拉入附近的高粱地。听起来似乎可笑，不管怎么说，似乎都不是让我们日

1　上海方言，骗子之意。

本人感到光彩的事情。此外到了夜晚，四马路一带必定会有野鸡坐着人力车来此转悠。据说拉到客人便让人力车将其带回自己的家，自己则在后头步行跟着。不知出于什么想法，她们大都戴着眼镜。也许在中国，女人戴眼镜是一种时尚吧。

鸦片也是半公开的，到处有人吸大烟。我去看过的一家大烟馆里，昏暗的油灯下，一个娼妓跟客人躺在一起，一人一杆长长的大烟枪。另外听人说，好像还有什么"磨镜党""男堂子"之类，令人瞠目结舌。男堂子是男人为女人卖媚，磨镜党则是女人表演淫戏。闻言之后，总觉得走在大街上的中国人中，有很多是拖着长辫子的"萨德侯爵"，实际上这恐怕并非空想。一丹麦人说在四川、广东住过六年，对于奸尸事件闻所未闻；而在上海，最近三周便有两起此类事件。

好像最近，经由西伯利亚来了很多形迹可疑的西洋男女。我与朋友一次在公共花园散步时，就被一个衣装不整的俄国人死缠着要钱。那只是个乞丐罢了，并未使人感觉恐惧。话虽如此，因工部局¹的严格管理，上海的风纪大体上似乎渐渐规整了起来。实际上，西洋人的什么"El Dorado（艾尔·多拉多）""Parermo（帕热莫）"之类不三不四的咖啡馆已经消失。可在郊外，一家名叫"Del Montte（德尔·门特）"的店还有很多商人出入。

Green satin and a dance, white wine and gleaming laughter, with two nodding ear-rings-these are Lotus.

（绿色绢衫舞翩跹，白酒辉映笑容颜；双耳环饰微抖颤，上海姑娘美花莲。）

这是尤妮丝·蒂金斯的一段咏诗，赞美上海妓女"莲"——白葡萄酒伴着笑靥。此外，那些在印度人乐队的演奏声中厮磨酒桌边的女人，说到底都是"莲"的翻版。

匆此。

1　外国人在租界里设置的市政局。

十五　南国美人（上）

　　我在上海看过很多美人。不知什么缘由，每次都是在一家名叫小有天的酒楼。据说那是近年故去的清朝方士李瑞清[1]特别关照的地方，他为这酒楼留下了一副诙谐对子："道道非常道，天天小有天。"可见非同寻常，尽心周到。且传言这位名士胃口非凡，一次能吃七十只螃蟹。

　　说来，我对上海餐馆的感觉并不好。即便在小有天，也是各单间煞风景地用板壁隔断。端上餐桌的器皿，就连号称招牌的一品香，也跟日本的西餐馆无甚两样。雅趣园也好，杏花楼也罢，乃至兴华川菜馆，饭菜的味道差强人意，其他感受与其说令人满意，简直让人沮丧失望。特别是有一次跟波多君去雅趣园就餐，问侍者厕所去处，竟让去厨房的水槽方便。实际上到了那儿，一个满身油垢的厨子率先做了示范，真令人目瞪

1　李瑞清（1867—1920），清末民初诗人、教育家、美术家、书法家。中国现代美术教育的先驱，著名画家张大千的恩师。

口呆。

不过说实话，饭菜的味道确比日本好。说得多了显得有点儿卖弄，我去过的上海茶屋[1]，如瑞记、厚德福等，确实不如北京的茶屋。不过，跟东京的饭馆比较起来，小有天等处的饭菜味道的确不错，价格低廉，大致是日本的五分之一。

话题扯远了。只有一次，我见了好多美人，那是与神州日报社的经理余洵共进晚餐的时候，就是在前面提到的小有天楼上。上海城也是夜晚打烊较早，可小有天地处上海夜晚特别热闹的三马路对面，楼上栏杆外的车水马龙，几乎一刻不停。楼台上自然是谈笑声、伴唱的胡琴声喧闹不已。我在一片吵闹声中边品茶边看余谷民[2]在局票[3]上挥笔，不知怎的觉着自己不像是在茶屋里，倒像是正坐在邮局的凳子上等候，一派忙碌不堪的感觉。

---

1 招艺妓来陪酒的饭庄。

2 余洵的号。

3 旧时嫖客招妓女、艺妓来陪酒的纸条（票子）。

局票是一张洋纸，上面印有一长溜红字："叫××速至三马路大舞台东首小有天闽菜馆××座侍酒勿延"。好像在雅趣园的局票下面一角还印有"勿忘国耻"的字样，鼓动民众排日。这里的幸好没有见到。（所谓局票，如同大阪通知校书[1]前来陪酒的会状或便笺。）余氏在一张局票上写上我的姓，又添上"梅逢春"三字。

"这就是那个林黛玉，已五十有八。不过言及近二十年政局秘密，除了大总统徐世昌便是此人。用了你的名义，让你见识见识，以供参考。"

余氏微笑着开始书写下一张局票。他精通日语，曾在日中两国人的聚餐会上演讲，令当时的宾客德富苏峰[2]感佩不已。

过了一会儿，我们——余氏、波多、村田和我一起坐到了餐桌旁。最先来的是一个叫爱春的漂亮艺妓，典雅的圆脸，看上去聪明伶俐，有点

---

1 艺妓的别称。

2 德富苏峰（1863—1957），记者、历史学家、评论家，创刊《国民之友》《国民新闻》，著有《近世日本国民史》。

儿像日本的女学生。她身着带有白色纹路的淡紫色衣裳及同样带有花纹的青瓷色裤子，梳着和日本式样相近的发辫，发根部缠着蓝色的辫绳，长长地垂在脑后，额前的刘海也像日本少女。胸前还别着翡翠蝴蝶胸针，耳朵上的黄金珍珠耳环和腕上的金表灿烂夺目。

十六　南国美人（中）

我赞叹不已，手持长长的象牙筷子，直勾勾地打量那美人。可是如同一道道接连不断摆上桌子的菜肴一般，美人们也一个个鱼贯而入，毕竟不是单独欣赏爱春的场子。我开始注意随后进来的一个名叫时鸿的艺妓。

这个艺妓不如爱春漂亮，但整体特点突出，容貌带有田园韵味。除了发辫上的辫绳是桃红色的，其他均与爱春没什么两样。上衣是深紫色缎子质地，镶有银色、蓝色交织花纹的五分宽边。听余谷民说，她是江西人，外表装束也并不新潮，古风犹存。但比之爱春的不施粉黛，时鸿是浓妆艳抹。我望着她佩戴的手表、（左胸前的）钻石蝴蝶、大颗粒的珍珠项链、右手指上的宝石戒指，不由得感叹即便新桥[1]的艺妓，也没有一人打扮得如此灿然。

随时鸿之后进来的……这么一个个写下去，就是我也会产生倦怠。下面就介绍其中的两人吧。一个叫洛娥，说是将与贵州省省长王文华成婚之际，王却被暗杀，因此只有做回艺妓，真正的红颜薄命。洛娥穿了件黑色花纹的缎子上衣，别着朵清香的白兰花，没有其他任何装饰。这身比实际年龄素淡的装束，加上一对清澈水灵的眼睛，给人无比清秀的感觉。另一个是年方十二三岁的乖巧少女，金手镯、珍珠项链戴在她身上只觉着像是玩具一般。一说笑，她便像世间处女一样露出羞涩的模样。奇怪的是艺名叫天竺，日本人听了绝对会忍俊不禁的。

1　与柳桥、赤坂齐名，为日本最高级的艺妓街。

这些美人按照局票上写的客人名字，各自挨个坐在了我们中间。我召的绝世美人林黛玉却迟迟不见倩影。这时一个名叫秦楼的艺妓，手指夹着点燃的纸烟，用婉转的声调唱起了西皮调[1]《汾河湾》。艺妓唱戏时，通常有胡琴伴奏。拉胡琴的男人不知为何，大都戴着煞风景的鸭舌帽或礼帽。胡琴是在圆竹筒上包了蛇皮做成的。秦楼唱完一曲，轮到时鸿唱。她不用胡琴伴奏，自己弹着琵琶，唱了一首有些凄凉的曲子。说到她的故乡江西，位于浔阳江上游的平原上。倘若是中学生式的感慨，也许会觉着那枫叶荻花秋瑟瑟时，令江州司马白乐天湿青衫的琵琶曲便会是这种感伤的曲子。时鸿唱罢，萍乡唱。萍乡唱罢，村田突然站起身来唱了西皮调《武家坡》中的"八月十五，月光明"，委实令我吃了一惊。诚然，若是没有这份聪颖，要想在多样复杂的中国生活中通晓里外，想必是不可能的。

1　安徽地方戏曲调。

　　"林黛玉"梅逢春总算到了，餐桌上的鱼翅汤却已见底。她比我想象的更像娼妓，是个胖得溜溜圆的女人。容貌上看，这个年龄也说不上漂亮。施了胭脂，描了眉，但能令人想到其昔日姿色的，仅仅是她那细细眉眼中果然毫不逊色的娇艳光芒。看年龄，无论如何都不像五十八岁；乍一看，顶多四十岁。特别是她孩童一般的双手，柔软的手背上手指根部关节处胖乎乎现出小窝。身着镶有银边的兰花黑缎子上衣及同样花纹质地的裤子，佩戴的耳环、手镯以及胸前垂挂的装饰，全都是用金银底座镶着的翡翠或钻石，戒指上的钻石足有麻雀蛋大小。这装扮不该出现在这么一个大街上的饭庄里。这是罪恶与奢侈的交织，仿佛谷崎润一郎小说《天鹅绒之梦》[1] 里出现的形象。

　　尽管上了年纪，"林黛玉"到底是"林黛玉"。其谈吐马上令人联想到她的才华。不仅如此，稍后，她在胡琴和笛子的伴奏下唱起了秦腔，那伴

1　1919 年 2 月发表在《中央公论》上，取材自作者在杭州的旅行。

着唱腔迸发的力量，的确是技压群芳。

十七　南国美人（下）

"'林黛玉'如何？"

她离席后，余氏这么问我。

"女中豪杰啊，还那么年轻，令人惊异。"

"听说那女人年轻时服用过珍珠粉，珍珠是长生不老药嘛。她若是不吸鸦片，还会显得更加年轻呢。"

这时，新进来的艺妓坐在了方才"林黛玉"的位子上。她皮肤白皙、小巧玲珑，是有大家闺秀派头的美人。她身穿的淡紫色缎子上衣，织有宝珠、宝链、金锤等花纹，耳朵上垂挂着的那对水晶耳环，绝对令她显得更加文雅。我立刻问起她的芳名，答曰花宝玉。她说出这名字时，声若鸽子啼鸣。我递了支香烟给她，同时想起杜少陵"布谷处处催春种"的诗句来。

"芥川先生……"

余洵一边给我斟老酒，一边似难于启齿地招呼道：

"中国女人怎样？喜欢吗？"

"哪儿的女人都喜欢，中国女人也很漂亮啊。"

"觉得好在哪儿呢？"

"啊，我觉得最美的是耳朵吧。"

实际上，我对中国人的耳朵颇有敬意，日本女人在这方面无法与中国女人比拟。日本人的耳朵没有凹凸轮廓且肉厚。其中不少，与其称之为耳朵，不如说出于什么缘故脸部生了个蘑菇罢了。想来，这与深海鱼盲目是一个道理。日本女人的耳朵自古藏在上了发油的鬓发后面。中国女人的耳朵却时时沐浴于春风中，百般呵护地饰以宝石耳环。故日本女人的耳朵沦落至此，中国女人的耳朵则在自然与人为的呵护下变得美丽异常。实际上，眼前的花宝玉就有着一对小小贝壳一般人见人爱的耳朵。恰似《西厢记》中关于莺莺的一段描写：

　　则见他钗軃玉斜横，鬓偏云乱挽。日高
犹自不明眸，畅好是懒、懒。

　　半晌抬身，几回搔耳，一声长叹。

　　这里描写的正是中国女人的耳朵。之前，笠
翁曾详细描述了中国女人之美（《笠翁偶集》卷三
《声容部》）[1]，却没有关于耳朵的任何描写。伟大
的十种曲作者应将这一点发现的功劳让给芥川龙
之介。

　　说完了耳朵之后，我与三位一同去喝了一碗
甜稀饭，然后来到热闹的三马路上，想看看那儿
的妓馆。

　　妓馆一般是在拐进窄街的石板路两侧。余氏
带领我们确认门灯上的名字，朝前走去。不一会
儿来到一家门前，他立刻走了进去。进门处显得
简陋的土间里，几个衣衫不整的中国人正在吃饭，

1　李渔（1611—1680），明末清初剧作家，号笠翁。《笠翁偶集》（即
　《闲情偶寄》）是其随笔集，"十种曲"指李渔所作的十种代表性
　的戏曲。

或在干着别的什么事情。若不是已有耳闻，谁都不会相信，这里便是艺妓的住屋。爬上面前的阁楼楼梯，在一个狭小的中式会客室里，灯光明亮。这里摆放着紫檀木椅子，还竖立着很大的穿衣镜，不愧是一流的妓馆。贴了蓝色墙纸的墙壁上，并排悬挂着几幅饰有玻璃镜框的中国南方画派绘画。

"在中国包养妓女可不容易了。你看就连这些家具也要掏钱给她们买呢。"

余氏跟我们一起喝茶，说了很多花柳界的逸闻趣事。

"今晚叫来的这些妓女，要包养她们，总得要五百大洋。"

这时，方才的花宝玉从里面的套间探了下头。中国的艺妓出场，坐五分钟就离去。在小有天见到的花宝玉出现于此并不奇怪。另外关于中国的妓馆，可参照井上红梅[1]的《中国风俗卷》上卷《花

1　中国风俗研究者，1918年开始发行《支那风俗》杂志，1921年将杂志内容汇编为单行本出版。

柳语汇》。

我们跟两三个艺妓嗑着西瓜子，吸着她们免费的烟卷，一时间闲扯瞎聊。说是闲聊，我照旧是哑巴。波多手指着我，对一个看似顽皮的艺妓说："他不是日本人，他是广东人喔。"艺妓问村田是不是真的。村田也说："没错，没错。"听着他们闲聊，自己则漠然地心有旁骛。我想到日本的一首名叫《奋战到底》的进军歌，那个歌词，或令东洋人（日本人）的形象大变……

二十分钟后，我百无聊赖，便在房间里走动，悄悄瞅了一眼里间。但见电灯下，那个温顺的花宝玉正和胖乎乎的女佣阿姨在餐桌边吃晚饭。餐桌上只有一个盘子，盘里只有蔬菜。花宝玉却端着小碗拿着筷子，心满意足。我不由得微微一笑。在小有天看到的花宝玉自然是个美人，而眼前这个咀嚼菜根的花宝玉更是美得令人叹为观止，绝不单纯是个任由男性玩弄的女人。这个时刻，我第一次感觉到中国女人特有的美感。

十八　李人杰

　　我与村田一同拜访了李人杰[1]。李氏
二十八岁，信仰社会主义，乃上海"少年中
国"的代表之一。一路上，电车窗外道路两
旁绿树成荫，夏季已至。天阴少见阳光，刮
风但未扬尘。

　　这是拜访李氏之后记下的笔记。现在打开阅
读，发现匆忙书写的铅笔字，好多地方已模糊。
文章前言不搭后语不说，但当时的心情，或许正
是因为文章杂乱，才如实地反映了出来。

　　有僮仆引领我等入会客室。一张长方形
桌子，两三把西式椅子。桌上盘中，有陶制
水果。梨子、葡萄、苹果——除这些稚拙的
自然模仿外，别无任何悦目装饰。但房屋内
无尘埃，充满简朴气息，令人愉快。

1　芥川原作注：未详。

几分钟后，李人杰来了，他是个身材矮小的青年。头发略长。瘦削面容，脸色不太好。有一对才气横溢的双眼，一双小手。态度真挚，那份真挚令人察觉到他的敏锐。见面瞬间的印象不坏，恰如接触到了精细坚韧的钟表发条一般。我们隔着桌子面对而坐。他穿着一件灰色大褂。

李氏曾在东京的大学就读，讲一口流利的日语。特别是一些复杂的理论问题，竟能明确地让对方听懂，或许比我的日语还要好。下面的内容，笔记上没有记录——他带我们进入的会客室角落里，架着一把直通二楼的梯子。从梯子上下来，首先映入眼帘的是客人的脚。李人杰出现，首先映入眼帘的则是他那双中式布鞋。除了李氏，无论见何等天下名流，我都未曾自脚部始见其人。

李氏说，现代的中国该如何行事？解决这个问题，既不在于共和，也不在于复辟，这些政治革命无力于中国的改造。这在过去已证实，现在也是证明，因此，吾等应努力的唯有社会革命，这便是力倡文化运动的"少年中国"思想家们的呼唤与见解。李氏又说，若必须发动社会革命，则需要宣传，所以吾等要著述。觉醒后的中国知识分子并不拒绝新知识，反而如饥似渴，然而满足他们饥渴的书籍杂志却极度缺乏。如何解决呢？可以断言："当务之急乃著述。"抑或正如李氏所言，现代中国无民意，无民意不可能产生革命，何谈成功？李氏又说种子在手中，唯恐力所不及，不能解救万里大地的荒芜，吾等之肉体能否承受此般辛劳亦堪忧。言罢，他紧锁双眉，我很同情李氏。李氏又称，近时应瞩目中国银行团势力。先不说其背后势力如何，北京政府受中国银行团牵制的倾向已是无可置疑的事实。这本不该悲哀，因为吾等之敌人、吾等之炮火应集中的目标不仅限于一个银行团。我说到自己对中国的艺术感到失望，所见之小说绘画，都不足挂齿。看到中国之现状，期待艺术在这片土地上再次兴盛，看来像是错了。问君，除了致力于宣传社会革命外，是否还有考虑艺术的余地？李氏答曰："近乎无。"

我的笔记内容仅限于此，然而，李氏的谈吐极其敏捷。不难理解同来的村田君感叹："他头脑可是真好。"不仅如此，听说李氏在留学期间，曾读过一两部我的小说，这无疑使我增加了几分对他的好感。像我这样的正人君子——所谓小说家什么的，虚荣心的追求可谓旺盛。

十九　日本人

应上海纺织的小岛君邀请，前往其居所晚餐，见其社宅的前院种着樱花树。同行的四十起说："您看，樱花开了。"那语气中蕴含着超乎寻常的喜悦。到大门前迎客的小岛也露出兴奋神色——

夸张形容，就像美洲大陆归来的哥伦布在展示土产。细瘦的枝丫上其实仅有几朵樱花，当时我内心中感到奇怪，这两位先生为何那般欣喜异常。可在上海住了一个来月，我明白了：谁都会是这样。日本人是何等人种，我不了解。反正到了国外，不管是八重樱还是单花瓣，但凡看到樱花，日本人立即就会感到幸福。

*

去看同文书院时，沿宿舍二楼的走廊走去，只见走廊尽头的窗外一片青绿色的麦穗海洋，麦田里到处盛开着团团油菜花。隔着油菜花，远处有座低矮的房屋。屋檐上大大的鲤鱼旗随风飘摆，在空中翻动着，十分醒目。一面鲤鱼旗瞬间改变了风景，恍惚中我觉着自己不是在中国，而是在日本。可走近窗前一看，近处的麦田里有中国农民耕作，我顿时产生一种异样感。在一望无际的上海天空下看到日本鲤鱼旗，都会产生些许愉快的感觉，何况樱花呢？

*

曾受到上海日本妇人俱乐部邀请，地点是法租界松本夫人的宅邸。在一张覆盖着白色桌布的圆桌上，一只花瓶里插满瓜叶菊，还摆放着红茶、点心、三明治。围坐桌旁的夫人们超乎我的想象，温良而贤淑。我跟夫人们谈论了小说戏剧。这时，一位夫人对我说：

"本月《中央公论》登载了您的小说《乌鸦》，很有意思。"

"哪里，那篇作品不好。"

我谦虚地应答，同时希望让《乌鸦》的作者宇野浩二[1]听到此番对话。

*

1　宇野浩二（1891—1961），早稻田派（以自然主义为特色）小说家。

据"南阳丸"的竹内船长说，在汉口的江岸边漫步，路旁法国梧桐树下的长椅上，不时有英国或美国船员伴着日本女人坐在那里。女人的职业一目了然。竹内说，见状有不快之感。听了那段话后，有一次我走在北四川路上，见迎面开来的汽车上坐着三四个日本艺妓，拥着一个西洋人调情喧闹。但我并未像竹内一样心生不快。当然感觉不快亦不难理解——应该说，有所感触才是正常的反应。夸张些说，产生不快乃出于爱国之义愤。

*

话说有个日本人 X，在上海住了二十年。结婚在上海，孩子出生在上海，聚财也是在上海，因此，这个 X 对上海持有炽热的情感。偶有日本来客，他便赞不绝口。建筑、道路、饭菜、娱乐——无论哪一方面，上海都超出日本。上海简直就是西洋，在日本那样的地方辛苦度日，不如早日来上海——他这样敦促日本的来客。X去世时，拿出他的遗言一看，上面竟出乎意料地写着："无论如何，遗骨应埋在日本……"

一日站在旅店窗前，我衔着点燃的雪茄，想起X的故事。当然不会讥笑X的自相矛盾。吾等在这方面，跟X都是大致相同的。

二十　徐家汇

明万历年间。墙外，处处柳树成荫。墙里不远处，可见天主教堂的屋顶，上面黄金十字架在夕阳辉映下闪烁光芒，一行脚僧同一幼童登场。

行脚僧　徐公[1]的宅第是在那儿吗？

幼童　　是啊，是在那儿啊。不过您即便去那儿，也讨不到斋饭——因为主人很讨厌和尚。

行脚僧　好啊，晓得了。

1　指徐光启（1562—1633），明末农学家、天文学家。据利玛窦记载，徐叛依天主教，并将徐家汇的自家宅第改作了天主教堂。

幼童　　晓得了，就别去那儿啦。

行脚僧　　（苦笑）你这孩子嘴巴可真刻薄啊。我
　　　　　不是去求挂锡[1]的，是去跟天主教的神父
　　　　　对话。

幼童　　是吗？那随您的便了。当心被人家家丁
　　　　　打出来啊。

　　幼童离去。

行脚僧　　（独白）那像是教堂的屋顶，可门在哪
　　　　　儿呢？

　　一红毛传教士骑着毛驴经过，后面还跟了一
个仆人。

行脚僧　　哎，哎。

　　传教士勒住了毛驴。

1　指行脚僧暂时借住其他寺院。

行脚僧　（大胆上前）您打哪儿来？

传教士　（露出奇怪的神色）我去教徒家。

行脚僧　黄巢逞威后，收得剑否？[1]

　　　　　传教士木然。

行脚僧　倒还能拾得剑否？说！不说的话——

　　　行脚僧挥动如意杖将打传教士，仆人一把推翻了行脚僧。

仆人　疯子。别搭理他，走吧。

传教士　可怜啊。刚才就觉着他眼色怪异。

　　　传教士等离去。行脚僧站起身来。

行脚僧　可恨的邪教啊。连如意杖都折断了。饭

1　著名禅宗对话，见《碧严集》"黄巢收剑"。一日，岩头禅师处来一僧。师曰："自何处来？"僧答来自西京。师曰："那，是否收得黄巢之剑？"僧不解其意，答曰："收得。"

钵上哪儿去了？

墙内隐隐传出赞美的诗歌声。

*

清雍正年间。草原。柳树成荫。

隐约可见一处荒废的教堂。仨村姑手挽花篮，采摘艾蒿等。

甲　云雀的叫声真叫人闹心啊。

乙　嗯。——哎呀，讨厌的四脚蛇。

甲　你姐姐还没过门吗？

乙　可能下个月吧。

丙　哎，什么呀？这是什么？（丙拾起地上满是泥土的十字架，三人中她最年少）上面还刻着小人呢。

乙　什么？让我看看。这叫十字架。

甲　十字架是什么？

乙　信天主教的人都有。大概不是金的？

甲　扔了吧。拿着这玩意儿，弄不好会像老张一样掉脑袋的啊。

丙　那就埋回原来的地方吧？

甲　是啊。还是埋回去的好……

乙　没错，还是那样办最好。

　　姑娘们离去。几小时后，暮色渐渐笼罩草原。出现丙和一盲目老人。

丙　　就是埋在这儿啦。爷爷。

老人　那快找找。趁这会儿还没有麻烦。

丙　　在这儿呢，是这个吧？

　　一弯新月下，老人手持十字架慢慢低下头，默默祷告着。

*

民国十年（1921）。麦田里矗立着花岗岩十字架。一排柳树。上方看得见天主教堂的尖塔刺入云端。五个日本人穿过麦田，其中之一是同文书院学生。

甲　　那座天主教堂是何时建造的？

乙　　说是道光末年。（打开导游资料）进深二百五十英尺，宽一百二十七英尺，塔高有一百六十九英尺。

学生　那是墓地。那十字架——

甲　　对啊。石柱、石兽犹存，以前肯定更气派呢。

丁　　是啊，毕竟是大臣的墓地嘛。

学生　这个砖瓦台上镶嵌着石头。原来是徐公的墓志铭。

丁　　你们看，上有写着"明故少保加赠太保礼部尚书兼文渊阁大学士徐文定公墓前十字记"。

甲　　墓在别处吗？

乙　嗯，可能是吧——

甲　十字架上还有铭文呢——"十字圣架万世
　　瞻依"。

丙　（从远处招呼道）喂，别动，给大家拍张
　　照片。

　　四人站立十字架前，不自然地数秒沉默。

二十一　最后的一瞥

　　村田跟波多离去后，我衔着卷烟来到"凤阳
号"甲板上。灯火通明的码头上，几乎已看不到
人影。对面马路上三四层高的砖瓦建筑，高高地
耸入夜空。一个码头苦力清晰的身影在眼皮下的
码头走过。若与那苦力同行，定会自然而然地走
到曾经领取护照的日本领事馆门前。

　　我顺着静寂的甲板走向轮船尾部。从这儿眺
望长江下游，江岸大道灯火璀璨，不知能否看见
横跨在苏州河口、白天车水马龙的外白渡桥？无
法辨认桥畔公园里的嫩绿树叶，那一带似乎是一

片茂密的树丛。前不久去那里时，白色喷泉涌起的草坪上，见过一个患有佝偻病的中国人正在拾捡烟蒂，身穿的红色号衣印有"S. M. C"（上海工部局）字样。公园花坛里的郁金香、黄水仙是否仍在灯光下绽放？穿过那花坛，当是庭院宽阔的英国领事馆和正金银行[1]。沿旁边河岸一直走过去，左拐进一里弄，便可看到兰心大剧院。剧院门口的石阶上仍摆放着喜剧广告画，熙熙攘攘的观众或已离去。这时，有辆汽车沿河岸直奔而来，隐约可见玫瑰花、丝绸衣服、琥珀项链，但那些又一晃而过，在眼前消失了。那一定是去丽兹酒吧参加舞会的。寂静的道路上，有人哼唱小曲，踩着脚步走过。Chin Chin Chinaman[2]——我将烟头投掷到黑乎乎的黄浦江里，慢慢踱步返回到轮船的大厅。

大厅里不见一人。铺有地毯的地板上摆放着花盆，兰花叶晶莹透亮。我靠在长椅上，沉浸于

1　专门从事国际贸易金融的日本特殊银行机构。

2　前两个音节为男性生殖器官的儿语。对中国人的蔑称。

漫无边际的回忆中。

——见到吴景濂时，他的大脑袋上头发剃得只剩一毫米长，还贴着紫色的膏药。他本人似觉着别扭，抱怨说"长了个疖子"。不知他那疖子是否痊愈？

——曾跟酒醉走路不稳的四十起在昏暗的道路上行走，正好在我们的脑袋上方，见有一扇正方形的小窗，窗里灯光直射向布满雨云的天空。一年轻中国女子像小鸟儿一样，从那扇窗口探出头来俯视正下方的我们。四十起手指着告诉我："那女人，广东来的娼妇。"今晚那扇窗口的女人没准儿仍会探出头来。

——在绿树成荫的法租界，乘坐轻快奔驰的马车时，见前面远处有个中国马夫正牵着两匹白马行走。其中一匹不知什么缘故突然滚倒在地。我不解。于是一同乘坐马车的村田告诉我，那马背上痒痒。

就这样，我陷入无尽的回想中。接着我在夹衣的口袋里掏烟盒，然而拿出的不是黄色的埃及香烟盒，却是头天晚上忘在口袋里的一张中国戏票。同时，一个什么东西轻轻地从票中掉落在地板上。我一时惊讶——"什么呀？"——紧接着从地板上捡起一朵干枯的白兰花。凑近鼻前一闻，已无芳香，花瓣儿也变成了褐色。"白兰花、白兰花"的叫卖声亦已成了他日追忆。回想眼望南国美人胸前芬芳白兰花的情景，竟如同梦幻一般。我很容易陷入感伤，这毛病似乎又犯了。我这么想着，将那朵白兰花扔在了地板上，然后点燃香烟，开始阅读出发前小岛送给我的斯特普[1]的书。

大正十年（1921）八月十九日

1　玛丽·斯特普（Marie Carmichael Stopes，1880—1958），二十世纪英国最负盛名的计划生育和女性权益倡导先驱。

江南游记

前　言

　　昨天早晨，我自本乡台往蓝染桥方向漫步，下坡时见两个年轻绅士从相反方向上来。出于男人的鄙俗，擦肩而过的若非女性，我很少留意。这次不知什么缘故，还有五六步距离，我便受到对方仪表的吸引。尤其其中一人，身着淡蓝色西装，外套一件雨披，配着一张气色极好的瓜子脸，手持细长的银手杖，潇洒倜傥。二人说着话缓步走来。将要擦肩而过时，出乎意外听得一声"哎哟"，这感叹词传入耳际，我感受到自己的心跳。并非因他俩是中国人才吃惊，而是偶然传入耳朵的一声"哎哟"，让我想起了很多往事。

　　我想起北京紫禁城，想起浮现于洞庭湖的君山，想起南国美人的耳朵，想起云岗、龙门的石佛，还想起京汉铁路的臭虫、庐山的避暑胜地、金山寺塔和苏小小墓、秦淮饭馆、胡适、黄鹤楼、大前门牌香烟、梅兰芳扮演的嫦娥。同时也想到因肠胃疾患而中断了三个月的纪行写作。

回头再看时，他们自然……照旧在说着什么。登上霜后艳阳下的坡道，走远了，但我的耳畔仍回响着那声"哎哟"。他们或寄宿某处，正要去什么地方，说不定其中一人正像《留东外史》[1] 里的张全那样，带女学生去户山之原[2] 的杂木林；那么另一留学生也似小说中的王甫察，有了相好的艺妓。我失礼地想入非非，随之来到了蓝染桥车站，乘上开往动坂方向的电车回田端的居所。

一进家门，便看到大阪社里的来电，电文是"文稿拜托"。我总给薄田添乱，实在抱歉。不过实话实说，因肠胃状况连日来睡眠不足，全无兴致哪里有心提笔？见此电文，便打算翌日开始继续《上海游记》的写作。怪不得那一声"哎哟"久久回荡在耳畔，原来它于薄田于我，都意味着福从天降。

1　描写在日留学生活的中国通俗小说。

2　东京新宿区的地名，一条公寓街。

　　我所知道的中文单词仅有二十六个，其中一个偶然钻入耳朵，好歹也算提醒了我。夸张地讲，可谓天赐恩惠。不过站在读者的立场上讲，我的劣质文章令人困扰，哪里是什么天赐恩惠，没准儿说是天灾才更加妥当。若如此，读者便无须抱有太大希望。不管怎样，我们彼此或许都该感谢那"哎哟"一声传至我耳畔。这便是进入正文前加此前言的缘故。

一　车中

　　坐上开往杭州的火车，乘务员过来查票。乘务员身穿橄榄绿制服，头戴镶着金边的黑色大盖帽。比之日本的乘务员，总觉得有点儿迟钝。当然，或许是偏见，我们对乘务员的仪表会以自己的标准去衡量。我们觉着 John Bull（约翰牛）若无洒脱风雅便不是绅士；Uncle Sam（山姆大叔）穷困潦倒也不是绅士；Jap[1] 在写纪行文时，就该旅愁泪

1　以上分别是称呼英国人、美国人和日本人的代称或略称。其中，Jap 在"二战"前后才逐渐变成贬义词，之前并不具侮辱性。

落，迷恋美丽的景致，否则亦不为绅士。我们应时时避免这样的偏见。……就在乘务员悠悠然检票时，我发表了自己的偏见论，不过并非对中国乘务员颐指气使，而是对同行的、担任向导的村田乌江大放厥词。

车窗外的风景尽是油菜田或莲花塘，风景中时而看到羊群和磨坊小屋。忽然一头大水牛缓缓地走上田畔。五六天前也跟村田君一起去上海郊外，突然一头水牛挡在面前。不说动物园栅内的动物，遭遇眼前这样的怪物还真是头一次。惊吓中我不由得退后了半步，村田见状不屑地说："这么胆小啊。"是日自然不怕，却觉得稀罕，便想对村田说："瞧那水牛。"可想了想，便泰然自若地没吱声。那个瞬间，村田想必也会敬服我成了地道的中国通。

车厢里分隔出多个小单间，每间定员八人。不过我们的单间里除了我俩再无旁人。单间正中的桌上摆放着茶壶、茶杯。时而有身着蓝制服的服务员拿来热毛巾。车上的感觉还好，但我们乘坐的毕竟是一等车厢啊。说到一等车厢，曾有一次从镰仓上车，坐了一会儿，记得那次不胜惶恐，发现自己竟与一皇族同车。我实在记不得自己当时持白票还是持红票[1]。

二 车中（承前）

说话中，火车驶过嘉兴。窗外景色，沿河的房屋与对面河边的房屋间，架着高高拱起的石桥。河水清晰地倒映出两岸的白墙。两三艘南画中见过的船只正停靠河边。眼望前方春风吹送柳芽出的景观，我生出了一股中国心绪。

"哎，有座桥。"

我得意地说。我想，说"桥"不至于像说"水牛"那般被人小觑吧。

"嗯，有座桥。那桥不错啊。"

村田立即表示了赞同。

1　当时的日本火车票，白色的是一等车厢，红色的是三等车厢。

那座桥在视线中消失后，紧接着是大片桑田，对面城墙上却尽是广告。此乃现代中国之流行，古色苍然的城墙上到处刷着色彩鲜艳的油漆广告，什么"无敌牌牙粉""双婴孩香烟"——这类牙膏、香烟广告在沿路各个车站比比皆是。这套广告做法，中国是从哪个国家学来的呢？答案不言自明。瞧那满目皆是的"狮牌牙膏""人丹"什么的广告，真是恶俗到了极致。日本在这方面，的确竭尽了邻邦之厚谊。

火车外面依旧是油菜田、桑田和莲花塘，偶尔看得见松柏之间的古坟。

"哎，有墓地呢。"

我趣味津津地说，村田却不像方才赞赏小桥那般回应。

"我们在同文书院时，时常从那样的坟墓坍塌处偷头盖骨回来的啊。"

"偷回来干什么用？"

"当玩具玩儿啊。"

我们边喝茶边聊一些野蛮的话题，什么烤焦

的脑浆可作治疗肺病的药物、人肉的味道类似羊肉云云。车外红彤彤的夕阳不知何时，将一派余晖洒在了结了果荚的油菜上。

三　杭州一夜（上）

晚上约莫七点，火车抵达杭州站。火车站的栅栏外，一名海关的工作人员正等在昏暗的灯光下。我手持红皮包走到他跟前，包里胡乱塞满了书籍、衬衫、糖果袋，等等。关员像很发愁似的将一件件衬衫叠好，并把散乱在外的糖果拾回糖果袋里，为我整理皮包。不管怎样，至少在我看来，做完了一通检查后，包里的东西也变得井井有条了。在他用白粉笔往包上画圆圈时，我用中文向他道谢："多谢。"然而他依旧露出愁容满面的样子，开始整理别人的箱包，根本没看我一眼。

那里除了关员，还聚集着许多旅店招揽顾客的人。那些人都在摇晃着小旗，吆喝着什么，或塞给客人彩色广告。然而，却找不到我们要住宿的新新旅馆的旗子招牌。这时那些没完没了的旅店拉客者，正喋喋不休跟我们说着什么，甚至要拉扯我们的提包。村田一直在呵斥，他们却丝毫没有退缩的样子。这种场合，我自然像站在莫斯科麻雀山上观望的拿破仑一般，镇静自若地怒目而视。几分钟后，当身着别扭西装的新新旅馆接客人员出现在我们面前时，我还是毫不掩饰地露出了喜悦的神色。

我们按照旅馆接客者的指点，坐上了站前的人力车。人力车夫抬起车辕起步后，便飞奔钻进了窄道里。路上漆黑一团，石卵道路凸凹不平，人力车左右摇摆颠簸剧烈。半道上大概有家小戏园子吧，听得见铜锣的喧闹声。而通过那里后便寂静无声。唯有夜晚街道上回响着我们乘坐的人力车声。我衔起卷烟，不知何时体味起《一千零一夜》的浪漫心情。

接下来的道路变得宽阔，偶尔看见电灯光照射在耸立着白色高墙的宅第大门上 —— 如此形容还不够详尽。起初，只是在黑暗中朦胧浮现出一个白色的物体。接着，在没有星光的夜晚里，一道白墙清晰地矗立在眼前。闪过墙壁看到细长的一溜门户。电灯光照射在大门的红色门牌上。大门里边，每个房间里都亮着灯光。对联、玻璃灯、花盆里的蔷薇花，偶尔还看见人影晃动。不可思议的是仅仅一瞬闪入眼帘，这家明亮的宅第内部就让人感觉如此美丽，以前不曾见过。我仿佛觉着那里存有我所不知的某种隐秘的幸福。苏门答腊的忘却草[1]，还是鸦片幻觉中的白孔雀——总觉着像是有类似的东西存在。旧时的中国小说里有很多此类话题。孤客深夜迷途，借宿富丽堂皇的宅第。翌晨一看，以为是高楼大厦，竟是杂草丛生的古冢或深山里的狐穴。我在日本时，总以为此类鬼狐谈乃凭空编造。到此一看，即便是凭空的想象，中国的都市、田园夜景也的确蕴含着那般土壤。夜幕中骤然出现灯火辉煌的白墙宅第——古今的小说作者包括我在内，看到那梦幻

1　出自印尼苏门答腊岛的传说，一种闻味后便会失去记忆的草。

一般的美妙景色，必定会觉察到一种超乎自然的力量。突然发现，眼前这宅第的大门上挂着个门牌——"陇西李寓"。或许宅第里，李太白正像从前那样眼望着幻影般的牡丹花[1]玉盏畅饮。我若见他，要说的话太多。我得问问他，那么多《太白集》中到底哪个为正版？朱迪特·戈蒂耶[2]的法文译本《采莲曲》，他看了是觉得可笑还是可气？对胡适、康白情[3]等现代诗人，太白兄持有何等见解？——我这么胡思乱想着，人力车却转眼拐出了弄堂，径直来到了一条宽阔的大街。

四 杭州一夜（中）

这条道路两旁明晃晃一溜商店，行人稀少，无丝毫热闹的感觉。不如说，这条宽阔的街道体

1　李白喜爱牡丹，作有三首"清平调"。

2　朱迪特·戈蒂耶（Judith Gautier，1845—1917），法国诗人、历史小说作家、东方学者，作品主题主要涉及中国和日本。

3　出生于中国四川的诗人，曾参加白话诗运动。

现了中国新开发地区的特点——只给人异常寂寞的感觉。

"这里是城外大街，这条路走到头便是西湖。"

坐在后面一辆人力车上的村田跟我招呼道。西湖！我向道路的尽头望去。美丽的西湖此刻却被锁在了夜幕中。什么都看不到，唯有阵阵凉风，自遥远的夜幕拂面吹来。我不由得感觉自己像是到了月岛[1]，在观赏阴历十三夜的景色。

人力车跑了一会儿，终于来到西湖边。那里有两三家灯火通明的大旅馆。然而，跟刚才的商店一样，只是外加了几道明亮的寂寞。西湖微明的道路左边是一片昏暗的湖水，静谧无声。在这空旷的道路上，除了我俩的人力车，连一条狗都不曾见到。我望着白昼一般的旅馆二楼来回走动的人影，想起晚饭、床铺、报纸等——总之恋起了"文明"，但人力车仍在默默地赶路。不见人影

---

1 位于东京都中央区，面临东京湾。

的道路一直延伸，总也没尽头。那些旅馆也被远远地抛在了后面。眼前只有湖畔一列像是柳树的树木。

"喂！你说的新新旅馆还远吗？"

我回头问田村。村田的车夫可能猜出了我的意思，抢先答道：

"十里！十里！"

我顿时感觉悲哀。还有十里？那么还没到旅馆，天就亮了，看来今晚得断食了。我又回头冷冷地对村田说：

"十里，太恐怖了！我肚子都饿啦。"

"我也饿了。"

村田坐在车上，双臂交叉抱在胸前，恬然地叼着中国香烟。

"不过就十里，不算什么喔。说的是中国的十里嘛——"

我放下心来，却又马上感觉失望。虽然一里只相当于日本的六町 [1]，可是十里也要有六十町。

1　日本长度单位，约合 109 米。

这么饥肠辘辘暗夜中，坐人力车颠簸一日里[1]以上的路程，谁会感到愉快？我为了转移自己沮丧的情绪，口中默念之前学过的德语文法。

从名词开始，到强变化动词。不经意间擦黑望去，不知何时道路变得狭窄了，左右两旁的树木茂密，尤其不可思议的是树木间飞舞的大个儿萤火虫的光芒。说到萤火虫，乃与日本的俳谐有关，体现夏日的季题。现在才四月，不可思议。加上那光轮，每每发光闪耀时，或因四周漆黑，就像鬼火一般。那蓝莹莹的光好似磷火，我毛骨悚然。同时，我再次沉浸在了浪漫的情绪中。珍奇的西湖夜色像被藏到了什么后面——像是一栋房屋。左边路旁是树木，对面是很长的一堵泥墙。

"这儿便是日本领事馆。"

村田的声音传来时，人力车突然钻出树林，开始下一个缓坡。眼见着，一片朦胧的水面展现在我们面前。西湖！刹那间，我真正感慨万分。

1　日本的 1 日里为 3. 9273 千米，为 36 町。

这就是西湖啊！茫茫烟水，云缝中洒下缕缕月光。斜卧水面的必定是苏堤或白堤，一处凸起的三角形便是石拱桥。那美妙的银色与黑色交织，在日本是无论如何都看不到的。我坐在左右摇摆着的人力车上，不由得挺直了身体，久久地望着西湖入迷。

五　杭州一夜（下）

看到西湖后不到十分钟，我们到达了新新旅馆。这里之所以号称"新新"，一句话，因为是西洋风格的旅馆。然而跟中国的茶房一道登上狭窄的阁楼梯子，到我们的房间一看，大概是歧视东洋人吧，二楼的感觉不太好。首先，狭小的房间里并排摆放着两张床，这完全是中国旅馆的形式。最要紧的是房间位置在旅馆背后一隅，绝不可能模仿西洋人，舒舒服服坐在屋里看西湖。拉倒吧。人力车，空着肚子，还浪漫幻想？我已经疲惫不堪。进了房间，坐在椅子上，像是总算回到了人间。

村田立即跟我们的茶房订晚饭，对方却回答："食堂已打烊，吃不到西洋菜了。"只好订中餐，茶房端来一看，却像残羹冷炙。好像听偕乐园主人讲过，"全家福"这道菜，便是剩菜残羹烩在一起。我担心起来，于是问："这几个中国菜里有没有'全家福'？"结果村田立即回答说："'全家福'怎么会是这样的饭菜？"水牛事件以来，又一次被他奚落。

这时，茶房也带着稀罕的表情看着我们，且叽叽咕咕不住地在说着什么。我让村田翻译给我听，说是若有开着圆孔的银币，给他一枚。问他要银币做什么，说是要做背心上的扣子，这真是个非凡的主意。这么说来，只见这个茶房背心上的扣子都是有孔的银币。村田一边大口喝着啤酒，一边跟他乱打保票说，这样的背心拿到日本去，一定能卖出五毛钱来。

我们吃完饭，来到楼下大堂。那里摆放着装有相片的镜框及便宜家具，却不见一人。到旅馆大门外一看，石阶上的台子周围有五六个美国佬，正咕嘟嘟地相互灌酒，并大声吼唱着什么歌。特别是一个秃头男人，搂着一个女人的腰部在领着那伙人歌唱，这家伙好几次差点儿连人带椅子翻倒过去。

大门外左侧有个玫瑰棚架。我们伫立在那儿，抬眼仰视茂密枝叶中的簇簇玫瑰。玫瑰花在远处投射过来的灯光下散发着淡淡芬芳。那是什么？看见亮晶晶的点滴，才发觉阴沉的天空不知何时飘洒起蒙蒙细雨。玫瑰、细雨、孤客的心——或已可入诗。但眼前旅馆大门口，醉醺醺的美国佬仍在喧闹。在此状况下，我觉得自己怎么都无法像《天鹅绒之梦》的作者那样，产生出浪漫的情绪来。

这时，有两顶被雨水浇湿的四抬轿静静地靠近大门。轿子在大门处停放下来，首先出轿的是一位身着中式服装、举止文雅的老人。接着下来的——恕我直言，相貌平平，不，毋宁说是个相貌丑陋的少女。但那青瓷色缎子衣裳配一对闪闪发亮的水晶耳环，确令观者动心。少女在老人引导下，随前来迎客的领班一同进了旅馆。老人留在门口，吩咐恰好来到门前、刚才伺候我们的茶房给轿夫付了银子。望着眼前这番情景，我的想法再次发生了变化——自然生出谷崎润一郎那般的浪漫。

结果命运使然，我的浪漫主义是残酷的。门口石阶上，突然摇摇晃晃走下来那个秃头美国佬。他向招呼他的那帮同伙打着奇怪的手势，嘴里咕哝着"bloody"。上海的西洋人有时用这带有恐怖意味的"bloody"替代"very"。这已经令人心中不悦，不料他竟晃晃悠悠站到了我们身后，背朝旅馆大门，旁若无人地撒了泡尿。

浪漫主义啊，去你的吧。我跟陶然醉酒的村田一起返回空无一人的大堂，内心却燃烧起超乎水户浪士[1]十倍的攘夷义愤。

1　指水户藩的浪人。江户末期，水户藩形成了一种尊王思想，给予幕末尊王攘夷运动很大影响，也是明治维新的原动力之一。

六　西湖（一）

朝霞映照在旅馆前面的码头上，微风中的槐树叶影摇曳。码头边上，绳索固定着一只为我们预备的画舫。道是画舫，似风流雅致。可到底何处体现出一个"画"字，我至今不解。不过是一艘绷了遮阳白色帆布、装有黄铜扶手的极其普通的小船罢了。总之人称画舫，今后就这么称呼好了。那画舫载上我们后，一位看似善良的船夫摇着橹，慢悠悠地向湖面驶去。

湖水没有想象的那么深。从漂着浮萍的水面可以看见莲荷抽芽的湖底。起初以为是离岸较近的缘故，但不论划到何处似乎都一样。总体感觉，与其称之为湖水，不如说更像大水淹了的田圃。据说这西湖若随其自然，很快就会干枯，所以为防湖水外流煞费苦心。我凭依在船舷，用村田的手杖戳弄浅水湖底的淤泥，惊扰了偶尔游到水藻间、类似蝦虎的小鱼。

画舫的前方、日本领事馆至湖中心浮着的孤

山连着一条长堤。照《西湖全图》标记，那便是古时白乐天修筑的"白堤"。石版刻印图片上还有柳树，可能重修时伐掉了，现在仅是孤零零的一道沙堤。堤上有两孔桥，离孤山近的叫"锦带桥"，靠近日本领事馆的则称"断桥"。断桥在"西湖十景"中以残雪闻名，前人留下不少相关的诗赋。现在桥畔的残雪亭里还立着清代乾隆皇帝的诗碑。此外，杨铁崖的"段家桥头猩色酒"[1]，张承吉的"断桥荒藓涩"，说的都是这个断桥。——听似我很博学，这些都出自池田桃川[2]氏的《江南名胜史迹》，所以并没什么可特别自豪的。我们的船离断桥还很远时，我便充满了敬意。啊，那就是断桥啊。最终却并没有靠近前去。白色的长堤蜿蜒在浮萍稀少的湖水里。驶近断桥时，却见一长辫老人手执柳鞭悠然遛马，这无疑是诗中画面。白乐天有

---

1 杨维祯（1296—1370），号铁崖，绍兴人，元代诗人。段家桥乃断桥又名。宋代称"宝祐桥"，元代叫"段家桥"。自"十景断桥残雪"之后，"段"改为"断"字。

2 池田桃川（1889—1935），日本小说家，本名池田信夫。曾作为《读卖新闻》特派记者常驻上海，创作多部中国纪行作品。

诗云："半醉闲行湖岸东，马鞭敲镫辔珑璁。万株松树青山上，十里沙堤明月中。"白翁与我昼夜颠倒，但相近的诗情仿佛共有。当然这首诗也是从池田氏的书里引用的。

画舫穿过锦带桥，即向右侧驶去。右边是孤山。据说这一带的景色，也是西湖的十景之一，被称作"平湖秋月"。无奈晚春上午，只见孤山上一个接一个排列着、像是有钱人家的高大恶俗的大门及白墙。稍后当我们途经那儿时，竟意外地看到一栋典雅的三层小楼，不仅临湖大门雅致漂亮，左右的石狮子也很美。我暗自思忖那是何人住居，原来是乾隆帝行宫遗址上名闻遐迩的"文澜阁"。这里与金山寺的"文宗阁"（镇江）、大观堂的"文汇阁"（扬州）一同，各存放了一部《四库全书》。据说庭院也十分漂亮，想登岸一睹为快，却不对外开放。无奈只好沿岸而行，看了一眼昔日的"孤山寺"（今称"广化寺"）后，便奔前面的俞楼而去。

俞楼是俞曲园的别墅，规模显得小气，居所

却不错。这儿的伴坡亭据说跟东坡的古迹有关。伴坡亭背后有一个长满水草的古池塘，四周竹子及龙须草丛生，甚是恬静。沿池塘一侧走上去，在所谓九曲回廊的尽头处有一块镶在墙壁上的石刻。那是彭玉麟为曲园画的《梅花图》，也就是悬挂在本乡町谷崎润一郎二楼上的那幅惊人的梅花图的原版。看罢九曲回廊、匾额上写着"碧霞西舍"的小轩，我们再次来到山下的伴坡亭。亭子的墙壁上挂满了曲园、朱晦庵、何绍基、岳飞等人的拓本，各式拓本极多，反而让人无所适从。亭子正面悬挂一张曲园相片，装在相框里，留着长须。我一边呷着这家主人端来的茶水，一边端详曲园的面相。据章炳麟所著有关俞先生的传记记述（这非从别处胡乱引用）："雅性不好声色，既丧母妻，终身不蓄妾。""杂流亦时时至门下，此其所短也。"原来如此。这么说来，先生多少确有俗气。或许，正是多亏俞曲园有这份俗气，才有得意门生帮其修建了这座别墅。而我等确实脱俗，玲珑玉石一般，可勿言别墅，鬻文卖字至今还苦命人生呢。我望着眼前茶碗里的玫瑰花茶，手托着腮，稍稍揶揄了一下荫甫先生。

七　西湖（二）

随后瞻仰了苏小小墓。苏小小为钱塘名妓，甚至成了艺妓代名词，其墓也古来闻名。可现如今拜谒这唐代美人墓，却见上方立着个瓦葺檐顶，下面抹着灰泥，整一个毫无诗意的土馒头。尤其是位于附近一带的西泠桥的改建，使之周边环境遭到极大破坏，一派落寞荒凉的景象。少时爱读的孙子潇[1]有这么一首诗曰："段家桥外易斜曛，芳草凄迷绿似裙。吊罢岳王来吊汝，胜他多少达官坟。"而现如今，哪里还有什么衣裙草色。阳光洒在翻起的土地上，目不忍睹。加之西泠桥畔的道路上，有三两个学生唱着反日歌曲。我与村田匆匆看了一眼秋瑾女士墓，便返回了停泊湖畔

1　孙原湘（1760—1829），字子潇，一字长真，晚号心青。清代诗人。

的画舫。

画舫的目标是岳飞庙，我们再次往西湖方向划去。

"岳飞庙很不错的，古色古香。"

村田像在安慰我，说起曾有一游的记忆。不知不觉中我对西湖的印象坏了。西湖不如我想象的那么美丽，至少现在是这样，这里不会给人留恋不舍的感觉。湖水很浅，这一点前面已经提到。西湖的自然，正如嘉庆、道光年间的诸多诗人一般太过细腻。中国的文人墨客或对粗犷自然感觉到厌倦，觉得这种细腻才好，但对我们日本人，早已习惯了纤细的自然，初看觉着美，再看便索然寡味。其实，西湖还算符合中国式美人的风格——"春寒水滑洗凝脂"，然而这中国美人已病入膏肓。湖岸到处修建了红灰二色、俗不可耐的砖瓦建筑，不仅西湖，这种二色砖瓦建筑如同硕大的臭虫，几乎蔓延江南各处，将风景破坏殆尽，简直与名胜古迹风马牛不相及。刚才在秋瑾女士墓前也看到这种砖瓦建筑，不禁为西湖鸣不平，也为女士亡灵鸣冤。秋瑾女侠赋诗于鉴湖——"秋风秋雨愁煞人"，为革命捐躯，墓门竟也如此，令人悲怜不已。而西湖此般庸俗化的倾向竟愈演愈烈，总觉着再过十年，西湖没准儿会更加悲哀——湖岸林立的西洋馆里，比比皆是酩酊大醉的美国佬，且每栋西洋馆门前都有美国佬站着小便。曾经读过德富苏峰先生的《中国漫游记》，书中提到，当上杭州领事乃人生最大幸福，悠然度余生云云，但别说当什么领事，即便是被任命为浙江总督，要是得每日看着这么一个淤泥池子，我也宁可住在日本的东京……

就在我攻击西湖的当儿，画舫穿过跨虹桥，来到同是西湖十景之一的曲院风荷一带。这里看不到砖瓦建筑，环绕白墙的柳树丛中，看得到些许残存的桃花。左边赵堤树荫下，长满青苔的玉带桥静静地倒映在湖水里，此景或许接近南田的画境。船驶至此，为不使村田误解，我增补了自己的西湖论。

"不过，说西湖无趣，也不能一概而论哪。"

画舫经过曲院风荷后，停在了岳王庙前。我们立即登岸，前去拜谒业已在《西湖佳话》中熟知的岳将军灵位。只见庙宇墙壁八成已粉刷一新，到处堆满了泥土、沙石，一派维修状态下的窘况。自然是哪儿都看不到使村田陶醉的古香古色，只有土木工、泥瓦匠在那里转悠。此时村田刚要拿出照相机来，见状不禁沮丧地停住了脚步。

"这不行，这可太不像样了。走，去看看那座墓吧。"

那墓跟苏小小墓一样，也是灰泥抹过的土馒头。尤值一提的是，此乃著名将领墓，比苏美人墓大了很多。墓前立着块苔痕斑斑的石碑，上有粗笔大字："宋岳鄂王之墓"。墓后竹木荒芜，令我等非岳飞子孙辈亦觉悲哀，倒生出一番诗意。我漫步在墓的四周，生出些许怀古之情。好像有人诗中云："岳王坟上草萋萋[1]。"这句诗非来自书中引用，所以作者不明。

---

[1] 赵孟頫《岳鄂王墓》中的一句，原句为"鄂王墓上草离离"。

八　西湖（三）

　　岳飞墓前的铁栅中，有秦桧、张俊的铸铁塑像，显然，两尊铁像俯首缚臂。听说来这儿的拜谒者憎恶二者恶行，都对着铁像撒尿，但此时二铁像算是幸运，未被小便淋湿。不过四周的土地上趴着好几只绿头苍蝇，这情景向远道而来的我暗示：此地不洁。

　　虽说古来恶人无数，但像秦桧这样成万夫指的并不多。上海的街上有卖一种棒状的油炸食品，好像是"油炸块"这几个字。宗方小太郎[1]解释：本意是要油炸秦桧，因此原名叫"油炸桧"。一般民众只能理解单纯的东西。在中国，像关羽、岳飞这些有名望的英雄，皆属于单纯的人物；即便非单纯人物，也是容易被单纯化的人物。不具备这样的特点，无论是何等稀世英雄，都难以博得

1　宗方小太郎（1864—1923），日本人，在上海设立东方通讯社，成为日本在华的官方通讯社。

大众青睐，比如井伊直弼[1]铜像的设立是在其死去几十年之后，乃木将军[2]的神化则用不了一个星期。正因如此，成为那般英雄的敌人自然受到憎恨。秦桧不知何故中了霉签，结果众所周知，直到民国十年仍受此悲惨待遇。我在本期《改造》新年版上也发表了一篇小说《将军》[3]。幸亏我生在日本，没被油炸，也没被浇上小便。只是部分文字改为符号，杂志编辑遭当局两次申斥罢了。

提及秦桧其人，顺便说个有关憎恶的故事。小故事可以让我们了解世间，出处乃清代景星杓的《山斋客谭》。

*

1 　井伊直弼（1815—1860），江户幕府高官，彦根藩主。因幕府将军后嗣问题对立于水户藩；未及敕许，与外国签订条约，镇压反对派，于江户城樱田门外被杀。

2 　乃木希典（1849—1912），当时的陆军大将，为明治天皇殉死后，即建神社祭奠。

3 　1923年在《改造》杂志上发表的、以乃木希典为题材的小说。

严晓苍说道："记不得是多少年前的事情了。我在长江岸边的一个寺庙借宿读书，突然邻居家的老太太像是被什么鬼魂附体。

"老太太翻着白眼，瞪着一家老少男女，不住口地骂：'我等乃押送冥府差使，现正押送秦桧鬼魂去阎王爷那儿回来，途经于此，被这该死的老太婆泼了一身脏水。好生处理则也罢了，否则就把这老太婆拽到阎王爷那儿去……'

"一家人惊恐万分，可附在老太太身上的到底是不是冥府差使，得先确认。于是试问各种问题。结果老太太傲然正视前方，干脆利落地回答了所有问题。看来，确是遇到了小鬼差使。一家男女赶忙又是烧纸钱又是向地面洒黄酒，毕恭毕敬地万般请求。众所周知，冥府的小差役与人间下级官吏一样，只要使点儿贿赂，就平安无事了。

过了一会儿，老太太突然倒在了地上，可又立即爬起身来。这会儿小鬼差使可能已离去，只见她不停地瞪眼四下张望。鬼魂附体这种事儿并不稀罕，但是附在老太太身上的鬼魂在回答一家男女的问题时，道出了冥界一段公案。

问 秦桧最终怎么了？不妨赐教。

答 秦桧也轮回托生为金华一女子，可她还是胆大包天，犯下了谋夫之罪，被处纠磔刑。

问 可秦桧不是宋代人吗？经金、元、明三个朝代才去问罪，太迟了吧。

答 桧贼恣意主和，屠戮忠良，罪大恶极。天曹判其三十六磔刑、三十二斩首，统共六十八次的刑罚。岂能轻饶？

问 原来如此。秦桧固然罪大可憎，也太过可怜了吧。

严晓苍为严灏庭曾孙，绝非言谎之人。

九 西湖（四）

参拜过岳王庙后，我们又乘坐画舫返回孤山东岸。那里槐树、梧桐的树荫下，有家挂着"楼外楼"小旗的饭馆。武林无想庵[1]曾在《读卖新闻》发表的纪行文章中，记述了他们新婚夫妇在这"楼外楼"饭馆用餐。我们也在船夫的推荐下，决定在这个饭馆前的槐树下吃顿中式午饭。我面前坐的是凶悍的村田，据说曾因喜读押川春浪[2]冒险小说，中学时便偷偷溜出家门，跑到什么军舰上服务。八月十日旅顺海战，在炮火中幸存，捡了一条命。我在等待上菜的当儿，瞒着村田暗自羡慕无想庵。

我们的饭桌如上所述，置放在枝叶交错的槐树下。西湖就在眼前脚下，泛着波光。湖水涌动拍打着岸边的石缝，轻柔温雅。湖边有三个身着蓝色衣裳的中国人，一个在洗褪了毛的鸡，一个在洗旧棉袄，还有一个在稍远的柳树根处悠悠然钓鱼。忽然那人高高扬起鱼竿，钓钩上一条鲫鱼活蹦乱跳。春色中这番光景，给人极其恬静的感觉。面对着的缥缈西湖波光粼粼。我在那个瞬间，

---

1 即武林磐雄（1880—1962），小说家、翻译家。

2 押川春浪（1876—1914），本名押川方存，冒险小说家。

的确忘记了红砖瓦，也忘却了美国佬。眼前宁静的景色，使我感觉进入了小说的气氛中——晚春的阳光照射着石碣村的柳梢，仿佛是阮小二坐在那树根上专心致志地钓鱼；阮小五洗完鸡回屋取菜刀；可爱的阮小七"鬓插石榴花，胸刺青豹纹"，正在洗涤旧衣裳。这时悠然走近跟前的是——

并非智多星吴用，而是手挎大竹篮毫无诗意的粗糖果小贩。他凑近我们跟前，向我们兜售。这一来意境全无。我像一只跳蚤，从《水浒传》的世界中蹦了出来。在那"天罡地煞百八人"里没一个好汉是卖糖果的。眼前湖面上，四五个女学生划着一艘白漆小船，正向湖心亭方向驶去。

十分钟后，我们一边喝老酒，一边吃生姜烧鲤鱼。又一艘画舫停靠在了槐树下。走上岸来的是一男三女，抱着一个不知性别的婴儿。其中一个女人，从装束上看像是女佣。男人戴着金丝眼镜，长得酷似无想庵，个头儿很大（简直是奇缘）。其余两个女人准是姐妹俩，身着同样的斜纹哔叽质地衣裳，都是粉红与蓝色交织的格纹，容貌也比昨晚见到的少女至少美上两成。我动着筷子，时不时瞟他们一眼。他们在邻桌坐下来，等着上菜。几人中只有那姐妹俩嘀嘀咕咕小声说着什么，还一边睨视我们。准确、严格地说，是村田正摆弄着照相机，说要拍摄我吃饭的样子，而她们的目光正是落在了这个场面上，所以我也许没什么值得夸耀的。

"喂，那女的是那男人的媳妇吧？"

"可能是吧……"

"实在看不出。中国女人只要不超过三十岁，个个看起来都像大小姐似的。"

说话间，他们也开始用餐。在绿叶繁茂的槐树下，这一中国上流阶层的家庭，正如"欢喜"二字所述，在喜滋滋地就餐。那情景赏心悦目。我点燃一支香烟，不厌其烦地久久观望着这家人。断桥、孤山、雷峰塔——那些美景的描述，就交给苏峰先生吧。对我来说，比起明媚山水来，还是观察人更加愉快。

当然不可能没完没了地观赏人家吃饭。我们

付完账，要去三潭印月，便又急急乘上了画舫。孤山上看，三潭印月正好处在对岸不远处的小岛边上。小岛的名称，不知为何在《西湖全图》以及池田的介绍上均无记载。小岛附近有三座石塔，据说是东坡做杭州太守时恪尽职守设立的。明月夜晚，水面上映照出三座石塔的投影——唯有这点确凿无疑。船在静静的湖面上行驶了很长时间，终于靠在了柳树茂密、芦苇丛生的退省庵前的码头边上。

十　西湖（五）

登上栈桥，是一道门。门中一汪清澈池水，架着中式的九曲桥。若说俞楼的回廊是曲曲廊，这里则是曲曲桥。桥上多处精巧亭子。走到另一端，可见波光粼粼的湖面上立着三座石塔。石塔的造型，像似石伞，罩在刻有梵文的圆石上，与日本的石灯笼大同小异。我们在亭子里眺望石塔，吸了两支中国香烟，还聊起俄国苏维埃政权的话题，好像不曾提起苏东坡。

　　跨过九曲桥回到原处，遇到四五个中国的年轻人，衣衫华丽，手持胡琴、笛子等。所谓长安公子，想必就是这样一类人。他们披着蓝色、绿色的大褂儿，佩有五光十色的宝石钻戒——擦肩而过时，我逐一打量，结果发现最后走过去的那个男人跟小宫丰隆[1]的相貌如出一辙。打那以后，不是发现京汉铁路的列车员酷似宇野浩二，就是发现北京戏园子的堂倌像南部修太郎[2]。没准儿日本的文学家生来像似中国人。而最初发现此等相像，不由得在心中生发僭越之想象——不相干的人竟会如此相似，那小宫祖上没准儿……

　　只要把这些写下来，便会获得至极的天下太平，可躺在床上的我，体温三十八度六。毋庸说，脑瓜子晕晕乎乎，嗓子也疼痛难忍。我的枕边，摆放着两封内容大致相同的电报——催稿。医生

1　小宫丰隆（1884—1966），德国文学研究者、文艺评论家。毕业于东京大学德文专业，夏目漱石弟子。

2　南部修太郎（1892—1936），小说家。

嘱托静养，朋友则打趣没病装病。纪行已写了个开头，只要不继续高烧，好歹得公事公办。以下几篇江南游记，皆是在此状态下写成。诸君请摈弃谬见！切勿再将芥川龙之介看作碌碌无为的闲人作家。

我们看了看退省庵，又返回方才的栈桥。一个中国老人坐在那里，面前放着一个鱼篓，正跟画舫的船夫聊天。瞥了一眼，里面装满了蛇。说是跟日本放生乌龟[1]一样，只要有人予小钱，他便放生一条蛇。而不管有何功德，为放生蛇而掏钱的日本人想必绝无仅有。

上了画舫，我们沿小岛岸边向雷峰塔方向驶去。岸边茂密的芦苇丛中，几棵河柳在随风摆动。忽见扎入水面的枝条处有物体游动，原来是几只大甲鱼。几只甲鱼不足为奇，吓人的是稍稍靠上的枝杈上盘着一条黄褐色、油光发亮的毒蛇，身体的一半缠在柳枝上，一半在空中蠕动着。我顿

1　民间信仰放生乌龟，会有好运。

时感到背部发麻，当然不是什么愉快的感觉。

不一会儿，画舫绕到小岛的另一侧，雷峰塔突兀耸立在隔水对岸的新绿之中。首先就眼前所见之感受言，跟站在花屋敷附近仰望十二层高的凌云阁[1]的感觉一样。只是这座塔的红砖壁面上爬满蔓草，杂木随风披靡在塔的顶端部位。在日光笼罩中虚幻般耸立，终归有雄壮之感，红色砖瓦在此也十分搭配。提起红色砖瓦，在西湖的介绍里有关于雷峰塔为何是红砖建筑的说明——讲得头头是道。不过非池田手笔，而是新新旅馆出售的英文版的西湖简介。我本想写下这段后收笔，头昏脑涨的，连多写一页的力气都没有了。接下的内容明日再——哎，一句都写不下去了，若是患了肺炎，就当真没救了。

1　均位于东京浅草，花屋敷为游乐园，凌云阁为砖造建筑。

十一　西湖（六）

据旅馆那个 *Hangchow Itineraries*（《杭州旅行指南》）记载，距今三百七十多年前屡有倭寇进攻至西湖畔。对那些海盗来说，雷峰塔实为障碍。因为中国的官府衙门在塔上设有瞭望哨，倭寇的一举一动未及杭州城便被掌握。一次，日本的海盗在雷峰塔四周放火，连续火攻了三天三夜。这样，雷峰塔早在尚无烧制红砖之法前便成了红砖塔了——大体是这么回事，自然无可证明是真是假。

我望着雷峰塔片刻愣神，旋又返回了新新旅馆。今日比昨日热度低了，嗓子用药烧了一下，似乎也见效。这样，或许两三天内便可伏案撰稿了，但续写纪行，仍是提不起精神来。因为克制住自己的情绪撰写，横竖写不出像样的内容来。哎，一天能归纳出一篇就很满意了，因此再次重复申明。望着雷峰塔一阵子愣神后，我们的画舫慢慢地向着新新旅馆的方向驶回。

我们眼前展现的是西湖东岸一带。对面新新旅馆的上方有座披绿石山，那可能就是所谓葛洪炼丹之处，即名闻遐迩的葛岭吧。葛岭顶上有个庙，檐头屋瓦仿佛正欲起飞的小鸟翅膀般朝反方向翘起。连绵其右的山脉——照《西湖全图》说明，宝石山上有座别致的保俶塔。窈窕挺拔的身姿比之老衲一般的雷峰塔，或许正如古人所言："倍显美人气质[1]。"此时葛岭云雾笼罩，炫目的阳光正洒在宝石山山顶的草木上。山峦脚下一带，包括我们住宿的旅馆，其实也有红砖建筑。所幸的是，也许距离遥远，并不特别醒目。唯独山峦的斜坡处连接着一道白色的线条，那一定是今天早晨经过的白堤。白堤左边尽头"楼外楼"的小旗是看不到的，但可望见新绿葱郁的孤山。无可否认这派景色是美丽的，尤其是此时此刻，点点莲叶漂浮在忽闪忽闪的湖面上，遮住了浅浅的湖底，泛着淡淡的银光。

1　明末杭州名士闻启祥曾有评说：雷峰如老衲，宝石（保俶）似美人。

"接着去哪儿？"

"带你去看放鹤亭吧，林和靖的居所。"

"放鹤亭？"

"孤山啊。就在新新旅馆的前面——"

我们登岸来到放鹤亭，是在对话二十来分钟以后了。画舫同样穿过锦带桥，横渡过围在白堤里的所谓内湖。放鹤亭在梅花绿叶丛中。我们看了放鹤亭，还去了侧立上方、同样和林逋有关的巢居阁，以及建筑背后一个颇大的土馒头——宋林处士墓，并在那一带四处转了转。林逋一定是高人，绝非日本小说家这般贫穷。林逋的第七代子孙林洪著《山家清事》中，记述了林洪的隐遁生活——"舍三寝一读书一治药一。后舍二，一储酒谷，列农具山具，一安仆役，庖厨称是。童一婢一园丁二犬十二足驴四蹄牛四角。"若和靖先生类似，则必须承认，比住在月租五十日元的房子里的生活富裕多了。如果我能够在箱根一带建一套住宅，内有主房一间、库房一间、书斋、寝室、女佣房等，并且雇用一个书童、一个女佣、两个仆人，不难模仿林处士的生活。只要仙鹤愿意，使仙鹤在临水一边飞舞于梅花树丛，亦轻而易举。但尽管如此，我是用不上"犬十二足驴四蹄牛四角"的，这些都给你了。——看罢放鹤亭，我在返回画舫的途中发表了上述言论。岸边柳絮飞舞间，有二三十个身着白上衣、黑裙子的中国女学生正成群地向西泠桥方向走去。

十二　灵隐寺

　　我正在脏乎乎的新新旅馆二楼书写几张明信片。村田早已入眠。在昏暗的玻璃窗一角趴着一只亮色调的壁虎。我讨厌壁虎，只有目不斜视地奋笔疾书……

致丰岛与志雄

　　今日前往灵隐寺途中，路过清涟寺。寺里有个长方形大池塘，池内黑鲤鱼、红鲤鱼扎堆。寺院号称"玉泉鱼跃"，以五色锦鲤闻名。所谓五色，其实仅三色而已。池塘边的亭子里摆放着藤椅、桌子，在那儿落座后，和尚端来茶点。说是端来，可不是白给的，就是说，看似和尚喂养锦鲤，实是锦鲤养活和尚。君乃通宵抛钩、垂钓染井[1]之豪杰，看见清涟寺池中的锦鲤，必生垂钓之愿。

致小穴隆一

参拜灵隐寺。进门处有一小石桥，桥下流水叮咚，仿佛鸣击佩环。两岸幽竹丛生，雨淋之翠色极尽媚态，近石谷[2]画境也，催吾诗兴。然囊中无《圆机活法》[3]，终未赋一诗。抑或无诗者更加幸福。

致香取秀真

灵隐寺乃极其庞大之寺院。进入山门不远处，

---

1 位于东京本乡区，即现在的丰岛区驹达。

2 王翚（1632—1717），字石谷，号耕烟散人、剑门樵客、清晖老人等。清代著名画家，被称为"清初画圣"。

3 作诗用工具书，明代成书，王世贞校正。

有座名为"飞来峰"的山。（其实与其说是山，不如说是大岩石更合适。）据说那是天竺的灵鹫峰飞来而就。那个石窟里的佛像说是宋元时代的，可无论什么佛像，我都难辨好坏。唯有一点幸运，部分石窟因连日降雨漫水，不得入内。今天的雨也下下停停。高耸的杉树、扁柏，长满青苔的石桥……总之，这寺院的大致感觉好似中国的高野山。

致小杉未醒 [1]

拜谒灵隐寺。栗鼠窜跃在杉树干，山中寺院幽静闲寂。或许是因为阴雨天，觉着朱漆大雄宝殿尤其庄严。骆宾王曾来此地或是传言，但听着似煞有介事。这儿的空气，总觉着带有骆宾王的气息，你也这么想吗？顺便再提一下寺院的五百罗汉，无疑这些您都是看到过的，至少有大约两百尊跟您容貌一模一样。不是开玩笑说俏皮话，

1　小杉未醒（1881—1964），西洋画家，又称小杉放庵。

真的酷似。一打听，说是这五百罗汉中有马可·波罗。没想到，您祖上该不会是马可·波罗吧。不管怎样，我很愉快，我庆幸在千里之外的异国他乡与您相见。

致佐佐木茂索

参拜了灵隐寺，回程途中，又看了别称"喜鹊寺"的凤林寺，这里曾是鸟窠禅师[1]的寺院。寺内没有值得一看的处所。抑或在办葬礼法事，几个身着灰色法衣、披着绛紫袈裟的和尚诵佛经，在寺院的廊下走动。白乐天问鸟窠："何为佛法大意？"鸟窠答曰："诸恶莫作，众善奉行。"乐天则云："三尺童子知之。"鸟窠笑曰："虽三尺童子知之，然八十老翁难行。"乐天即服。乐天如此简单信服，鸟窠心中未必舒畅。寺院门前有许多中国孩子正在玩耍绢制花朵。雨后的夕阳娇媚

1　鸟窠禅师，中国唐代著名高僧。云游杭州时，看到西湖背面的秦望山有一棵松树枝繁叶茂，盘屈如盖，于是就住在上面，始终不肯下树结庵，因此有人叫他"鸟窠禅师"。常与大诗人白居易论禅。

可爱。

写完信件，幸好壁虎也消失了。预定翌日离开杭州。涌金门、凤凰寺——或无暇前往观瞻，我不禁生出些许惆怅与不舍。脱去外衣只穿了一件衬衫，正待盖上床上的毛巾被，一刹那我不禁弹跳起身，大声叫道："这畜生！"只见铺着白色被单的枕头上，正趴着一只围棋子大小的蜘蛛，一动不动！仅此一点，西湖就无法令人满意。

十三 苏州城里（上）

刚一骑到驴背上，驴子就狂奔起来。那是在苏州城里，狭窄的街道两旁照例挂满了招牌。就这么条杂乱无章的狭窄小街，又是驴子又是轿子，当然还人头攒动。这种情况下我拽紧缰绳，甚或不由自主地闭上了眼睛——绝非怯懦。骑着驴子在中国的石子路上狂奔，可是非同小可的冒险。未曾经历那种险境的读者在做好罚款的精神准备后，不妨骑上脚踏车在东京的浅草仲店街或大阪的心斋桥试试感觉。

我与岛津四十起刚到苏州。本来打算上午从上海出发的，结果我睡过头了，没能赶上预定时间的火车。而且不是误了一班车，而是错过了三趟火车。听说岛田太堂[1]先生每过一趟车，都会来车站。现在想起，仍不由得感觉惭愧，并且先生还作七绝诗给我送行，这更令我过意不去……

岛津扬扬得意地骑在驴背上，跑在我前面。照理岛津与我不同，非头次骑驴，所以他那稳当的劲儿，我是比不上的。我学着岛津的样子，多次提心吊胆地试着变换骑术。可没想到的是，从驴背上掉下来的不是我这个徒弟，而是作为师傅的岛津本人。

狭窄的街道两旁，起初几分钟没看出都有些什么。然而几分钟过后，才发现有几家装裱店和宝石店。装裱店里摆着山水、花鸟，乃至正在装裱的绘画。宝石店里琳琅满目，装饰着翡翠、玉

---

1 本名岛田数雄，号太堂，新闻记者，当时的日语报纸《上海日报》的主笔。

石银饰，等等。这些都充满了姑苏城的特点，令人生出一种优美的感觉。倘若不是骑在驴背上，一定会感觉更加愉快。其实有那么一次，看见一家绣品店里的墙壁上挂着绣有牡丹、麒麟的红布，我正想要仔细看看，差点儿跟一个盲人胡琴师撞个满怀。

骑驴行走在平坦的石子路上，还不至于太难受。可若是过桥，都是拱桥，上桥有摔屁股墩儿的危险；下桥时运气不好的话就可能翻过驴头，摔个倒栽葱。说到桥多，有这样的说法——姑苏三千六百桥，吴门三百九十桥。就算有点儿出入，也未必夸大其词。临近过桥时，我放弃手执缰绳，贴紧并抓牢了驴鞍。尽管姿态不雅，过桥时还是看到了污浊白壁间清澈的运河水，涓涓流淌，波光粼粼。

经过这么一段行程后，我们终于到达了北寺塔前。据说苏州七座塔中，能够登塔一览的只有这座。在塔前的草地上，两三个挎着篮子的老太太在埋头拔草。据介绍上说，这片草地以前曾是刑场。血水浇灌，草也长得旺盛。然而塔身沐浴阳光，高高耸立着的九层塔前，身着蓝衣的老太太三三五五默默地拔着野草，这幅景象也不失为一幅悠然的图画。

我们跳下驴背，朝塔的最下层入口处走去。一个寺院男仆在格子门内守候。他拿到二十个铜板后，便打开了大大的锁头，并打手势示意我们进去。登上二层，气味浑浊、布满尘埃的昏暗空间里，亮着一盏马灯。攀上梯子，那束光亮则被挡住。抓住梯子的扶手，只觉着上面残留着上万前来朝拜的善男信女的手垢，那黏糊糊、冷冰冰的手感让人别扭。不过上到二层，四面开孔，已没有了昏暗闭塞之类的感觉。塔内部九层墙壁皆为桃色，墙壁间都置有金色佛像。桃色与金色的颜色组合蕴含足够异常的性感，非常具有现代南国之特色。不知怎的，我觉着这塔上或许会置有中国菜肴。

十分钟后，我们站在塔顶上俯瞰苏州的街市，黑色的瓦顶，鲜明的白色墙壁，比想象的宽阔。

眼见对面有座身披霞光的高塔，据说是孙权所建的有名的瑞光寺古塔（当然现在的塔是经过屡次重修的）。城外，无论从哪个方向看，都是波光粼粼、绿色葱郁。我倚靠在栏杆上，俯视塔下正在吃草的两头驴子。驴子旁边，牵驴的两个孩子坐在石头上。

"喂！"

我大声呼唤道。然而他们连头都没回。站在高塔上，不知为何，会有一种孤零零的感觉。

十四　苏州城里（中）

看罢北寺塔，我们去了玄妙观。玄妙观在刚才那条有很多宝石店的街上。进了小巷不远处，跟上海的城隍庙一样，观前广场上有很多摊点，卖面条、馒头、甘蔗杆儿、荸荠之类的，还有玩具店、杂货店等，人头攒动。不过跟上海不同的是，在如此络绎不绝的人群中，几乎看不到西洋装束。抑或是地盘太大的缘故吧，看似不如上海的气氛活泛。尽管店里摆着花花绿绿的袜子，四处飘荡着韭菜饭食的气味。瞧，还有两三个年轻姑娘头发梳得铮亮，像是刷了油漆一般，她们像是有意扭动着黄绿色或淡紫色衣裳下面的屁股行走，却总给人一种土里土气、索然无趣的感觉。我想起从前皮埃尔·洛蒂参拜浅草观音时，一定产生过类似的感受。

跟在人流里往前走，在道路的尽头，有个很大的殿堂。这座殿堂大归大，柱子上的红漆却已斑驳脱落，白色的墙壁上也布满了灰尘。参拜者很少跨入殿内，更给人以荒废的感觉。走入殿堂，处处挂满了石版啦，木版啦，书法啦，尽是些色彩刺眼的廉价挂轴。何况这些书画并非献纳收存，几乎都是新近做成的销售物品。看柜台的在哪儿呢？只见大殿的一个昏暗角落里坐着一个小老头儿。然而，除了这些挂轴以外，不要说供奉的香火、花束了，连一尊佛像都没有。

穿过大殿来到后面，见那儿很多人围观。两个男人正光着膀子比试，一个手握双刀，一个手持长枪，想必武器没有开刃。拴着红缨穗儿的长枪以及刀尖钩状弯曲的大刀在阳光下熠熠生辉，火花飞溅，两相交锋，甚是壮观。不一会儿，个头儿高的辫发男人被对方打落长枪后，左躲右闪连连刺来的大刀，突然踢腿蹬踹一脚对方的侧腹，对方手持双刀仰面翻倒。于是周围的看客兴奋地哄笑起来。病大虫薛永、打虎将李忠之类的好汉，多半都是这个劲头。我站在殿堂的石阶上观望着他们武打，相当程度沉浸在"恍若水浒传"的意境中。

仅用"恍若水浒传"来形容，也许不能完全达意。《水浒传》那样的小说，在日本曾有一些仿作，如《八犬传》《神稻水浒传》《本朝水浒传》等，然而这些作品统统未能展现出"恍若水浒传"的精神。其实"恍若水浒传"是中华思想之闪现，天罡地煞一百零八条好汉并非马琴想象中的一伙忠臣义士。从数字上讲，毋宁说是一个无赖汉结社，但是将他们纠合在一起的力量并非邪恶。武松的确说过，好汉喜欢杀人放火，但严格说来，愿意杀人放火者方为好汉。说得更准确些，既已身为好汉，区区杀人放火便不是问题。也就是说，在所谓好汉意识中，善恶是可以被踩在脚下蹂躏的。禁军教头林冲也好，职业赌徒白胜也罢，只要具有好汉精神，便可以称兄道弟。这种超越道德意识的思想其实具有普遍性。古往今来，这种不可忽略的精神在中国人的内心之中，至少比日本人根深蒂固。他们主张"天下非一人之天下"，意思是天下非昏君一人之天下。其实他们每个人内心都在想：须取代昏君一人之独霸天下，而使天下成为他们好汉自己的天下。再举一例证，有句话说：英雄回首即神仙。神仙当然既非恶人，同时也非善人。乃善恶之间雾霭缭绕，不食人间烟火者。无意杀人放火的好汉，的确是只要在此意义上回头，便可加入神仙的行列中。君若不信，可以翻看一下尼采的著作，使用毒药的查拉图斯特拉就是切萨雷·博尔贾。《水浒传》并非因为有武松打虎、李逵挥动板斧、燕青会摔跤，才博得了万人喜爱，恰恰是其中气势磅礴、鲁莽胆大的好汉精神令读者陶醉……

我再次被刀枪撞击声拉回到了现实中。那两个好汉在我思考水浒的过程中，不知什么时候一人换上了青龙刀，另一人则挥动起了大宽刀，正开始第二轮的较量。

十五　苏州城里（下）

来到孔庙时已是黄昏时分。我们骑着疲惫不堪的毛驴，踏上庙前石头缝处夹着杂草的道路，抬眼望见寂寥的路旁桑田里，矗立着瑞光寺废弃的灰塔。塔的每一层都生满了蔓草及其他杂草。上空是这一带常见的喜鹊，点点穿梭。说真的，在这一刻，欲以苍茫万古来比喻，有股悲壮、满足的情结涌上心头。

幸好，苍茫万古的意境犹在。在庙门外跳下毛驴，我们往满是杂草似路非路的处所走去，幽暗的松柏、杉树间，有一处漂浮着南京藻的池塘。池塘边有个头戴镶红边帽子的士兵，正扒开芦苇和蒲草用三角抄网捞鱼。这儿虽说于明治七年（1874）重修，却是宋代名臣范仲淹建造的江南第一文庙。如此景象，莫非象征着中国的荒芜？不过，至少对于远道而来的我，这般荒芜却激发了怀古诗兴。我是该悲叹呢，还是喜悦？怀着这般矛盾心理，在跨过长满青苔的石桥时，我不觉口中吟出了如下诗句：

休言竟是人家国，我亦书生好感时。

不过这诗句的作者并非我，而是身在北京的今关天彭[1]。

穿过黑色的礼门，走过一小段两边有石狮的通道，有个记不得名称的小门。为打开那扇门，我们给了身穿蓝衣的看门人二十个铜板。引路的看门人是个穷女人，领着一个约莫十岁、脸上长满天花疤痕的女孩，使人生怜。我们跟在她们身后，踏着黄昏露水打湿的石板路，昏暗的路面上

1　今关天彭（1882—1970），日本汉诗诗人，中国学术文艺研究家。

只见点点蔟菜白花。石板路尽头耸立着一扇大门，好像是叫"戟门"吧，刻有著名的天文图及中国全图的石碑便置放在这里。但夜幕将落的昏暗中，碑面无法清楚辨认，唯见进门处排放着的大鼓和青铜钟。甚矣！礼乐衰矣！——现今回想起来觉得滑稽，当时望着满是尘埃的古风乐器，不由得生发出这般感慨。

戟门里的石板路面上，不用说也是杂草茫茫。石板路的两旁是带有屋檐的回廊，据说从前那儿曾是文官的考场，回廊前面有好几棵粗大的银杏树。我们跟看门的母女俩一起登上了石板路尽头大成殿的石阶。大成殿乃庙里的正殿，规模相当雄大。石阶上的龙、黄色的墙壁、悬挂在正面像是出自御笔的蓝底白字牌匾——我眺望罢殿外景观，开始环顾昏暗的殿内。这时高高的顶梁上方传出飒飒的声响，好像降雨了似的。同时，一股莫名的怪味冲入我的鼻腔。

"那是什么？"

我迅速朝后退缩，同时回头问岛津四十起。

"蝙蝠，在这梁上做窝了。"

岛津不屑地笑了一下。再一看，地砖上的确落着一片黑乎乎的粪便。听到那抖动翅膀的声响，看到这大量的粪便，我毛骨悚然，想不出会有多少蝙蝠在顶梁的黑暗空间里飞翔，这已足够令人不快了。我从怀古的诗境跌落到戈雅的画境。如此这般，已全然不是什么苍茫的意境了，恰若置身于鬼怪故事的世界中。

"孔子面对蝙蝠也会哑口无言吧。"

"什么啊，蝠与福是谐音，中国人是喜欢蝙蝠的。"

我们骑上毛驴，一边行走在暮霭落下的小路上，一边扯着有关蝙蝠的话题。在江户时期的日本，蝙蝠似乎并不给人以恶感，反而给人生机勃勃的印象。"蝙蝠安"[1]文身便是确凿的印证，但是西洋的影响好像盐酸一般，不知不觉地腐蚀掉了如同金属的江户。这样再过二十年，或许会有

---

1 世相狂言《与话情浮名横栉》的主人公，因其整个背部纹有蝙蝠图案，得以如此称呼。

评论家称，"滨海夕凉蝙蝠出"的诗句乃受了波德莱尔的感化云云。说话间，毛驴摇甩着脖子上的铃铛，一路小跑，在新绿飘香、寂寥无人的道路上赶路。

十六　天平与灵岩（上）

到达天平山白云寺，依山而建的亭子墙上很多排日涂鸦。"诸君快活之时，不可忘了'二十一条'"，还有"犬与日奴不得题壁"。（不过，岛津毫不介意地题了一首层云派[1]俳句。）还有更猛的："莽荡河山起暮愁，何来不共戴天仇。恨无十万横磨剑，杀尽倭奴方罢休。"堪谓名诗。好像这首诗的前言里记有这么一段话，说是来天平山朝拜时，半道上跟日本人吵了一架，结果寡不敌众输了，愤恨至极写下了这首诗。据说排日的鼓励费为三十万日元左右，真若这般见效，同时为了达

1　1911 年，由荻原井泉水创刊《层云》杂志。自此，为自由韵律俳句诗一派。

到驱逐日货的目的，毋宁说这广告费倒也算是便宜的了。年轻的寺院男仆端来了茶点，我眺望着栏杆外被雨水浇打过的嫩绿枫枝，一边喝着飘有沉香气味的茶水，一边咀嚼着硬实的大枣。

"天平山好过想象。如果再整理得干净些会更好——哎，山下那个殿堂的隔门上镶着玻璃吗？"

"不是，是贝壳。每个方框里都镶着薄薄的贝壳，替代玻璃。——关于天平山，谷崎先生似也有过描写……"

"是啊，《苏州纪行》[1]。不过，半道的运河似比天平山的红叶更有看头。"

今天我们还要去灵岩山，所以骑了毛驴来。初夏运河边的姑苏城外乡间路，的确美不胜收。在浮游着白鹅的运河上，照例横跨着好像大鼓一样拱起的古老石桥。清晰倒映在水中的，除了林荫道边的槐柳，还有青青麦田间挂着红花的玫瑰花架，时而看到有几家白壁农户夹在这般风景中。

---

1 1919 年 2 月发表于《中央公论》。

尤觉别致的是，每每经过农户家，探望窗内，媳妇或是女儿正在做刺绣，她们大都年轻貌美。不巧，这天是阴天。如若晴天，她们的窗外没准儿是如画一般的灵岩和天平的青青山脉……

"谷崎先生好像也曾被乞丐困扰过吧。"

"呵呵，谁都会觉着头疼的，不过苏州的乞丐算是好的呢。到杭州灵隐寺时——"

我不由得笑了起来。灵隐寺乞丐的不同寻常，是日本人无论如何都想象不出的。他们或是嘭嘭地、极其夸张地敲打自己的胸脯，或是将自己的脑袋一个劲儿地往地面上撞，或是抬起没有脚的断腿给人瞧——总之，展示给你最新的乞讨技巧。然而，在我们日本人看来，药力有点儿过猛，非但未能促发同情之心，反倒因其过度的夸张让人发笑。跟杭州的乞丐比较，苏州的乞丐只是发声哭泣，还不致令施舍者别扭。但是路过狮子山下一个不知名的寂寥村庄，刚不小心施舍了一枚铜子儿，村子里的孩子、女人就统统伸出手来，团团围住了驴子，可真是吃不消。杨柳垂垂也罢，妇女绣花也好，这里并非皆是心旷神怡的景致，在那一堵白壁墙内，犹如做巢的燕子一般，暗藏着惧人的红尘之苦……

"那么，上山去看看吧？"

岛津催促道，说着率先登上了亭子后面的山路。看到绿油油的嫩叶中，红土山路蜿蜒于岩石缝间，我不知为何感到心情愉悦。沿着那条路一直斜攀，有块巨大的岩石好像屏风一般直立在那儿。以为这儿已经到头，再也走不过去了，却在岩石紧挨岩石的缝隙间，伸出一条非得横着身体才能勉强通过的狭道。不，不是伸出，而是直插入云。我伫立在岩石下面，仰视被树枝和蔓草缠绕着的远方蔚蓝的天空。

"卓笔峰和望湖台是在这山上吧？"

"啊，大概是吧。"

"的确，是有登天（平）之路的感觉。"

十七　天平与灵岩（中）

　　登上名副其实的"万笏朝天"山顶群岩，我们又沿着山路走了下来，在快到刚才那座亭子的地方，看见一条横廊。顺便靠近一看，有个小小的池塘，边上围了一圈含着龙球的龙须头装饰，水正滴滴答答地自一白铁皮制作的引水筒中落入池塘内，这便是闻名的吴中第一泉。池畔边林立着各类大小石碑，有的上面刻着"白云泉"，有的刻着"鱼乐"，并在刻字上周到地涂了油漆什么的。说是"吴中第一泉"，水可实在是不净，因此，那些石碑刻字的作用仅仅是广而告之，别把这儿错当是泥塘。

　　不过，池塘前面有个见山阁，在那儿悬挂上中国式灯笼，盖上崭新的丝绸被睡上半天，倒是个合适的去处。倚窗而望，远见山藤摇曳的悬崖腹中，团团簇簇翠竹成林。遥远的山下，有一汪池水泛着粼粼波光，那儿或许是乾隆帝命名的"高义园"的"林泉"。再往上看，刚才攀登过的山顶的一部分直穿入蒙蒙雾海中。我倚靠在窗边，稍稍做出一副悠然的姿态来，仿佛自己成了南画中的点睛人物。

"天平地平，人心不平。人心平平，天下太平。"

"什么？什么意思？"

"刚才墙上涂鸦的排日内容之一啊，朗朗上口对吧？天平地平，人心不平……"

看了一眼天平山，我们重新骑上驴子，挺进灵岩山上的灵岩寺。传说灵岩山上有西施弹琴的岩石，也有范蠡被幽禁的石室。自幼年喜读《吴越军谈》[1]始，西施、范蠡便是喜好的人物，因此非得去看看那些古迹。——上述心情自然是有的。而实际上，还出于另一无聊的准备：既然受命于报社，一旦开始撰写纪行文章，只要是跟英雄美人有关，就得多看一点儿。这一准备，一直伴随我从上海至江南一带，并跨过了洞庭湖，否则，

1 《通俗列国志吴越军谈》，共十八卷，为大阪的清池以立撰作，描写中国春秋时代兴亡。

我的旅行会更加关注中国人的生活，脱离汉诗南画情调，更加注重与小说有关的内容。然而现在不是随心所欲、随意闲逛的时候，不管怎样，都得进军灵岩山。但走出不到一公里，不知不觉中道路消失了。四周湿草纵深，低矮杂木茂密。我正觉着有些奇怪，见牵驴的两个孩子也停住了脚步，露出不安的神色来，在唧唧咕咕着什么。

"找不到路了吗？"

我问岛津。岛津就在我跟前，骑在驴背上，好像陷入大沼泽地中的项羽一样，正在环视四周。

"说是找不到 —— 哎，那儿有农民，喂！monmonke[1]！"

这"monmonke"是对牵驴的孩子发话。既然是看到了农民，就一定是让孩子去跟农民打探道路。我的推测没错的话，"mon"是"问答"的"问"。—— 我这么断定，于是对给我牵驴的孩子

---

1 "问问看"的上海方言发音。

也下了同样的命令：

"monmonke！ monmonke！"

这"monmonke"就好像是玄秘的咒语，孩子们立即去打听了道路。

牵驴的孩子回来报告说，一直向右方行走，就会走到灵岩山的山脚下。我们立即按照指点的方向，重新调转了驴头。可是，走了才不到两百米，也不见什么大路啊，反而走进了渺无人烟的山间峡谷中。从一块块石头的缝隙处，长出一棵棵细细的松树。松树的根部暴露在外，山腹的土也崩塌了下来，大概是发过大水后的痕迹。更糟糕的是，顺着山谷攀登了一会儿，毛驴终于不动了。

"这可麻烦了。"

我仰望着山峰，不由得叹息道。

"什么？这也很有趣啊。那座山一定是灵岩山——没错。总之，爬爬那座山吧。"

岛津像是要鼓励我，他那快活的劲头儿只让人觉着是刻意做出来的。

"毛驴怎么办啊？"

"让毛驴在这儿等着好了。"

岛津从毛驴上跳下后，留下一个孩子跟两头毛驴在松林里，疾步向山上攀登起来。当然说是开始攀登，其实并没有找到登山的道路，而是一边扒开野蔷薇、细竹等，坚韧不拔地沿着山坡往上爬。我跟另一个牵驴的孩子一起，不甘示弱地跟在岛津后面。然而我是病后初愈，这么往上爬，不消说是气喘吁吁。何况爬了二十米，吧嗒一下，一个冷冰冰的东西落在了脸上。刹那间，整个山上的树木都唰唰地剧烈摆动了起来。下雨了。我抓牢了细细的松枝，以免脚下打滑，同时俯视脚下山谷。谷底的毛驴跟孩子已变得很小，正淋在雨水中。

十八　天平与灵岩（下）

总算登上了灵岩山，一看不过是一段光秃秃的荒凉山脉，这么辛辛苦苦地爬上来，全然不值得。首先所谓"西施弹琴台""馆娃宫遗址"，仅仅是散落在杂草稀疏的山坡上的几块岩石罢了。目睹此状，无论怎么想模仿诗人，都不可能像咱们的李太白那样，吟诵一句"宫女如花满春殿"，沉浸在怀古情怀之中。倘若天气不错，尚可眺望远方的太湖水光什么的，可今日老天不作美，无论从哪个方向望去，映入眼帘的都只是一片云烟迷茫。我站在灵岩寺破旧的廊子里，耳闻潇潇雨声，眼望七层废塔，只觉着饥不可遏，何谈古人的名句啊。

我们在寺庙的一个房间里吃了些饼干，充当午饭。肚子算是饱了，精力却未恢复。我喝着带有灰土味的茶水，内心涌起异常沮丧的感觉来。

"岛津先生，能跟这个庙里的和尚交涉一下吗？我想要点儿白糖——"

"白糖？要白糖干什么？"

"吃。没有白糖，红糖也行。"

可是吃了满满一小碟黑红糖，还是没力气。雨没有要停的样子。这里离苏州，以日本的里数算，也有四五里。想到这些，心情愈发消沉。我甚至感觉胸膜炎要复发了。

这种悲惨的心境在下灵岩山的路上，愈发沉重。风雨自天空不断地袭击着我们。我们本来带有伞具的，适才放弃骑驴时，两把雨伞却都留在了山下。道路泥泞湿滑。时间推移，已是下午三点多。这时，我们又遭到了最后的一击。我们来到山脚下的村子，却不见了我们的驴子。牵驴的孩子大声呼喊了好几次同伴的名字，却只有山谷回音。我站在风雨中，对淋成落汤鸡的岛津说道：

"驴子不见了，怎么办好？"

"真不见了，就只好步行。"

岛津的身体还是结实。那副样子也可能是为了安慰我，强装出来的。可我一听这话，顿时火冒三丈。本来发怒这事儿绝非强者所为，此刻我的愤怒，也完全是弱者在作怪。纵横天下的岛津与我自然不可同日而语。我是大病初愈，不停地给自己号脉。在忍受艰难困苦方面，我哪里比得上岛津。正因如此，岛津不经意的一句话点燃了我的怒火。我在前后四个月的旅行中，仅此一次怒形于色。

接着，牵驴的孩子到村外什么地方寻找驴子去了。我们站在一个农户的门口，勉强避雨等候着牵驴的孩子归来。古老的白壁，满是石子的村道，雨水打湿的路边桑叶——除了这些，几乎看不到人影。我掏出表来一看，四点了。雨水，四五日里的路程，胸膜炎——我一边担心着天色渐黑，一边还要为预防感冒而不断地跺脚。

这时，这户人家的主人——一个看似老人的中国人露面。屋里放着一顶轿子。这个男人的副业一定是轿夫什么的。

"能不能在这儿雇顶轿子？"

我压住怒火，问岛津。

"问问看吧。"

岛津的上海话，对方是听懂了。遗憾的是，对方的苏州话，岛津似乎不能完全理解。在口气强硬地交涉了几个回合后，他不得不放弃了交涉。然而很快，当我回头望去，岛津毫不顾忌我的情况，正悠悠然打开笔记本，记录下今天所得的俳句。见此状，就如同看到了微笑着面对罗马大火的尼禄一样，我怒不可遏：

"我们彼此给对方造成了麻烦啊，带路的竟然不知当地的情况。"

见我怒气冲冲地这么一说，岛津也上火了。生气也是自然，我现在回想起来，当时没挨他的揍，不得不说是不幸中的万幸了。

"不知当地的情况？这我事先可是跟您申明过了的。"

岛津对我怒目而视。我也继续跺着脚，并不示弱地反瞪着他——强调一下，这种时候要摆出威风来，应该站直了身体逞威风。一边要以势压人，一边又要机械地、不失体面地跺脚，似乎是大损威严的。

雨依旧不停地下着，总也没有毛驴铃声传来的迹象。我俩都怒容满面，面对寂寥的桑田，原地不动继续漫长的等待。

十九　寒山寺与虎丘

客人　苏州怎么样啊？

主人　苏州是个好地方，在我看来是江南第一。
这儿还没有像西湖那样被美国佬的嗜好侵
蚀。仅此一点就感到万幸。

客人　姑苏城外的寒山寺呢？

主人　寒山寺吗？您可以跟任何一个曾经去过中
国的人打听，大家一定会说没意思。

客人　您也这么看？

主人　是啊。不用说，没什么意思的。据说现在
的寒山寺是明治四十四年（1911）由江苏
巡抚程德全重新修建。无论本堂还是钟楼，
整个儿一股脑地涂抹了红漆，是个俗不可
耐的建筑，因此，哪里还谈得上"月落乌
啼"的意境？加之寺院所在地是出城西仅
仅四公里的一个村镇——枫桥镇。那儿什
么特色都没有，如同来到了一个极其肮脏
的寺前集落。

客人　这不是一无可取了嘛。

主人　哎，有那么几分价值就体现在一无可取中。因为寒山寺是日本人最熟悉的寺院，不论谁，只要来江南游玩，一定会去寒山寺看看的。即便是不了解《唐诗选》的人，张继的诗终归是知道的啊。据说程德全重修寺院，原因之一是有很多日本人来参拜。为了对日本表示敬意，大动了一番干戈。这么说来，造成寒山寺庸俗不堪，日本人也负有责任。

客人　可是，日本人也不中意，对吧？

主人　好像是的。不过，嗤笑程德全的人一旦面对西洋人时，便干起跟程大人同样的事情来。寒山寺是一个实际教训啊，其本身不是有一定的意义吗？尤其是那个寺院的和尚，只要一看到日本人，立即摊开纸来，扬扬得意地用拙劣的字迹挥笔——"跨海万里吊古寺，惟为钟声远送君"。且无论是谁，问过姓名后，在这个字幅上落款"某某大人正"什么的，一张要卖一块日币。日本游客的形象在这样的地方，不是亦可窥见一斑吗？还有，更加有趣的是这个寺院里有新旧两块刻有张继诗歌的石碑。旧的石碑由文徵明镌刻，新的石碑则是俞曲园的字迹。观察旧的石碑，见字迹缺损严重。问起是何人取走的，只说是喜爱寒山寺的日本人。如此，仅提到这么一点，寒山寺也有一见之价值。

客人 那，照这个说法，不是观看国耻吗？

主人 是啊。没准儿出乎大家意料，程德全是为了愚弄日本人才那么重修的呢。即使不是为了愚弄日本人，要是像所有创作中国纪行的作者那样笑话程德全，这太令人尴尬了。我们国家的知事阁下，有谁能做到如此英明果断呢？

客人 宝带桥呢？

主人 不过是一座长长的石桥罢了，稍有类似不忍池观月桥[1]的感觉。不过，没那么俗气。春风春水春草堤，一切齐全。

客人 虎丘是个好地方吧？

主人 我记得虎丘也是荒废不堪。听说那里本是吴王阖闾墓，可现在整个儿是座堆满垃圾的山丘。据传说，那座山下还埋着金银珠宝精巧制作的鸭子跟三千把宝剑。多数情况是听了此般言说才会产生兴趣。秦始皇的试剑石、闻听生公讲经的点头石、江南美人真娘的墓地，一个个始末根由听起来，这儿似有很多珍贵的古迹。但凡看到实物，都会感觉没有意思。尤其是这"剑池"，说是池水，其实不过是个水洼嘛。并且形同垃圾投放处一般，王禹《剑池铭》描述的那番景趣："严严虎丘，沈沈剑池，峻不可以仰视，深不可以下窥。"即便出于礼貌恭维，都想不出其迹象来。唯有仰视夕照

---

1 位于东京都台东区上野公园内。

中微倾的古塔时，内心泛起悲壮滋味。这古塔早已荒废，每层都长满了茂密的野草。且有无数野鸟喧嚣啼鸣，围在古塔四周旋飞。不知为何，那景观着实令我心头为之一振。我当时曾向岛津问到那鸟儿的名称，记得说是叫"paku[1]"，这"paku"汉字怎么写，岛津也不知道。你知道"paku"吗？

客 人　"paku"吗？"paku"是吞噬梦幻的兽类啊。

主 人　总的来说，日本的文学家极其缺乏动植物方面的知识。南部修太郎看到日比谷公园的芦苇，还以为是小麦呢——不过，都是些鸡零狗碎的事儿。塔外还有一个名叫小吴轩的建筑。从那儿眺望的景致非常好。暮色笼罩下的白壁、新绿发芽的树木以及流动其间的粼光水路——我遥望着这些景

1　鸊，一种水鸟，比鸭稍小，脚近尾端，翅短小，不善飞行，极会潜水，常成群游于水面，受惊即潜入水中。亦作"鸊鷉"，俗称"油鸭"。

观，耳畔传来远处的蛙鸣，内心生出一丝
淡淡的旅途寂寞来。

二十　苏州的水

主人　除了寒山寺、虎丘，苏州有闻名的庭院，
比如留园、西园，等等……

客人　那些都没意思吗？

主人　唉，也没觉着有什么值得景仰的。不过，
留园之广大——不是庭院大，而是留园整
体占地之大，多少令人觉着有些别扭。也
就是说，那儿就好像是白壁组成的"不知
八幡森"[1]。无论往哪个方向去，廊子跟殿
堂都一直延伸着，没有个尽头。庭院也大
体一样，全是些竹子、芭蕉、太湖石之类
雷同的东西，更易于迷路。被拐骗进那片
建筑，是没法轻易逃脱得了的。

1　位于千叶县市川市八幡的一片森林，因自古被称作"禁足地"而
闻名。据传说，一旦进入林子里，便很难走出。

客人　您被人拐骗了吗？

主人　怎么可能呢，但总有那种感觉啊。不久的
将来，中国的谷崎润一郎想必会写出《留
园的秘密》之类的小说。唉，先不谈以后，
阅读过《金瓶梅》《红楼梦》的话，似有到
此一游的意义。

客人　寒山寺、虎丘、宝带桥都没意思的话，苏
州看来基本上没什么可看的了。

主人　那些地方没意思并不代表苏州城没意思。
苏州城好似威尼斯，首先是有河流。苏州
的流水——对了，说到苏州的流水，记得
我当时在笔记本一端记下了这样一段文字，
那可是《自然与人生》[1] 式的出色文章啊。

　　　　未知桥名，凭倚石栏观河水。日光、微
风，水色如同鸭头绿。两岸白壁，水中倒影
恰如画。桥下行舟，朱红船首先头见，再现

1　德富芦花于 1900 年出版的随笔。

竹编舱。闻听摇橹咯吱声，船尾已出桥身外。一枝桂花浮水来，春愁与共水色深。

暮归。俯卧寒驴上，常行在水畔，夜来停泊船，篷帆连篷帆。月明、水霭，两岸白壁影，朦胧水面，时而窗下细语，红烛光影相伴。又跨石桥，但闻桥上人，胡琴三两声，望去已无踪，唯见桥栏高。此景宛若《联芳楼记》[1]。未知，阊阖门外宫河边，珠帘重重月低照，薛家妆楼人在否。

春雨霏霏，两岸白壁，处处苔色，水上浮鹅三四只。桥畔垂柳，萍萍点水，作画疑成俗笔，不如观景为妙。一帆舟，徐徐行自桥下，所载货物为棺，舱内见一老女，面对祭奠香火，棺前拱手。

客人　是吗？感触颇多嘛。

主人　水路的确很美，相当于日本的松江。不过，

1　出自明代文学家瞿佑的传奇小说集《剪灯新话》。

那白壁倒映于细长的河流中，在松江也是难以见到的。然而至今仍觉得很遗憾的是，最终没能乘坐画舫一游。但欣赏河水，并无留恋之心，更遗憾的是没有见到美人。

客人 一个也没有看到？

主人 一个也没有。好像听村田说过，闭上眼睛随手一抓，苏州的女人尽是漂亮的，中国艺妓操持的语言尽皆苏州话，或许是那么回事。但岛津说一般情况下，苏州的艺妓即便大致通晓苏州话，或是进入上海的候补生，或是虽然进了上海却不走红，又返回苏州的落伍者，因此没有像回事的。这也是一种说法。

客人 所以就没去看吗？

主人 哪儿啊，别无什么理由。与其去看艺妓，我更想多睡一会儿，哪怕一个小时。因为那次骑毛驴，弄得屁股上都蹭破了皮。

客人 可真是没出息啊。

主人 我自己也觉着不争气。

二十一　旅馆和酒馆

不知岛津出门去了哪儿，我坐在椅子上，悠悠吸着日本敷岛牌卷烟。床铺两张，椅子两把，一张桌子上放着茶具，还有一个带镜子的洗脸池，此外既没有窗帘，也没有地毯。在那裸露的白墙壁上，有扇刷了油漆的门关闭着，不过比想象的干净。大概是撒了大量驱蚤粉吧，万幸没被臭虫咬。照这个样子，中国人住的旅馆倒也想得周到，比预约给日本人住的旅馆强，免得操心该给多少小费。我这么想着，望了眼窗外。这个房间在三楼上，所以窗外视野开阔，但现在收入眼底的却是黄昏中一片黑乎乎的寂寥瓦顶。记得琼斯什么时候曾说过：最具代表性的日本式寂寞便是从三越[1]的屋顶俯视下面无尽的瓦顶。为何日本的画家们……

我被一个声响惊动了。一看，油漆门口立着

1　创始于江户时期，为日本最早的百货店。本店位于东京的日本桥附近。

一个身着蓝色衣裳、个头低矮的老太太。她微笑着跟我嘟囔，可我这哑巴旅行者，当然是一句都听不懂。我极其为难地只是看着她。

这时在敞开的门口，有道艳丽的色彩一晃而过。娇艳的刘海、水晶耳环，最后是类似软缎质地的淡紫色衣裳 —— 少女捏着手帕，目不斜视，不声不响地走过了走廊。老太太又快嘴多嘴地叨叨，夸耀般地露出了笑容。这一来，不必岛津翻译，我也明白了老太太的来意。我轻轻地将双手按在矮个儿老太太的肩膀上，然后一转，使她转身向着右方，说道：

"不要！"

这时，岛津回来了。

那天夜里，我和岛津氏一起去了城外的酒馆。岛津乃"老酒酣醉父子同颜"这一如同自画像般的俳句的作者，不用说，酒量是相当大的。而我几乎不会喝酒，却在酒馆的一个角落坐了一个多小时。如此这般，一因岛津德高望重，二则因酒馆里缠绵着小说气氛。

我们一共去了两家酒馆，方便起见，只介绍其中一家。酒馆柜台靠里，左右两边是白壁墙，天井高高的。房屋的尽头不知为何是一扇简陋的格子门，夜里也能看见来往过路的行人。桌椅油漆斑驳，像是使用了绛红色涂漆法。我们面对面坐在了这样的桌子旁。我嚼着甘蔗杆儿，并不时给岛津斟酒。

我们的对面有两三个不太整洁的人围坐在一起饮酒。再往那边墙根儿下，素陶酒瓮高高地堆积到了近乎顶棚。据说上等老酒是装在白瓷罐里的，这家酒馆门口挂着的金字招牌上，写着"京庄花雕"什么的，一定是在说大话。卧在地面上的狗也是瘦骨嶙峋，脑袋上生满了疮痂。外面传来穿梭道路间的毛驴铃声以及流浪艺人的胡琴声——在那些喧闹声中，对面那一桌不知什么时候开始兴奋地划起拳来。

这时，一个面部长有粉刺，肩膀上挂着一只脏桶的男人凑近我们桌子。我望了一眼桶里，里面混沌不清地置有一些紫色的内脏类的东西。

"这是什么？"

"猪肚、猪心啊，不错的下酒菜。"

岛津掏出两枚铜板。

"来一份试试看。已经用盐腌过了。"

望着裁小了的报纸包叠的两三个内脏，我脑子里浮现出遥远的东京医科大学的解剖学教室来。母夜叉孙二娘的饭馆我不知道，在今日明晃晃的灯光下贩卖这样的菜肴，真不愧是天朝上国，毕竟跟我们不同。不用说，我根本没吃。

二十二　大运河

我们坐在了镇江开往扬州的蒸汽船的头等舱上。听起来，好像我们有多么奢侈似的，但这条船上的头等舱，与贩奴船的船舱没什么大的差别。实际上我们是坐在漆黑的船板上，这船板的下面，绝对就是船底了。那么何谓上等舱呢？这里是个舱室，下等舱则在船的顶部，即便想称"舱室"，也没有个"室"可言。

船外是有名的扬子江。即便是中学生也都了解，扬子江水呈赤褐色。至于这赤褐色的程度，不泛舟江上则无法想象得出。我在上海时，只要看到黄浦江水，必然联想到黄疸病。现在想起黄浦江来，因其多少掺了海水，好歹也就只联想到了黄疸病。然而，扬子江的水比黄浦江的要赤褐得多。如果要找出近似的颜色，则跟金属物品生出的红锈一模一样。这一江之水波浪起伏，升腾起紫色的烟雾，浩浩荡荡无边无际。尤其是今天阴云密布，更觉得那色彩沉重郁闷。

江面上有许多三帆船，此外还有一艘飘着英国国旗的两桅汽船正憋着劲儿与浊浪搏斗。当然，实际上不必搏斗也能航行，眼见那艘油漆雪白的汽船徐徐地逆江而上，那感觉总像是正在搏斗。我就这样左看右望地向扬子江表示了五分钟的敬意后，躺在凉冰冰的船板上，出乎意料竟睡着了。

我们是昨晚十二点前后从苏州车站乘坐火车，黎明时分抵达镇江的。走出车站一看，人力车夫尚未聚集。杨柳树梢上方的灰暗天空中，只有几只乌鸦赶到。我们先要吃早饭，便去了车站前的饭馆。饭馆的主人也刚起来，说是无法马上做出面条来。于是，岛津让掌柜的有什么拿什么过来。既然是现成的东西，无疑不是什么像样的食品。而实际上吃在嘴里，像是烤麸又像豆腐皮，总之很怪，绝不想再吃第二次了。经历了如此艰难之后，好歹坐上了汽船，放松下紧张的情绪后，睡魔同时袭来也就不足为怪。

打了一会儿瞌睡，再一看船外，不知什么时候船已过了瓜洲，一条绿草青青的河堤正在眼前滑动。这儿已不是长江了，是隋炀帝开凿的，全长两千五百英里的世界第一大运河。只是从船这边望去，看不出什么特别雄大的感觉。微弱阳光照射下的河堤上，可见蔬菜油亮、百姓身影，就好像从驶向铫子[1]的汽船窗户上眺望葛饰[2]平原，令人生出一股平淡的心境来。我再次衔上一支香烟，打算酝酿一番怀古诗情，作为给报社撰写纪行时

1　千叶县铫子市，位于房总半岛的顶端。

2　东京都葛饰区。

的底稿。可是刚一开始，就发现不如想象的那么容易完成，因为旅行导游把我所思考的内容都破坏掉了。现举出其中的例子，大致如下。

我　　　啊，听说隋炀帝下令在这河堤上种植了万棵杨柳，每隔十里建一亭子。往昔河堤尚在，隋炀帝现今何处？

旅行导游　河堤非从前之河堤。自隋朝以来，历经五代，元、明、清均建都北京，需要从江南运粮，运河也几经修建。望见河堤青草，怀念隋炀帝当初，如同站在银座尾张町[1]怀念太田道灌[2]一般。

我　　　现今河水也同从前一样缓缓流淌，贯穿南北。然而，隋朝却如梦幻般早就顷刻间土崩瓦解了吧？

1　东京都中央区银座一丁目的旧称，东京最繁华街区。
2　太田道灌（1432—1486），室町时代的武将、诗人。作为江户城（今东京）的筑城武将而闻名。

旅行导游　河水早已南北不通了。山东省临清州那儿的河床上修筑了耕田，来往舟楫到那儿为止。

我　啊，往昔，美妙的往昔。隋王朝纵亡，但伴着云霞般群集的丽姬荡舟运河的风流天子之荣华，好像壮观的彩虹一样，横跨历史之时空。

旅行导游　隋炀帝并非沉湎于逸乐。大业七年，帝欲远征高丽，为不暴露战争的筹备，表面佯装出悠闲行乐的样子。这条运河的开凿，也可看作以备战时运粮为需要。你是否将《迷楼记》《开河记》等混同于正史？那样的通俗读物不足以信。尤其《炀帝艳史》之类的，就算是小说亦非佳作……

　　我吸完一支香烟的同时，也放弃了酝酿诗意的想法。春风吹拂在河堤上，一头毛驴载着孩子，向着汽船同一个方向步去。

二十三　古扬州（上）

　　扬州城的特点，首先是破旧寒碜；其次几乎看不到二层建筑；所见平房，也尽皆破败不堪。道路上铺的石子凹凸不平，且到处积满了泥水。看过苏州、杭州的人说这儿可怜，并不夸张。我乘上满是泥土的人力车，穿过一条条街道，来到了盐务署门前，心想即便是腰缠十万贯骑鹤游扬州，扬州的景观也必定煞风景。

　　盐务署门前石狮子旁设有一名卫兵。我们将来意转达给对方后，走过长长的石板路，来到了很大的衙门口，然后由佣工引路进了一间铺着草席的会客室。会客室外的院子里有棵大树，像是梧桐树。透过那棵树的树梢，可以看到正飘洒着蒙蒙细雨的天空。衙门里静悄悄的，不知人都在哪儿。这么说来，如若现在衙门内依旧是如此状况，那么欧阳修、苏东坡之类从前的文人墨客，大概是以赋诗饮酒享乐为正业，空闲时做做公务了。

稍候片刻，进来一个身着西装，像是老人又像青年的官吏。此即扬州唯一的日本人——高洲太吉盐务官。我们持有上海的小岛写给高洲的介绍信，否则我这般性格的人，或也不想来扬州。即便来了，如不结识高洲，或也就没可能愉快地参观。失礼，我得在此向小岛梶郎致以谢意。读过《上海游记》的诸位大概会有印象，小岛是那位因小院子里樱花开放而得意扬扬、俳骨凛然的绅士。高洲跟我们面对面在一张大桌旁坐下后，立即开始愉快地高谈阔论。按其说法，外国人在扬州做官的，马可·波罗之后就只有他一人。我闻此言，对他钦佩有加。然而这会儿再琢磨，就觉着挺亏——今年本月本日此时，跨进这扬州盐务署的也是先有岛津四十起，后唯我芥川一人。

吃罢高洲待客的面条，离开盐务署，去看看扬州。衙门口，有两三个卫兵一齐向我们举枪行礼。蒙蒙细雨已歇，道路却依旧泥泞不堪。我行走在满是泥浆的路上，想到还要去看名胜古迹，便感到极度的不安。一问高洲，得知是乘坐画舫，那么自然不必担心道路了，我顿时劲头儿十足。扬州虽大，还是想到处看看。

　　先去高洲居所稍事休息，没过三十分钟，我们便乘坐上了停靠在门前、带有顶篷的画舫。画舫由一个老人在船头撑篙，径直驶入河道。河床很窄，水色不知为何发黑。说实话，与其说是河流，不如称作水沟更为恰当。黑乎乎的水面上，还有家鸭家鹅浮游。两岸有污秽的白壁，时而看到稀疏的油菜花田地，河岸崩塌处还看见寂寥的杂木林。总之所过之处，完全看不到杜牧名诗中"青山隐隐水迢迢"的情趣。尤其是河上砖桥横架，河边有中国妇女洗涤脏乎乎的泥鞋，吟怀景观的兴致丧失殆尽。这还算是好的，最使我受不了的是这条大沟里的臭气。我待在船舱里，闻着臭气，总觉着自己的胸膜又开始隐隐作痛。但高洲跟岛津两位先生却像是泛舟在香料河，泰然自若地谈论着什么。我坚信，日本人在中国居住下来，首先是嗅觉似乎变得迟钝了。

二十四　古扬州（中）

这条河道走到头，在通往城门处有道水闸门。那儿设有看管人。船驶近时，闸门便被打开。通过闸门后，河道骤然变得宽阔。只见画舫的左边连绵耸立着高高的扬州城墙。这座城墙与杭州、苏州的一样，瓦缝间也是蔓草结网，灌木丛生。河水与城墙间隆起的土质洲坝沿着芦草丛一直延伸过去。画舫的右边竹林茂盛，其间有一户百姓人家，一面墙壁上贴满了"糯米饼"。哦，眼前一个戴着鸭舌帽的男人还在不停地制作呢。我还以为那是什么，原来是在晒牛粪干，以备冬季的燃料。

穿过闸门后，河水也不像先前那么臭了。随着画舫的行进，景色渐渐地呈现出美丽的容姿来。尤其是在一处竹林的背后，有家古色古香的茶馆，打听得知这一带有个风雅的名称——绿杨村。实际上，茶馆里那些面对河水围桌而坐的人不愧为绿杨村的居民，面部个个呈现着太平祥和。

这时，在我们的画舫前面出现了另一艘画舫，乘坐的全是女人。撑篙的女人在她那日本式的发辫上，插着一朵红玫瑰花。再有五分钟我们的画舫就要超越她们了，我琢磨着那时要仔细瞧瞧这位扬州美人。然而过了城墙，水路分了道，她们的画舫往右边去了，我们的画舫则毫不留情地驶往另一个方向。目送她们的画舫渐渐远去，在两岸芦苇夹着的静静河面上，留下一道微白的水光。"二十四桥明月夜，玉人何处教吹箫。"我骤然觉着杜牧的这首诗未必夸张，似乎扬州风景中蕴藏着愉人的诱惑，连我都要化作诗人了。

画舫在船头撑篙不断拨开的水草中行进，穿过了一座巨大的石造双孔桥。我不记得是用白墨还是油漆，总之在石砌的桥孔壁上写有一溜白字，内容是排日的口号。画舫按照高洲的吩咐向斜右方驶去。在这条河道上，河边一排尽是垂柳。

"刚才的桥吗？刚才的桥叫大虹桥，这个河岸是春柳堤。"

高洲一边吩咐停船，一边给我解释道。

我们登上了那道春柳堤，隔着条道路，对面是一片麦田，麦田后方有座草绿色的小山。小山上并排几个恰似鼹鼠堆起的土窝一样的小小土馒头。坟墓若成此状，倒也不坏。我总觉得，在扬州地下长眠的人似乎都在微笑着。我顺着柳荫朝徐宝山的花园漫步而去，边走边背诵模糊记得的缪塞的诗句——是不是缪塞我不能肯定。实际上，仅仅在口中自语"柳""墓""水""恋""草"，这类与此时极其相符的词，这么随意吟诵，觉着自己简直好像成了缪塞。

看罢徐氏花园，我们又乘坐上画舫，顺着刚才的河道向上游行进。不久，著名的五亭桥开始展现在我们的眼前。五亭桥又名莲花桥，也是一座石造双孔桥。这座桥很奢华，桥上共有五个亭子，中央部位一个，左右两边各两个。亭柱及栏杆都是古香古色的朱漆，因此虽然奢华，但很适度。只是觉着桥墩的石头色彩不妨再多些古朴更好。然而，总体来讲，周围丛生的柳树与芦苇稍有不太协调的感觉，但中国式风雅已到极致。我望了一眼桥后一线蓝天自柳枝中呈现，微笑情不自禁地浮现在了脸上。西湖、虎丘、宝带桥——那些自然不坏，但自上海以来，使我油然而生一种幸福感的，首当扬州。

二十五　古扬州（下）

五亭桥畔有个喇嘛寺，据说这个寺院名叫"法海寺"。不要说油漆漆成红壳儿的大殿，就连喇嘛塔也荒芜不堪。不过，在稀疏的竹林上空耸立着硕大的葫芦头形状的塔，倒也不失壮观。我们在寺院里转了转后，又上了画舫。

河两岸风景依旧，寂寥的芦苇丛中，伫立着柳树或槐树。"法海寺"对岸好像是乾隆皇帝的钓鱼台，在那极具水乡特色的风景中，有座古亭。河水的尽头便是"平山堂"的所在地——蜀岗。自画舫这边远远眺望过去，松林、麦田以及红土崖壁等各色交织的蜀岗景色极富画意。这番景观或许是因为岗子上时而有春云在蔚蓝的天空上静静浮游，产生了一种微妙的光合效果。

不过，当我们离开画舫登岸后，蜀岗——传说是欧阳修所建的平山堂一带却极其幽静。平山堂于法海寺内，并列在大雄宝殿旁边，跨进阴冷同时充满了尘土气味的有些昏暗的大堂里时，我有一种幸运的感觉。我一一辨认匾额、对联，欣赏栏杆外的景色，在大堂内徘徊了少许时刻。不要说这个大堂的主人欧阳修了，就连来此游玩的乾隆皇帝也必定跟眼下的我一样，享受了一番悠然自得的情趣。在此意义上，我虽平庸，却也得以与古人缄默相会。大堂前亭亭立着两棵白片松，枝头已过瓦顶檐头。我仰视那松枝，想起郑苏戡先生的阳台外也种植着这样的白皮松。在松树梢头的上空，不断传来布谷鸟飞过时发出的啼鸣声……

我正写着信，并一边向高洲点头致谢，因为这时高洲给我端来了一碗决明子茶。我们参观了名胜古迹后，返回高洲府上。高府有个宽敞的院子，房屋是稻草葺的建筑，说好听了像是中国的庙庵，说难听了好像穷人家的茅草屋。不过花草颇多的院子，可不是茅草屋能配有的。尤其是此刻黄昏时分，瓜叶菊和雏菊的身姿令我生出明星派[1]赋诗的心境来。我望着窗外庭前的景观，将正在书写的信件搁置一边，慢慢地呷着热乎乎的决明子茶。

"喝这个茶，会无病长寿的。我咖啡、红茶都不喝，早晚只喝这个。"

高洲照旧面对着茶碗，宣扬了决明子茶的功效。想来，这决明子茶是将香草的草籽煎焙而成。若加入牛奶及砂糖，作为饮料倒是挺不错的。

"就是说，跟何首乌一样吧？"

岛津喝了一口，然后擦去沾在嘴边胡须上的水珠。

---

1 1901 年由与谢野铁干主持的浪漫主义之明星一派。

"何首乌——老兄，那是淫药喔。决明子可不是那种东西。"

我不去理会他们的对话，又开始写信。

这天夜里我们在高洲府上借宿一晚后，准备折回镇江。大概会在镇江跟岛津分别。我在苏州时，曾跟岛津大吵了一架。然而现在我倒纳闷自己为什么会跟这么一个好汉吵架。

似乎坊间传言，高洲是年俸几万日元的大官。而这房间内床铺是紫檀木的，还摆有各类古董，比旅店舒适得多。只是床铺张数不够，我与岛津才落得同盖一床被子、在一条长椅上就寝的命运。不过枕头是相反方向，头脚并排入睡而已。这样，说不准何时我的脑袋会被岛津一脚踹着。我深知岛津那双腿脚异常健壮，踏遍了中国山河。我好像从前的袈裟御前[1]，一边做好了要被盛远痛打的心

---

1 日本平安时期节妇、美人，受远藤盛远（袈裟御前丈夫的堂兄弟、武士）爱慕。为救自己丈夫，袈裟御前被远藤盛远误杀，后远藤盛远羞愧自己的行为而削发为僧。

理准备，一边又默不作声地独自安然入眠，
今晚我照旧事先……

我慌忙捂住了信。

"你的信可真长啊。"

岛津显得有些心神不定，在房间里踱着步，瞥了眼我的信。也许岛津也在担心会被我踢了脑袋而心绪不安呢。

二十六　金山寺

"对联的词句也变了啊。您看，贴在那边的是'独立大道，共和万岁'。"

"是啊。这儿的是新写的：'文明世界，安乐人家'。"

我们在颠簸的人力车上这么谈论着。狭窄的道路两旁有小饭铺、小客栈等，一家家不太干净的店铺排列着。在那些店铺的门口，照例贴着红纸对联，上面书写的词句基本如上面对话中所说，是新时代的词句。我们现在经过的不是作为吴国门户的镇江，而是"阳历一千八百六十一年由于《天津条约》的缔结而被迫开港的"民国十年的镇江。

"刚才有个穿着大红衣服的孩子吧？"

"对啊，一个胖胖的主妇抱着。"

"是那个孩子。那孩子生了天花啊。"

我顿时想起四五年来没接种疫苗了。

不一会儿，我们的人力车到了镇江车站前。可一查时间，离开往南京的火车，还有一个多小时。既然有空余的时间，何不去那山上有座塔立着的金山寺一看呢。我俩一拍即合，立即再次乘上了人力车。不过说是立即，其实照例为了交涉车钱，还是花去了十分钟左右。

人力车首先通过的是一个连一个的窝棚——极其原始的贫民窟区域。窝棚屋顶是用稻草覆盖的，几乎看不到抹了泥的墙壁，大多是草席替代的席棚。棚内棚外转悠的男女，脸上都挂着凄惨的表情。我望了一眼窝棚屋顶背后高高的芦苇，感觉自己会再次罹患天花。

"感觉怎样，那条狗？"

"光溜溜的，没毛的狗真稀罕。不过，有点儿恶心啊。"

"那样子可是患了梅毒的啊，听说是被苦力什么的传染的。"

接着人力车通过的地方有河流，还有木材厂——总之是堆放木材的地方。这里家家户户的门口都贴着个小红纸条，上面写着"姜太公在此"什么的，一定是"为朝御宿"[1]之类的咒符。渡过那条河，萧条街道的尽头立着一道红墙寺门。门前有一个乞丐坐在松树下，不知为何正在深呼吸，或许是为乞求同情而故作痛苦之状吧。

不用说，这儿便是金山寺。我们弃车后，于寺内转了一圈。因要坐火车，无法慢慢细看。寺院依山而建（据说从前这儿是个岛），因此殿堂逐个往高处去。每个殿堂之间有石阶连接，猛地看

---

1 "为朝"即源为朝（1139—1170），日本平安时代末期武将。这里是说客栈随意写上"为朝在此借宿"，并贴在门外。

上去，如同未来派[1]画卷一样，错综复杂。不过，当时的印象的确如此，抄写下记录在笔记本上的内容，大致的感觉如下。

白壁、红柱，干燥的石板、宽宽的石板。忽然又是红柱、白壁。房梁上的匾额，栋梁上的雕刻。栋梁上的金色、红色、黑色。大鼎，僧人的头，头顶上六个灸记。扬子江的波浪，黄褐色水波，无边无际起伏的波浪。塔顶，瓦上的草，被砖瓦塔划分开的天空。镶嵌在墙壁上的石刻，金山寺的图绘，查士标[2]的诗。燕子飞掠而来。白壁与石栏。苏东坡的木像。黑瓦、红柱、白壁。岛津正在拍照。宽宽的石板路面。细草帘子。突然响起钟声。掉落在石板上的葱的绿色……

1　二十世纪初，于意大利米兰兴起的抽象艺术运动。

2　查士标（1615—1698），字二瞻，号梅壑散人、懒老，清初著名画家、书法家、诗人。

似乎仅仅这么表述，读者全然不知所云。然而，重新整理尚需花费工夫，读者就请权当看明白了。放在平时，花工夫整理，自然是在所不辞。然而我现正在名古屋。并且，同伴菊池宽正在发高烧呻吟。敬请诸位酌情，就算是看懂了前文。写完这部分，我还得奔向菊池的病房。

二十七　南京（上）

到达南京后的当天下午，我跟中国的一个忘了叫什么的人一道，为先看城内风景，照例乘坐了人力车。夕阳余晖照映下的南京城，在夹有西洋建筑的房屋背后可以看到麦田及蚕豆田，还有鹅鸭戏水的池塘。宽阔的道路上行人稀少。向带路的中国人一打听，得知南京城里五分之三都是庄稼地和荒地。我眺望着路旁的杨柳、濒临崩塌的土墙，还有空中飞过的燕群，内心涌起怀古之情。同时想到，如购置这样的空地，可能会发财。

"要是有人趁现在购置就好了。只要浦口（南京对岸的城镇）繁华起来，地价一定会暴涨的。"

"不行。中国人都不会考虑明天的事。没人去干买土地这样的事。"

"那就你一人去考虑吧。"

"我也不去想。首先不可能去想。房屋会否被烧，家人会否被杀，明天的事是未知数啊。这儿跟日本不同。唉，如今的中国人失去了盼望子孙未来的幸福，唯有纵情声色了啊。"

说话时，人力车进入热闹的商业区，可以看到服装店、书店等。上次登灵岩山返回时几度迷路，夜幕将至时连人带驴栽倒，衬衫被雨水淋得透湿，吃尽了苦头。像是作为纪念似的，小羊皮鞋上打了两三个洞。这会儿我有幸看到一家鞋铺，深感有必要买双鞋子，于是吩咐车子停到了鞋铺的橱窗前。

走进鞋铺，店面比想象的宽敞。只有两个鞋匠正埋头制鞋。周围很大的玻璃橱内不光摆着西式皮鞋，还摆放着各类中式鞋。黑色的、桃红色的、天蓝色的——中式鞋都是用缎子做的鞋面，因而那些大小各样的男女鞋排列、辉映在夕阳下，倒也有种异样的美感。柜台前的老板皮肤白净，笑容可掬的样子配上他的独眼，更令人觉着别扭。我开始在成品中物色鞋子，同时心里升腾起一丝浪漫情绪来。我甚至觉着，这家店铺的橱柜的某处，可能置有人皮制成的精美女鞋。不过我买的鞋子没有任何新奇，是实价六日元的高勒皮鞋。至于颜色——后来我穿着这双鞋见到村田乌江，他不客气地评论道："颜色挺怪的啊，像是穿着皮包在走路。"实际上，像黄色又像是黑色，总之是一双非常奇异的红皮鞋。

穿上新鞋后再次坐上人力车，我们来到了有很多贡院建筑的街道上。贡院据说占地面积约十万平方米，号房两万六百间，规模无比浩大，为从前的文官考场。走马观花，觉着跟日本从前武士的长屋没大区别。然而耸立在日落后太空中灰白色的明远楼下，无数瓦顶相接的景观，非但不壮观，反倒给人以荒凉之感。我望着那片屋顶，忽然觉着天下之考试制度均毫无意义。并且，欲对天下之落榜书生亦述以满腔的同情。各位考试落第，并非出自无能，仅仅是偶然之不幸罢了。自古以来，中国的小说家们为使偶然成必然，以各处贡院为舞台，创作出因果怪谈，可那是不足以信的。不如说，那些作品表明他们也明确知道能否考取之偶然是靠权势来决定的。各位尽管考试落榜，但不可怀疑自己的能力。因为如若怀疑，其结果是诸位将毁灭掉自己，同时还使那些先中榜的考官陷入精神杀人之犯罪事实中。实际上，我自己即使落榜，也丝毫不怀疑自身的才能。因此当时的考官大人们在与我接触时，也似乎没感到良心的叱责。

"贡院本来比这还大……"

带路人的声音骤然将我从妄想中唤醒。他看着我，手指着瓦屋顶说道。只见那屋顶上蝙蝠成群飞舞，一派凄凉悲怆的景象。

"这儿一度被用作选举议员的场所。但从去年开始，房屋不断被拆除了。"

在他介绍的过程中，我们乘坐的人力车来到

了有名的秦淮河畔。

二十八 南京（中）

我在旅馆的西式房间里，口中衔着焦煳味儿的香烟，记录下昨日走马观花看到的秦淮景色。这里是日本人经营的旅馆，但房间一角却立着一个俗气的油漆山水屏风，令我极其心烦。加上劣质黄油烤面包，从刚才开始一直卡在我的胃门处。我怀着些许思乡情绪，用钢笔疾写着。

经过秦淮的孔庙，已是薄暮时分。门上挂着锁头，不得入内。见门前有一年老的说书人，正给围在一旁的闲人讲述"三国志"什么的。其掌中的扇子、语言的诙谐，与日本街头上的说书人相仿。

站在桥上望去，秦淮乃平常之河沟，河宽与本所的竖川[1]相仿。两岸栉比住屋据说是

1　流淌在东京都墨田区（从前为本所区）南边，汇入隅田川。

饭馆妓馆类。嫩叶树梢爬到房屋的上空。有两三艘无人的画舫停靠在暮霭中。古人云："烟笼寒水月笼沙。"此番风景已无可见。说来，如今的秦淮乃俗臭纷纭之柳桥[1]也。

于河畔的饭馆吃晚饭。虽是一流饭馆，但室内不太清洁。雕有菊花的油漆柱子，满是西瓜子壳儿的地板，拙劣的"四君子"水墨画画轴——终于得出结论：中国的饭馆除味觉外，别无其他可满足的。饭食为八宝饭，味道不错。费用包括小费，两人共三元二十钱。吃饭时，隔壁房间传来胡琴声，接着是歌唱声。从前一曲《后庭花》，愁煞作诗人，而今东方游子无多情。与口中填满皮蛋、微醺状态的带路人久商明日的预定。

离开饭馆已入夜。家家灯火通明，映照着载有妓女的人力车，宛若行在代地[2]河岸，却不见一个美人。我怀疑《秦淮画舫录》中

---

1 东京都台东区面临隅田川的花柳街。
2 东京都台东区隅田川前区域之旧称，自柳桥向北一带。

的美人，有几个是货真价实的？说到《桃花扇传奇》中的香君，不仅秦淮的妓馆，即使走遍四百余州，恐怕也无此一人……

我蓦然抬起头来，只见报社的五味君身着中式服装站在桌前。蓝色大褂外套着黑色的马褂，看似十分暖和，说其威仪堂堂，并不夸张。我在跟他打招呼之前，先欣赏了一下他的中式服装。（以后，我的中式服装令在北京的诸位日本人感到困惑，那都是受了这位五味君的不良影响。）

"今天由我来做向导，先去明代的孝陵，再去莫愁湖。"

"是吗？那就马上出发吧。"

与其是要看名胜古迹，我更想消化胃里的面包，于是立即穿上了外套。

一个小时后，我俩跨过了通往钟山陵园的壮观堂皇的石桥。孝陵因太平天国运动，殿楼基本被烧毁，所见之处尽是杂草。在那离离草丛中，立有大石象以及门墩，这儿不同于在奈良郊外的绿茵中，追忆佩戴着银柄大刀的公子时的那份寂寞情怀。实际上，眼前这座石桥的多处石缝里都开着蓟花，此景乃怀古之诗境。我强忍着胃中不断翻起的呕吐感，仰望着钟山的松柏，要想忆起前人有关六朝金粉什么的诗句来。

陵园本身——不知真假是否，总之最后保留下来的是一座高高耸立着的石崖壁。这座石崖壁的正中有条慢坡隧道，宽度大致汽车也可以通过。隧道的高度就崖壁整体来看，不过其四分之一。我伫立在隧道前，仰望黑灰色的崖壁上方那晚春的晴空，不知怎的，觉着自己的身体像是变成了一只小鸟，随后往那石板的草丛中吐了一些胃酸水。

穿过那条隧道后，攀登了一会儿石阶，终于来到了陵园的最高处。这儿既没屋檐，也无柱子，只留有一圈围着的红墙。四周生长着小树和野草，墙壁上留下了一片涂鸦，依旧荒芜不堪。不过，站在这座陵园上眺望，在交叉纷飞的燕群下方，不仅看得见刚才跨过的石桥，还有正殿、郭门、灰色的陵道以及日光照耀下的山河，还有一片青翠绿碧正宽阔浩大地伸向远方。五味君如同比叡山[1]的平将门[2]，任凭春风吹拂，正悠悠然俯视眼皮下形同小黑点一般走过的几个男女。

"您看，今天在孝陵西门外有踩高跷，看客似乎挺多的。"

然而，头戴鸭舌帽的纯友[3]口中含着胃酸水，连打听踩高跷是怎么回事的力气都没有了。

二十九　南京（下）

我一返回到旅馆，马上趴在了床上。胃照旧很疼，似乎还有些发烧，我觉着好像自己会这么躺在床上，胸怀壮志慢慢地死去。我向进来倒茶的束发女佣打听有无做按摩的。对方回答说，没

1　位于日本滋贺县琵琶湖畔。

2　日本平安时代中期的武将，曾发起叛乱。

3　指藤原纯友。此人为海盗，与上文的平将门同时在濑户内海发起叛乱。

有专职按摩的，有剃头铺子兼职做按摩的。我吩咐她，甭管是剃头铺还是澡堂子，快去把那按摩的给我叫来！

女佣惊慌失措地退出去后，我掏出同久米正雄一道买的镍钢怀表一看，刚刚两点多。今天只看了个孝陵，没去莫愁湖就回来了。我曾在西湖祭奠了苏小小，在虎丘祭祀了真娘，所以也想为三大美女之一的莫愁去祈冥福。可在这种身体状况下，实在无可奈何。唉，今天跟五味一道去秦淮的饭馆吃午饭时，刚开始喝鲍鱼汤，便觉着胸口堵得要命，少许时刻连话都说不出来。说不定胃病发作的同时，胸膜炎又再次发作了——我这么想着，渐渐开始预感自己五六分钟内就有可能一命呜呼。

这时突然传来了人声。我抬起俯卧着的脸，只见一个高头大马的中国人站在我的床前。我吓了一跳。现实中，在一个油漆屏风前突然冒出这么一个大个子男人来，谁都不会坦然无事的。况且他看到我，马上就开始将起他那中式衣裳的袖子。

"你干什么？！"

对于我的叱责，他全然面不改色，只回答了一句：

"按摩！"

我不由得苦笑着做出让他按摩的手势来。可这兼职剃头的按摩师既不揉，也不敲，只是从后颈部往背部脊梁方向捏揪肌肉。真不可小看，我渐渐地感觉身体的酸痛处慢慢松快了下来，于是不住地胡乱夸奖他："好、好！"

按摩完后，我睡了两个多小时午觉，身体感觉恢复了很多。五点钟和五味君约好，由多贺中尉[1]请客吃晚饭。多贺氏乃我少时喜读作品《家庭军事谈》的作者，我按照当时作者的署名"多贺中尉"，这个最令我有亲切感的名称称谓他。现在他使用的是什么名字，尚不清楚。我用剃刀刮干

---

[1]　多贺宗之（1872—1935），1894 年毕业于日本士官学校，1903 年在保定任袁世凯军事顾问，曾先后驻扎过中国承德、南京等地。历任日本陆军参谋本部江苏省督军顾问、陆军大佐，1923 年任陆军少将。著有《中国军情》《家庭军事谈》等。

净了胡须，换上黑色的西装，五点前做好了出门的准备。

那天夜里，我跟多贺中尉边咀嚼着昆布、鱼干，边聊《家庭军事谈》的话题。这昆布、鱼干是"抵抗力疗法"的攻毒食谱之一。中尉看上去很具有军人特色，背骨姿态端正，谈吐却绝非拙劣。我跟中尉议论了桂月[1]先生，并跟同时招待的另一位年轻客人谈论了江南风光，一时间竟然忘却了自己的病体。尤其是那位年轻客人极其优雅地将去了皮的栗子吃了个精光的样子，至今仍记忆犹新。

我们吃罢饭后，又到客厅里聊了一会儿。这里摆着中国的出土陶罐、田夫[2]画的红彤彤的山脉绘画及其他像是古董类的东西。我被旅馆的油漆屏风折磨了半日，现在随意坐在这间房间的安乐椅上，多少感到些许惬意。所幸的是，中尉对唐三彩什么的似乎不具备评论鉴别能力。

1　大町桂月（1869—1925），日本诗人、歌人、随笔家、评论家。

2　讽刺用语，用以代指毫无艺术才能和品味，却自称艺术家的人。

这段时间里，不知从什么时候开始，话题换到了疾病方面。

"在南京只有患病最可怕，从来都是。在南京患病，就立马返回日本，否则，没一人能逃脱死亡。"

多贺中尉借着酒气，半开玩笑、半认真地下了一个令人不安的结论：没一个能逃脱死亡——我一听这话，顿时又觉着自己在面临死神。同时决心已定，明天一有火车，什么栖霞寺也罢，莫愁湖也好，一概不看，即刻返回上海……

第二天返回上海后，在下着毛毛细雨的第三天早晨，我便赶到了里见医院的诊疗室，又是叩诊，又是听诊，接受了一番诊断。诊断后，里见医生一边洗手，一边对我笑着说：

"哪儿都没毛病，就是您自己神经过敏啦。"

"可是，我还得从汉口到北京呢……"

"仅仅是这么个旅行，不要紧的。"

不管怎样，我是高兴的。不过高兴之余，对于自己不顾一切地返回上海，竟是徒劳一场而觉着失望，也是事实。里见医生是位卓越的医师，但可惜不是优秀的心理学家。如果换了我，即便是无病无灾，也会下这样的诊断：

"右边肺部有点儿炎症，立即住院为好。"

大正十一年（1922）一月至二月

长江游记

前　言

　　三年前中国一游，溯长江而上纪行。在这个瞬息万变的世界，三年前的纪行之类，诸位或许不会感兴趣。然而若将人生比作旅程，则所有追忆皆是数年前的纪行。喜爱我文章的读者诸君，能否像眷顾堀川保吉[1]那样，也留意一下我的这篇长江纪行呢？

　　我自长江溯流而上时，一直在怀念日本，可是回到日本，身居酷暑难耐的东京，却又怀念那浩瀚的长江。不，不仅仅是长江，芜湖、汉口、庐山松柏、洞庭水波，似乎都勾起了我的思念。喜爱我文章的读者诸君，能否像眷顾堀川保吉那样，留意一下我这追忆癖呢？

一　芜湖

　　我与西村贞吉[1]一同行走在芜湖的街道上。这里的道路跟其他地方的一样，也是阳光照射不到的石板路。道路两边悬挂着司空见惯的银楼、酒楼之类的招牌。我在中国已逗留了一个半月，这些自然已不足为奇，但是每当牛车通过，车轴发出的吱吱嘎嘎声还是吵得人脑袋疼。我阴沉着脸，不管西村跟我说什么，都只是随口敷衍着。

　　西村为了邀请我，往上海寄了好几封信。特别是到达芜湖的当晚，又是安排小汽船又是筹备欢迎宴，热情备至。（但我乘坐的"凤阳丸"在浦口启程时晚点了，使他的这番苦心化为了泡影。）然而当我抵达他的公司居所"唐家花园"时，他已万事周全地备好了饭菜、衣物和卧具，令我惶恐不已。那么在芜湖逗留的两天里，我唯有在东道主面前表现出愉悦的心情，但我的那般绅士礼

1　芥川龙之介中学时的同学，当时居住在中国。

道，却在看到西村夏蝉一般的面容时，消失得无影无踪。这也不能怪西村，而应归咎于我们之间过度亲密的关系。若非如此，在路上看见撒尿的猪时，我或许就会克制住一时的不悦，不至于怒形于色。

"真没劲，芜湖这鬼地方。唉，不只是芜湖啊，我对中国已厌烦透了。"

"你过于年轻气盛，中国也许不适合你。"

西村懂英文，日文却不敢恭维。"小聪明"说成"小明聪"，"鸡冠"说成"冠鸡"，"怀里"说成"里怀"，"不顾前后"说成"不顾后前"，其他日语错误不胜枚举。我并非为教西村日语而来，只好板着面孔，一言不发地蒙头走路。

我们来到了一条较宽的街道，见到有个房屋前摆放着女人的相片。无所事事的五六个人在那儿端详相片上的面容，并小声地嘀咕着什么。我问那是什么，答曰济良所。济良所非养育院，而是保护妓女从良的处所。

在城里的街上转了一圈，西村带我去了一家

名叫"倚陶轩",又名"大花园"的餐馆。这里据说曾是李鸿章的别墅。可是跨进门去,却觉着仿佛是发过洪水后的东京向岛一带。只见园里花木稀少,土地荒芜,"陶塘"[1]水也浑浊不清,房屋内空荡荡的,那光景可以说与茶屋风马牛不相及。我们望着屋檐下的鹦鹉笼子,品尝了中国菜,味道的确不错,可就在我们开始进餐时,我对中国的厌恶感逐渐升级。

那天夜里,在唐家花园的露台,我与西村并排坐在藤椅上,愚蠢地跟他热心讨论现代中国的缺点。现代中国有什么呢?政治、学问、经济、艺术,不是统统堕落了吗?尤其是艺术,自嘉庆道光年以来,有哪一件值得夸耀的作品?且国民不分老少纵情享乐。的确,年轻人中或有些许活力,但事实上他们缺乏唤醒全体国民的热情。我不爱中国。即使想爱,也爱不起来。在目击了这个国家的国民腐败后,仍旧可以爱中国,那便是

---

1 芜湖名胜镜湖的别称。

颓废的官能主义者，或是有着浅薄的中国趣味的怅然失落者。唉，中国人若是尚未内心昏庸，比起我这样的一介普通的旅行者，理应对现状深恶痛绝。……

我热血沸腾地论述了一番。月光静悄悄地洒在露台外的槐树梢上。槐树梢的另一端有几个古水塘，白墙林立的市街尽头一定是扬子江的江水。在那江水滔滔的尽头，有赫恩的蓬莱般梦幻的、令人怀念的日本列岛群山 [1]。啊，想回日本了。

"你什么时候都可以回去的，不是吗？"

患上思乡病的西村在明月中来来去去踱步。他一边望着大个儿的飞蛾，一边自言自语地说。我在这儿的逗留，无论从哪个角度考虑，似乎都对西村无益。

1　该句发散自小泉八云《怪谈·蓬莱》一文的结尾。小泉八云本名拉夫卡迪奥·赫恩。

二 溯江

我先后乘了三条汽船溯江而上，从上海到芜湖坐的是"凤阳丸"，芜湖到九江是"南阳丸"，九江到汉口则是"大安丸"。乘坐"凤阳丸"时，跟一个了不起的丹麦人在一起。此人的名字叫卢兹，英文书写是 Roose，据说在中国走南闯北二十多年了，不妨说是现代版的马可·波罗。这位豪杰一得空，便抓住我或同行的田中君唠唠叨叨地讲述他的故事，什么制服了二十来尺长的蟒蛇啦，广东侠盗"栾开仙"啦（到底是哪几个汉字卢兹自己也不晓得），河南直隶的饥荒啦，虎狼豺豹什么的。有些话题颇为有趣，比如跟一对美国夫妇在同一餐桌上讨论东洋、西洋的爱情观。美国夫妇，尤其是那位妻子，以西洋人自居而歧视东洋人，态度骄横居高临下，仿佛穿着一双高跟鞋。在她看来，中国人自不必说，就连日本人也不懂爱情，蒙昧可怜。听了她的言论，卢兹端着咖喱饭盘子反驳道："非也，东洋人自然也是懂得爱情的。比如有个四川少女……"卢兹开始扬扬自得地吹嘘自己的见闻。而那个美国人的妻子则一边剥香蕉皮一边说:"不,那不是爱,仅仅是怜悯。"卢兹又开始执着地说:"再比如东京的少女……"其说法若有其事。美国人的妻子终于火冒三丈,站起身离开餐桌,跟着丈夫走掉了。卢兹当时的表情我记忆犹新。他向我们黄种人伙伴投以俏皮的微笑,并用食指敲着自己的额头说"狭隘透顶"。不巧那对夫妇在南京下了船。若一直溯江而行,必定还会掀起各种各样的有趣波澜。

在芜湖的"南阳丸"上,同行的是竹内栖凤[1]等。栖凤也是九江下船登庐山,所以我跟其公子——实在好笑,的确是公子,但那么投缘还称公子,实在有点儿客套过分——逸[2]等愉快地实现了溯江之旅。长江虽大,毕竟不是大海,汽船不会左右摇摆也不会上下颠簸,只是如同带动机械的传送带一样,一个劲儿地劈开不断涌来的江水,

---

1 竹内恒吉(1864—1942),日本画家。

2 栖凤之长子,随笔家。

从容不迫地向着西方挺进。仅此一点，长江之旅对于会晕船的我来说是愉快的。

江水如前所述，呈铁锈般红褐色，不过远处江水的尽头，在蓝天的反射下呈钢青色。只见两三艘著名的长江大筏自上而下漂流过来。我亲眼看见过大筏上饲养着猪呢。的确，如果是特大号的大筏，说不定还能负载一个村子。虽说是筏子，有屋顶还有墙壁，实际是漂流水上的房屋。据"南阳丸"船长竹下说，乘坐这些筏子的尽是云南、贵州等地的当地人。他们从山里随着万里浊流的波动，稳稳当当地顺江水而下。当顺利漂流至浙江、安徽等地的城镇时，遂将筏子上的木材拆下去换钱。路途短的五六个月，长的几乎要一年。据说离家时娶的妻子，丈夫归来时已做了母亲。不过在这长江上来来去去的，当然不只有这些原始时代遗留下来的筏子。曾经有一艘美国的炮艇在这长江上，由小蒸汽船牵引着靶子，进行过类似实弹射击的训练。

前面提到过江面很宽。因是三角洲，时而离

岸边遥远，时而又能清楚地看见岸上草的颜色。不仅是草色，连水田里的稻穗摇曳都能看见，还能看见岸边垂入水中的杨柳，乃至水牛呆呆地伫立的情景。当然青山连绵也看得见。我出发去中国前，曾与小杉未醒聊过。他在旅途注意事项中还补充了这么一点：

"长江水位低，两岸很高，所以要待在船的高处。船长待的地方叫什么来着？船上有那么一个高处嘛。不到那儿去，就看不到开阔的景致。普通客人是不允许进入那里的，您得设法敷衍船长啊……"

我按照前辈的指点，为能尽情地眺望江面，无论在"凤阳丸"还是在"南阳丸"，都是打算敷衍船长的。但"南阳丸"的竹下船长还没等我去敷衍，就主动热情地邀请我到位于大客厅上面的船长室。我站在那儿眺望，奇怪的是景致并没有发生什么特别的变化。于是我跟船长老实坦白了自己打算敷衍的企图后请教其缘由，船长听后笑了起来：

"那或许是因为小杉先生来的时候江水还很少。汉口一带的水面高低，夏冬两季相差十三四米呢。"

三　庐山（上）

在吐着嫩叶的树木枝丫上倒挂着一头死猪。那死猪已被剥掉了皮，后蹄朝上悬挂着，脂肪包裹着的猪体，白花花的令人作呕。我望着那番风景心想，把死猪倒挂起来，到底有什么乐趣呢？若说把死猪倒挂起来的中国人恶趣味，那被倒挂起来的猪也真够愚蠢的了。总而言之，我感到中国这样无趣的国度真是绝无仅有。

这会儿，一帮苦力在准备我们的抬轿，吵得让人心烦。不用说，苦力没一个长得像样的，尤其那个面目狰狞的苦力头儿。他头戴的草帽上缠饰着一条黑色布带，上面用英文标记着什么"Kuling Estate Head Coolie No（牯岭苦力头）"。从

前 *Marius the Epicurean*[1] 上说，耍蛇人的蛇脸上有类似人的神态，我却觉得那个苦力的脸上有类似于蛇的神态。我愈加不喜欢中国了。

十分钟后，我们一行八人乘坐的藤椅抬轿，开始摇摇晃晃地攀登满是石头的山路。所谓一行，即竹内栖凤氏所率人等，外加大元洋行[2]的老板娘。乘坐抬轿的感觉好过想象。路上我将自己的双腿舒展地架在抬轿棒上，欣赏着庐山的风光。听着似乎迤逦旖旎，其实毫无奇绝可言，只是杂木林中盛开着野水晶花罢了，真是毫无特色。如此这般，压根不必来中国呀，走走箱根古道足矣。

头天晚上，我在九江留宿，旅馆便是大元洋行。我躺在旅馆二楼的客房里捧读康白情氏[3]的诗歌。这时，浔阳江的中国船上传来了类似日本三

---

1 英国作家沃尔特·佩特（1839—1894）的著名小说《享乐主义者马利乌斯》。

2 九江最大的日本人旅馆，后更名为"增田旅馆"，为当时日本游客游庐山的主要接纳部门。

3 康白情（1896—1959），诗人，中国白话诗的开拓者之一，五四时期著名的学生领袖之一。

味线的乐曲声，总之，那乐曲声十分优美。可是翌晨一看，浔阳江虽是好季节，江水依旧是红褐色的浑浊，根本找不到"枫叶荻花秋瑟瑟"那般别致的风趣。河面上有一艘木造军舰，如同西乡隆盛[1]征伐时驾驶的一样，架着笨拙的炮口停靠在琵琶亭[2]岸边。且不说什么红毛猩猩[3]，我还以为会出现浪里白条张顺或黑旋风李逵呢，结果却在眼前一只船的船篷里，探出个丑陋不堪的屁股，那只屁股大胆妄为——恕我非礼粗言，竟毫无顾忌悠悠地排便于江水之中……

我就这么回想着，不知不觉中迷迷糊糊地打起了瞌睡。大约过了数十分钟，抬轿停了下来，醒来一看，只见我们眼前竖着一道用石头杂乱堆就的陡峭坡道。大元洋行的老板娘解释说，这里抬轿上不去，请大家步行上去。无奈，我跟竹内

---

1 1877年西乡发起内乱，被明治政府军镇压。这里说的是其当时使用的炮极其幼稚滑稽。

2 为白居易赋诗《琵琶行》之场所。

3 幻想出的动物，红脸、好酒。这里指醉酒后赋诗的白居易。

逸一道开始攀爬漫长的坡道。风景照旧平凡无奇，唯有坡道左右的野玫瑰盛开在赤日炎炎的尘埃中。

一会儿坐轿，一会儿步行，反反复复尝受了吃力恼人的行程后，下午一点左右总算到达了牯岭避暑地。所谓的避暑地就好像是轻井泽的郊外。不，在红褐色、光秃秃的山麓上凌乱分布着油灯铺子、酒馆，等等，那风景还不如轻井泽呢。环顾西洋人的别墅，也不见一栋像样的房屋。那些红蓝油漆刷成的白铁皮屋顶建筑，炙烤在烈日炎炎之下。我擦拭着汗水想，开辟"牯岭"这片租界的李德立[1]牧师，或许长年居住在中国，所以完全丧失了美丑的判断力。

穿过那片地区是一片宽阔的草原，这里水晶花娇艳欲滴地盛开在茂密生长的蓟草、除虫菊丛中。草原的尽头有一个背靠山岩、石墙围着的小红屋。那儿有一面日本国旗正迎风飘扬着。我看

1　李德立（Edward Selby Little，1864—1939），英国人。作为基督教牧师来到中国，自甲午海战中国战败之际长期经营庐山。

到那面旗帜时想到了祖国，准确地说是想到了祖国的米饭，因为那栋房屋正是理应填满我们空腹的大元洋行分店。

四　庐山（下）

吃罢饭，到底是在海拔近一千米的高度，忽然感觉到了寒气。庐山的确没趣，但这五月的凉气倒是很难得的。我坐在窗边的长椅上眺望着山岩上的松柏，觉着好歹应向庐山的避暑地价值略表敬意。

这时大元洋行的老板来了。此人大概五十出头，红光满面，充满活力，看似一个精力旺盛的活动家。我们跟这位主人谈论了许多有关庐山的话题。他颇为健谈，甚至是过于健谈，一高兴，便将白乐天的名字缩短成了"白乐"。仅此一点，就该承认其为豪爽之士了。

"这香炉峰也有两座呢。这边是李白的香炉峰，那边是白乐天的香炉峰——这个白乐的香炉峰是一棵松树都没有的秃山……"

基本上就是这种腔调，这倒不打紧。所谓两座香炉峰云云，对我们来讲，倒是不无裨益。把一个东西弄成两个，或属无视专利的罪过。而已经弄成两个的东西再弄成三个，或许便无违法之虞。为此，我赶紧将映入眼帘的远处山脉命名为"我的香炉峰"。但主人除了善谈雄辩外，还对庐山有着炽热的情感——恍若望着自己的恋人。

"庐山这座山啊，有'五老峰''三叠泉'等很多历史悠久的名胜。一一看过来，至少得一个星期或十天的时间，或得在此住上一个月、半年，不过冬天会有老虎……"

"热爱第二故乡"者不仅是眼前这位老板，所有侨居中国的日本人都满怀这种情感。假如您在中国旅行期间不想自寻烦恼，那么即便冒着遭遇土匪的危险，也必须对他们那份"热爱第二故乡"的情感表达尊重。必须不时地这么感叹：上海的"大马路"跟巴黎一样，北京的文华殿像卢浮宫，绝无一张赝品画作云云。但在庐山逗留一周，别说感叹了，那可真是要了老命。我战战兢兢地跟主人诉说自己的身体虚弱，并提出希望——想争取明天一早就下山。

"明天就回去吗？好多地方还没看哪。"

主人半怜悯半讥笑地回答。我以为对方就此罢休了呢，不料老板更加热心地推荐："那么趁早去这儿附近看看吧。"若是谢绝这提议，可真比打虎还要危险。我万般无奈，只好跟着竹内一行，出门看自己并不想看的风景。

听老板说，牯岭城离这儿一步之遥，但实际走起来，何止一两步啊，山路在茂密的山竹丛中不断向着上方弯曲延伸着。不知何时开始，我的夏季旅行白头盔下渗出了汗滴，于是新生出对天下名山的愤恨之念。名山、名画、名人、名文，一切带有"名"的东西皆因我们重视自我，从而变成了传统的奴隶。未来派的画家提出要无所畏惧地破坏古典作品。在破坏古典作品时，最好也顺便用火药摧毁庐山……

不过，好不容易到达目的地，山风呼啸的松

柏间或山岩环抱之下的山谷里，看得见无数红房顶、黑房顶连成一片，那景观超乎想象地令人舒心。我坐在道路边，给一直揣在衣袋里宝贝似的日本敷岛牌香烟点上火。这儿可以看到挂着窗纱的窗户，也能看到晒台上放置的花盆，还能看到有草坪分割出的网球场。暂且不说白乐的香炉峰，总体说来作为避暑地的牯岭，似乎是消夏的好场所。竹内一行快步向前走去，我仍呆呆地衔着香烟，俯瞰着那些隐隐约约透出模糊人影的住屋窗户，脑海里慢慢浮现出留在东京的孩子的面容。

大正十三年（1924）八月

北京日记抄

一 雍和宫

今天仍由中野江汉[1]带路，中午出发去看雍和宫。我对喇嘛寺什么的没任何兴趣，不如说很讨厌。但提到北京名胜之一，既然要撰写纪行文章，从道理上讲也该去看看，真是辛苦万分啊。

坐上不太清洁的人力车，总算到了雍和宫门前，一看没错，果然一座大寺院。不过说是大寺院，似乎意味着有一座大大的殿堂。然而这座喇嘛寺没有那样的建筑，而是由永佑殿、绥成殿、天王殿、法轮殿等几个殿堂组成的群体。与日本的寺院不同，屋顶是黄色，墙壁是红色，台阶则用大理石建造，还立有石狮子、青铜制的惜字塔（中野君说中国人尊文字，拾到有文字的纸片便掷入塔内，可将此塔看作有些艺术感觉的青铜制废纸桶）和

---

1 本名中野吉三郎，中国民俗研究学者。

乾隆帝的御碑，总之近乎庄严。

在第六处东配殿里置有四尊木雕欢喜佛。给看堂人一枚银币，便卸下幔帐给我们看。佛像均为丑恶无比的怪物，蓝面赤发，背上生数手，还戴着无数人头装饰的项链。第一尊欢喜佛跨在身披人皮的马上，口吐火焰衔着一个小人偶；第二尊脚下踩着个象头人身的女人；第三尊则是立身奸淫女人；最令人佩服的是这第四尊，站在牛背上，而那头牛竟放肆地奸淫一个仰卧的女人。然而这些欢喜佛没有给人以丝毫的情欲感，满足的只是人的某种残酷的好奇心罢了。在第四尊欢喜佛的旁边有个嘴巴半开着的木雕大熊。如若打听这只熊的由来，一准有某种象征的意义。大熊前面是两个武者（蓝面黑发持枪），后有两只小熊相伴。

另外记得是在宁阿殿，耳闻类似馄饨摊上的唢呐声，往殿里一瞧，两个喇嘛僧正吹着形状奇怪的喇叭。这儿的喇嘛僧都戴着毛茸茸的三角帽，有的是黄色，有的是红色，还有紫色的，多少有些画趣，却不像是好人。唯有那两个吹喇叭的喇嘛给人以些许好感。

我跟中野一起登上石阶时，一守堂人自眼前的万福殿探出头来挥手，招呼我们上去。爬上狭窄的梯子一看，那里也置放着幔帐蒙盖的佛像。守堂人却迟迟不愿揭开幔帐，一个劲儿伸手索要二十个铜子儿。总算谈妥给了十个铜子儿，他才揭开幔帐给我们膜拜。原来是个长着蓝面、白面、黄面、红面、马面的怪物，还生着好几只手臂（手上除斧头、弓箭外，还持着人头、臂腕），右脚是禽足，左脚为兽足。类似狂人绘画，却不是预想的欢喜佛（尽管这个怪物脚下也踏着两个人）。中野瞪眼怒斥："你小子撒谎了！"那守堂人狼狈不堪地连说："有这个，有这个。"所谓"这个"乃蓝色的男人阴茎。隆隆一具，不去生孩子，枉然在此为守堂人赚点儿香烟钱。可悲啊，喇嘛佛的阴茎哟。

喇嘛寺前有七家喇嘛画匠的店铺，画匠共三十余人，听说皆自西藏来。我们走进一家名为"恒丰号"的店里，买了几幅喇嘛佛绘画。卖这画一年可赚一万两三千块大洋，喇嘛画匠的收入也不可小看啊。

二　辜鸿铭先生

访辜鸿铭先生。书童带我走进厅堂，只见白墙壁上挂着拓字，地面上铺着草席。稍有担心，怕有臭虫。不过厅堂闲静，值得称道。

等了不到一分钟，一位老人目光炯炯，有力地推开门走了进来，并用英语说道："欢迎你来。哎，请坐。"此人自是辜鸿铭先生。斑白的头发梳着辫子，身着白色的大褂儿。先生的面容，如若鼻梁再短些，便好似一只大蝙蝠了。先生与我谈话时，桌上置有几张粗糙的日本纸，手上不停地挥动着铅笔书写汉字，口中频频蹦出英语。对我这听力不好的人，倒是方便的会话机会。

先生出生在中国南方的福建，之后在西边的苏格兰爱丁堡就学，娶了东边的日本太太，居住在北方的北京，因而自诩为东南西北人。除了英语，据说还会讲德语、法语。然而与中国年轻的一代不同，先生并不崇拜西洋文明，在痛斥了一番基督教、共和政体、机械万能之后，顺便议论起我这身中式大褂儿："不穿洋装，值得赞赏。只是遗憾没有辫发。"我跟先生交谈了三十分钟后，忽然有个八九岁的少女羞答答地走进了客厅来。想来或许是先生的千金（夫人已不在世）。先生手搭在小姑娘的肩膀上，用中文小声嘀咕了几句后，只见小姑娘张开小口道："yi\lo\ha\ni\ho\hei\to\qi\li\nu\lu\o\wa\ka……"[1] 必定是夫人生前教的。先生满意地微笑着，我却生出一丝伤感，只是望着小姑娘的面容。

小姑娘离去后，先生又为我反复论述了段祺瑞、吴佩孚乃至托尔斯泰（托尔斯泰曾给先生写过信）。先生意气风发，目光如炬，面容愈发像蝙蝠了。我临离开上海时，琼斯握着我的手说："紫禁城可以不看，但勿忘拜见辜鸿铭。"果然如琼

---

1 日语中传统的字母排列顺序。

斯所言。我有感于先生的观点，便问道："为何先生愤慨时事，却不去干预时事呢？"先生语速很快地答复了几句，可惜我没能听懂。我重复道："能否请您再说一遍？"于是先生极其懊丧地在粗糙的日本纸上写了几个大字——"老、老、老、老、老……"。

一个小时后，我辞别了先生，步行返回东单牌楼的旅馆。这时微风吹拂着林荫道上的合欢花，夕阳洒在我的中式大褂儿上，先生那似蝙蝠的面容仿佛还在我的眼前。在要拐进大街道时，我又回眸了一眼先生的家门——先生请勿责怪，与其叹息先生年老，更想赞美自己——尚且年少有为之幸福。

三　什刹海

诸如北海、万寿山、天坛，中野江汉带我去看的不仅仅是这些人人都去参观的地方，还有文天祥祠、杨椒山故居、白云观、永乐大钟（这口大钟一半埋在土里，实际上被用作公厕），幸有中野做向导得以一看。然而最为有趣的要数今天跟中野君一道去的什刹海游园。

说是游园，其实并没有庭院，只是在一个挺大的荷花池塘边，有些可以喝茶的小席棚罢了。记得除了这类小茶棚，还有一家打着什么刺猬、蝙蝠招牌的杂耍棚子。我们走进这样的小茶棚，中野要了杯玫瑰露，我喝中国茶，坐了两个来小时。若说有趣，也并无什么事情发生，只不过观察人很有意思。

荷花尚未开放，我观察岸边那些槐柳树荫下及前后茶棚里的游人，有叼着水烟管的老头儿，扎着两条发辫的少女，正跟兵士搭腔的道士，与卖杏的讨价还价的老婆婆，卖"人丹"（并非是真人丹）的，还有巡警、身着西装的青年绅士、满洲旗人的媳妇，一一数说起来没有个完，总之，好像置身于中国浮世绘里。尤其是旗人的媳妇，头上戴着个黑色棉布或是纸做的顶髻或发冠，涂得红红的圆脸蛋儿，这副打扮不该称其为老派风格。她们彼此行礼时，屈膝却不弯腰，右手直直地下垂，很奇妙却也可谓优雅。的确，如此看来，在观菊御宴上看到日本宫女的洛蒂也一定感觉到了奇妙的魅力。我受其感染，很想去向旗人的媳妇说声"你好"，行个满洲式的礼，但终究克制住了这份冲动，这该是中野的万幸。我们进来的小茶棚里，中间有根圆木头，男女绝对不可同坐一边。带着女儿进来的父亲让女儿坐圆木头的那一边，自己坐在这边，父女隔着个圆木头吃喝。我也真是服了，同时意识到跟旗人的媳妇行礼，会因伤风败俗即刻被问罪，或被扭送到警察署之类的地方。中国人的形式主义堪称彻底啊。

我跟中野谈了这些后，中野一口喝干了玫瑰露，然后平静地说："那可是会大吃一惊的啊。不是有个环城铁道嘛，就是行驶在城墙边上的列车。在修建那条铁道时，其中一段铁轨线路要走城墙内，于是有人说那就不算是环城了。结果仅为那段线路，在城墙里边又重筑了一道城墙。一句话，是极端的形式主义哟。"

四　蝴蝶梦

　　应辻听花 [1] 先生之邀，我跟波多野 [2]、松本一道去看昆曲。京戏自到上海以后，时有观赏，而昆曲还是头一次。和以往一样，我们坐上人力车，七拐八拐地穿过了好几条狭窄的道路后，终于到达了一座名为"同乐茶园"的戏园子。见具有古典风格的红砖大门上贴着红纸烫金文字，走进那扇大门——不过，虽说进了戏园的大门，但并非买了票再入场的。原来，在中国看戏通常不必买票，随便入场。听了会儿戏后，戏园的堂倌便会来收规定的门票钱。听波多野说，这是因为中国人特有的逻辑：戏是否有意思，不听不知，怎可事先付钱？要说啊，这制度对我们来说，实在是太合适了。

　　言归正传。我们进了砖造的戏园子里，这里跟别处的戏园一样，只见场内看客们乱七八糟地

1　本名辻武雄，中国文学学者。

2　与后文的松本皆是驻扎中国的新闻记者。

坐在凳子上。不要说跟昨天看梅兰芳、杨小楼时的东安市场"吉祥茶园"比较，就是跟前天看余叔岩、尚小云的前门外"三庆园"比起来，这儿也陈旧、肮脏得多。穿过杂沓的人群，正往二楼看台上去，见一醉眼醺醺的老人用甲鱼壳制的簪子别着发辫，手里忽扇着一把芭蕉扇。波多野在我耳边悄悄说道："那老爷子就是樊半山[1]。"我顿生敬意，站在爬了一半的楼梯上，久久注目着这位老诗人。想当年醉侠李白亦如是——这么联想，我至少残留着几分跨国籍文学青年之情怀。

二楼看台上，但见蓄着稀疏胡须、身着立领洋装的辻听花先生已先我们而到。从许多中国艺人拜先生为父便可知，先生乃戏剧通中的戏剧通也。扬州盐务官高洲太吉身为异国人却在扬州做官，趾高气扬地宣称：前有马可·波罗，后有我高洲太吉。同样身为异国人，却在北京成为戏剧通的，前也罢，后也罢，唯有这听花闲人了。右

1　樊增祥，湖北人，号云门，清末民初文人。

边是先生，左边是波多野，我坐在了二人之间（波多野亦是《中国戏剧五百出》的作者），翻阅《缀白裘》[1] 虽连两帙都不到，不过说到底，今天我是有半瓶子醋资格的。（后记：辻听花先生有汉文《中国戏剧》著述，由顺天时报社出版。我临离开北京时，听闻先生撰有日文《中国戏剧》，遂向先生讨来原稿。途经朝鲜返回东京后，我推荐给两三家书店出版。可书店全部愚昧，并不接受我的推荐。天公惩罚愚昧，此书将由中国风物研究会[2]出版，顺便广而告之。）

我点燃了一支香烟，俯瞰台下。只见舞台布置跟其他戏园子一样，正面挂着红色的绸缎帐子，栏杆围在前面。舞台上有一扮演猴子的演员，他正一边唱着什么，一边滴溜溜地抡着棒子。节目单上有《火焰山》一出戏，那猴子自然不只是个普通的猴子，乃我自幼仰慕的齐天大圣孙悟空也。

---

1 为清代刊印的中国戏曲剧本选集，收录当时经常演出的昆曲及花部乱弹零折戏。书名是"取百狐之腋，聚而成裘"之意。

2 以中野江汉等为中心组建的出版机构。

悟空的旁边有个光着膀子、未施粉妆的大个头儿男人，挥动三尺有余的大团扇，正不停地给悟空扇风。想必不是罗刹女，就是牛魔王之类的角色，于是我小声向波多野打听。他说那不过是后台的勤杂，正代替扇风机给悟空扇风呢。牛魔王已被打败逃下舞台了，悟空也将在几分钟后一个筋斗翻出十万八千里——不过，其实是悠悠然退下场去的。很遗憾，钦佩樊半山之至，竟错过了火焰山下的大厮杀。

《火焰山》后是《蝴蝶梦》，身着道服、舞台上悠然散步的便是《蝴蝶梦》的主人公庄子。一位大眼睛的美人儿正跟庄子呢喃细语，想必是哲学家的妻子。到此为止的出场人物一目了然，却不明白时时出现在舞台上的两个童子象征什么。"那是庄子的孩子吗？"我再次搅扰波多野。波多野哑然，答道："那个就是，那个，蝴蝶啊。"可是，无论怎么设想，都看不出他们是蝴蝶。或许是六月天里，蝴蝶烦请灯蛾来替代自己的吧。不过，这出戏的梗概我已事先了解，因此知道登场人物，并非全属盲人妄语。不，事实上，这出戏是迄今我所看过的六十多出戏中最有意思的。这《蝴蝶梦》的剧情说的是，庄子如所有圣贤一般，怀疑女人是否真心，于是运用道术装死来试探妻子的贞操。妻子悲叹庄子的死亡，在服丧时，楚国的公子前来吊丧……

"好！"

一声断喝者为让听花先生。我自然已习惯了叫好声，不觉有什么奇怪，可从未听过先生这般别具特色的叫好。古今与之匹敌者，莫过于长坂桥头横蛇矛的张飞一喝。我愕然望着先生，先生手指对面的一块牌子说："那里挂着个'不准怪声叫好'的牌子。怪声不可，我这'好'是可以的。"伟大的阿纳托尔·法朗士啊，您的印象主义批评实乃真理，怪声非怪声不该以客观标准衡量。我等认为的怪声——算了，这样的议论待他日再行吧，让我们再度返回《蝴蝶梦》。楚国的公子前来吊丧，庄妻忽然迷恋上公子以致忘却了庄子。不仅是忘却，当公子突发急症，庄妻闻知唯有舐舐人脑方可免于一死，她竟挥斧劈开庄子棺椁，欲取庄子脑浆。然而公子本是蝴蝶所变，随即飞去天外。那妻子非但未能再婚，反被阴险的庄子百般欺凌。可以说真正是使人倍感天下女人之可怜万分的讽刺剧——这么说，似乎可以写段剧评什么的了。但实际上，我对昆曲仍一无所知，仅仅觉着似乎什么部分不如京剧那么艳丽罢了。波多野热心地给我解释说："梆子就是秦腔啊！"可悲的是，连我自己都要说，他的解释最终是对牛弹琴。这里，简单记录我所看《蝴蝶梦》的演员情况：庄子的妻子由韩世昌扮演，庄子由陶显亭扮演，楚国公子由马凤彩扮演，老蝴蝶则由陈荣会等扮演。

看罢《蝴蝶梦》，向让听花先生道谢后，我跟波多野及松本又坐上了人力车。一弯新月悬挂在北京的上空，在熙熙攘攘的大街上，新潮的女子手挽着身着西服的绅士。若有必要，她们也会挥动斧头或以更加锐利的一笑，拿取丈夫的脑浆。我想到编写《蝴蝶梦》的士人，同时想象着古人厌世般的贞操观念。看来，"同乐园"二楼看台上度过的几个小时绝非枉然。

五　名胜

万寿山。汽车飞驰。行驶至万寿山的沿途风光秀丽。而万寿山的宫殿"泉石"，足以证明西太后的趣味低级。在杨柳倒垂的池塘边有艘丑恶的大理石造画舫，据说这也非常有名。一艘石船也值得感叹？那么看到铁造军舰定要晕厥过去。

玉泉山。山上一废塔。蹲在塔下俯瞰北京郊外，风景独好，胜过万寿山。不过用这里的山泉造汽水或比美景更好。

白云观。打开洪大尉石碣，放出一百零八个魔君的处所，或许就是这儿。灵官殿、玉皇殿、四御殿等，皆在槐树与合欢树丛中金碧辉煌。顺便窥望葡萄架后的厨房，亦非平凡。"云厨宝鼎"匾额左右垂着金字对联，曰"勺水共饮蓬莱客，粒米同餐羽士家"。不过道士亦不敌时势，正不停地搬运煤炭。

天宁寺。据说这座寺庙的塔是隋文帝所建，现今的是乾隆二十年（1755）重修。塔是由绿瓦摞起来的，共十三层。屋檐为白色，塔身为红色，听起来很美，实则荒废不堪。寺庙已荡然无存，只看到燕子在空中乱飞。

松筠庵。杨椒山之故居。说道是故居，便想象其雅致，然而跟一个邮局同在一条胡同里，胡同入口处放有一个"君子自重"小便壶，谈不上丝毫风雅。在铺着砖瓦、堆砌岩石的院子前有谏草亭，院里有很多紫萼盆栽。椒山的"铁肩担道义，辣手著文章"石碑被用作灯台，亦感滑稽。后生实可畏。椒山是否解此言之意呢？

谢文节[1]公祠。亦在外右四区"警察署第一半日学校"门内。不过不知谁是这儿真正的主人。在"薇香堂"里有一尊叠山木像。木像前有锡纸、玻璃灯笼等，此外满堂尘埃。

1　谢枋得（1226—1289），字君直，号叠山。宋末忠臣。

　　窑台。很多中国人于涅槃三门[1]午睡。满目芦
苇、荻草。听中野君说，北京有苦力炎夏赴外地
打工，苦力的妻子此间便于芦荻中卖淫。据说时
价为十五钱。

　　陶然亭。抬眼见"古刹慈悲净林"匾额，无
关紧要。陶然亭的顶棚用竹子编成，窗户配有呈
卍字的绿色纱窗，拉窗简朴、娟秀。品尝有名的
素食菜肴时，鸟声频频从天而降，问堂倌何鸟？
答曰："细听便知，那是布谷鸟声。"

　　文天祥祠。在"京师府立第十八国民高等小
学"旁。堂内有一尊木像，并安置有"宋丞相信
国公文公"之牌位。这儿同样尽是灰尘。堂前是
一大榆（？）树。若是杜少陵，便能赋一首《老
榆行》什么的也未可知。我当然是一句也赋不出
来。英雄之死，一次可以接受，二度则惨兮兮。
终究无有诗兴。

　　永安寺。此寺的善因殿被用作消防队的瞭望

1　寺庙三扇楼门，意味着脱离烦恼进入涅槃境地的"空、无相、无
　愿"之门。

台。我衔起一支纸烟，站在殿堂上。紫禁城的黄瓦、天宁寺的塔、美国的无线电电线杆等，均历历在目，近在咫尺。

北海。垂柳、飞燕、荷花池以及对面黄瓦丹壁的大清皇帝之小住宅。

天坛、地坛、先农坛，都只是杂草丛生的大理石祭坛。正要走出天坛广场时，忽然传来一声枪响。问是什么声响，答曰执行死刑。

紫禁城。不过是场噩梦。是场比这夜空还要庞大的噩梦。

一束杂信

一 欧洲的汉口

倒映在这个水塘里的英国国旗是那么鲜艳——哎哟！差点儿撞在车子上。

二 中国的汉口

卖彩票的小摊和打麻将的小摊中间夹着一条碎石道，红彤彤的夕阳正照射在道路上。我独自行走在这条路上，头戴夏日白色头盔，忽地从帽檐下感觉到了汉口的夏天。

置身酷暑大蒸笼，灼烤巴旦杏。

三 黄鹤楼

名为"甘棠酒茶楼"的红砖茶馆，名为"惟

精显真楼"的红砖照相馆——此外，有何值得称道之处？不过黄褐色的扬子江正在眼皮下一栋栋瓦顶房屋的对面白浪闪耀。长江的对岸是大别山，山顶有两三棵树，另外还有不大的白壁的禹庙……

我问道："鹦鹉洲何在？"

宇都宫答："左边看到的便是。不过，现在是煞风景的木材堆放场。"

四　古琴台

一个梳着刘海的雏妓，拿着把桃色团扇遮阳，倚着月湖栏杆眺望阴云下的湖水。稀疏的芦苇、荷花对面，阴天里黑乎乎的湖水闪耀着。

五　洞庭湖

洞庭湖说道是湖，却并非始终湖水荡漾。除了夏天，湖底泥田中仅有一条细细的河道罢了。——超出水面三尺高、满是枯枝的黑松，像是此般说法的一个明证。

六　长沙

这座城市，在大路上执行死刑；这座城市霍乱和疟疾蔓延，这座城里听得见水声；这座城市入夜后，地砖上依旧暑热熏蒸；这座城市，连雄鸡都会骇人地对着我高唱——"阿酷它嘎哇桑"[1]。

七　学校

参观长沙"天心第一女子师范学校"及"附属高等小学"。一位板着古今少见的严肃面孔的年轻教师带领我们参观。女学生排日皆不用铅笔类文具，正用置放于桌上的笔砚做几何、代数习题。我想顺便看一下宿舍，请做翻译的少年去交涉。教师却义正词严地说："那里拒绝参观。几天前，

1　日语"芥川先生"的读音。

刚有五六个士兵闯入宿舍，发生了强奸事件！"

八　京汉铁路

总觉得这卧铺车厢的门只是上了锁，还不够安全。身体还是就便靠在箱子上吧。万一土匪来了——慢着，土匪来了的话，要不要给他们小费啊？

九　郑州

一条大马路边，两条发辫挂在街头的柳枝上，好似串着小小的南京玉[1]，叮着无数只青蝇。腐烂后落到地面上的罪犯头颅，兴许已被野狗吃了。

十　洛阳

伊斯兰客栈的卍字形窗棂子外是淡黄色天空。

---

[1]　陶制或玻璃制的串珠，一种可以把玩的饰品。

打麦时节滚滚尘埃中的天空几近暮色。

打麦时节尘埃夜，童子可安睡。

十一　龙门

在泛着黑暗光泽的墙壁上，尚留有恭敬拜佛
的唐代男女的容姿！

十二　黄河

火车渡黄河，我受用了两杯茶、六颗枣、三
支前门牌香烟，两页半卡莱尔[1]的《法国大革命》，
还消灭了十一只苍蝇！

1　托马斯·卡莱尔（Thomas Carlyle，1795—1811），苏格兰哲学家、
　　评论家、讽刺作家、历史学家，主要著作《法国大革命》。

十三　北京

　　这儿的合欢树及槐树环绕着黄色琉璃瓦的紫禁城，如同一片大森林——是谁，把这片森林称作都市的？

十四　前门

我　哎？飞机在飞呢。没想到，你还挺新潮的啊？

北京　不敢当。请您看看这前门吧。

十五　监狱

　　参观京师第二监狱。有一被判无期徒刑的囚犯，正在做玩具人力车。

十六　长城

看了居庸关、弹琴峡后登长城。一乞童尾随我们身后，只见他手指苍茫山峦，道："蒙古！蒙古！"然而，无须查地图便知他是在说假话。为一枚铜板，竟利用我等《十八史略》式的浪漫主义。不愧是天朝上国的乞丐啊，实在佩服。不过在城墙连接处相会雪绒花，无论如何还是有了身在塞外之感。

十七　石佛寺

几朵石刻莲花于艺术性的激情洪水中放声欢呼着喜悦。仅听那欢呼声 —— 可是要拼着性命的。让我喘口气再说。

十八　天津

我　　走在这西洋风格的街道上，油然升起一股幽幽的思乡情绪来。

西村　您还是只有一个孩子吗？

我　　不，不是说日本，是说想回北京了啊。

十九　奉天

傍晚时分，停车场见四五十个日本人走过。我差点儿就要赞同"黄祸论"了。

二十　南满铁路

一条爬行在高粱根部的蜈蚣。

（魏大海　译）

我们伫立于茫茫人生中，

唯有睡眠给我们带来平和。

一頁 folio

始于一页，抵达世界

Humanities · History · Literature · Arts

出品人　范　新

出版统筹　恰　恰

特约编辑　徐　露　任建辉

助理编辑　徐子淇

营销总监　张　延

营销编辑　戴　翔

新媒体　赵雪雨

版权总监　吴攀君

印制总监　刘玲玲

装帧设计　汐　和　at compus studio

内文制作　陆　靓

Folio (Beijing) Culture & Media Co., Ltd.

Bldg. 16-C, Jingyuan Art Center,
Chaoyang, Beijing, China 100124

一頁 folio
微信公众号

官方微博：@ 一页 folio ｜ 官方豆瓣：一页 ｜ 媒体联络：zy@foliobook.com.cn